谷中の用心棒 萩尾大楽

外道宿決斗始末

筑前助広 Sukehiro Chikuzen

アルファポリス文庫

https://www.alphapolis.co.jp/

序章　子守りの用心棒　7
第一章　あの男　15
第二章　丑寅会《うしとらかい》　44
第三章　襲撃　104
第四章　蠢動《しゅんどう》　133

第五章　会敵　168
第六章　六人の用心棒　213
第七章　外道宿《げどうじゅく》の決斗《けっとう》　251
終章　兄弟たち　299

主な登場人物

萩尾大楽《はぎおだいがく》……閻羅遮《えんらしゃ》の異名を持つ用心棒。
平岡九十郎《ひらおかくじゅうろう》……萩尾道場二代目師範代。
七尾壮平《ななおそうへい》……萩尾道場の門人。
大梶安兵衛《おおかじやすべえ》……萩尾道場の門人。
弥平治《やへいじ》……萩尾道場の下男。
乃美蔵主《のみくろうず》……斯摩藩《しまはん》大目付。
青柳文六《あおやぎぶんろく》……乃美の家人。
椋梨小春《むくなしこはる》……乃美に仕える忍び。
渋川堯雄《しぶかわたかかつ》……斯摩藩藩主。
益屋淡雲《ますやたんうん》……江戸の裏を仕切る首領の一人。
蜷川乾介《にながわけんすけ》……腕利きの始末屋。
与市《よいち》……乾介の見付け役の密偵。

市丸《いちまる》……大楽の甥で萩尾家現当主。

松 寿院《しょうじゅいん》……大楽の継母。

亀井主水《かめいもんど》……萩尾家家老。

安富義芸《やすとみぎげい》……萩尾家表用人。

小暮平吾《こぐれへいご》……萩尾家奥用人。

亀井昱太郎《かめいいくたろう》……主水の嫡男。

安富伝三郎《やすとみでんざぶろう》……義芸の嫡男。

許斐掃部《このみかもん》……丑寅会総長。

小関右中《おぜきうちゅう》……丑寅会参謀。

丸田伴野《まるたともの》……丑寅会の一員。

早良屋宗逸《さわらやそういつ》……萩尾道場の出入り商人。

駒場屋吉次《こまばやきちじ》……博多の材木商。

波多江彦内《はたえひこない》……外堂村の庄屋。

丈円《じょうえん》……僧侶。

序章　子守りの用心棒

「ったく、退屈で仕方ねぇな……」

萩尾大楽《はぎおだいがく》は、煙管《きせる》の雁首《がんくび》を叩いて灰を落とすと、誰に聞かせるわけでもなく呟いた。

玄海党《げんかいとう》事件があった、天明《てんめい》二年（一七八二年）から年が改まった春のこと。大楽は穏やかな日差しの中、大坂の煙管職人・堺屋儀平《さかいやぎへい》が手掛けた煙管を片手に、寺の濡れ縁《ぬれえん》から無邪気に遊ぶ子供たちの様子をぼんやりと眺めていた。

（まぁ、元気があるのは素晴らしいこった）

子供たちは境内を所狭しと駆け回りながら、竹馬や独楽回《こまわ》しなど、思い思いの遊びに興じている。大楽は、ひとつ大きな欠伸《あくび》をした。

これでも、仕事だった。一応は用心棒の名目であるが、今回は勝手が違う。むしろ事前に聞いていた話と違い、騙《だま》されたという気分だ。依頼人《ひと》があの女でなければ、「俺たちの役目じゃねぇよ」と、即座に断っていたであろう。

なにせ今回の客は、目の前で遊ぶ子供たちである。用心棒として何者かから守る為ではない。ただ決まった時間に叩き起こし、飯を食べさせ、手習いを見てやり、元気に遊んでいる姿を見守るだけ。それは用心棒というより、子守りである。

筑前早良郡《ちくぜんさわらぐん》、姪浜宿《めいのはま》にある多休庵《たきゅうあん》。大楽の継母である松寿院《しょうじゅいん》の隠居所。かつては鷲尾山《わしおざん》の裾にひっそりと建っていた草庵であったが、昨年末に大規模な増築を施した。

大楽は「以前の派手好みが蘇《よみがえ》ったか？」と訝《いぶか》しんだが、萩尾家領内の孤児を引き取って養育するという、かつて自分を虐《いじ》めた鬼女《きじょ》とは思えない善行を、継母は施し始めたのだ。四歳から十三歳までの、男女合わせて十二名。いずれは市丸《いちまる》を支える萩尾家の家人《けにん》とするか、しっかりとした店《たな》に奉公へ出すか、自らが望む道へ進ませるつもりらしく、どちらにせよ前藩主の妹が母代わりであれば、引き取り先も無下には扱わないだろうと語っていた。

なぜ、松寿院がそのようなことを始めたのか？　異母弟の主計《かずえ》とその妻である縫子《ぬいこ》など多くの死が関わっているのだろうとは思うが、本当のことはわからないし、二人を死なせてしまった自分が訊いてはならない気もする。

そして今日の仕事は、その松寿院からの依頼だった。

先々代藩主、松寿院にとっては実父の大事な法要が二日後にあり、その為に最低四日は多休庵を空けねばならず、その間の留守居を任されたのだ。

大楽は煙管を懐にしまうと、また欠伸をしてゴロリと仰臥《ぎょうが》した。

昼餉《ひるげ》の後の昼下がり。しかも、初夏を感じさせる陽気の中である。猫でなくとも眠くなるのは仕方がない。

（まぁ、昼寝をしていても問題ないだろ）

と、大楽は、子供たちと相撲《すもう》を取りだした門人の七尾壮平《ななおそうへい》を一瞥《いちべつ》した。

色白の美男子が、無邪気に遊んでいる。その姿は遊んでいるのか、遊んでもらっているのかわからないほどだ。ただ、こうした七尾の姿は江戸で見ることはなかった。

（奴《やつ》は、こっちに来て正解だったかもしれんな……）

七尾は谷中《やなか》にあった萩尾道場の門人であったが、今年の初めに古参の大梶安兵衛《おおかじやすべえ》と共に江戸から移り住んでいる。

その理由を七尾は「新道場の人手が足りないと思いまして。少しでも勝手を知っている働き手がいた方がいいでしょう？」などと言ってはいたが、それだけではない面倒な内情を、大梶から聞かされていた。

谷中の道場は笹井久兵衛《ささいきゅうべえ》という、最古参だった男に預けていたのだが、大楽には市丸を守るという使命が出来てしまい、今はもう捨てたという形に近い。姪浜には、活計《たつき》の為に新たな道場も建ててしまってもいる。

そんな分際で、谷中のことをとやかく言う資格は無いとは思うが、いつかは始末《ケリ》をつけることになるだろうという予感はある。いずれは起こるであろうひと悶着《もんちゃく》を考えただけでも、どうにも気が重くなってしまう。

ただ理由はともかく、二人の合流は有り難かった。道場を開いたはいいが、肝心の門人が集まらないのだ。いや、募集をすれば集まるのだが、適した人材がいない。用心棒では、腕だけでなく人品《じんぴん》というものも大きく関わってくる。

それを見定めるのは師範代となった平岡九十郎《ひらおかくじゅうろう》の役目であるが、その目が厳しいだけに、いつまでたっても増えることはなかった。これでは商売は広げられないし、何より厳つい自分と平岡では客受けも悪い。

そんな中で、若くて明るく二枚目でもある七尾と、いつも笑顔を振りまき、何事にも柔軟で人懐っこい大梶の存在は、何とも心強い。腕も立つし、何より萩尾道場の勝手も知っているのは大きい。

ただ、二人には申し訳なさもあった。大梶は天涯孤独《てんがいこどく》の身の上とはいえ住み慣れた江戸を離れさせてしまったし、七尾に至っては両親を説得してまでの、筑前行きとなったのだ。父母の気持ちを考えれば、到底顔向けは出来ない。

「何を寝ておられるのですか」

咎《とが》めるような声色《こわいろ》を含んだ言葉に、大楽は一人腰掛けていた。大楽はゆっくりと目を開いた。

大楽の傍の濡れ縁に、少年が一人腰掛けていた。父親に似た愛想《あいそ》のない口振りに、大楽は露骨に溜息を吐いた。

少年は、亀井昱太郎《かめいいくたろう》。萩尾家家老・亀井主水《かめいもんど》の嫡男である。

「なんだよ。人が気持ちよく昼寝を決め込んでるってぇいうのに」

「『なんだよ』ではございません。私は松寿院様に仰せつかったのですよ。大楽様をお助けするようにと」

そう言って、昱太郎は面皰《にきび》の赤みが少しずつ目立ってきた顔をこちらに向けた。確か、今年で十か十一ぐらいになる。

「へん。余計なお世話だってんだ。ちゃんとやっているからご心配なく」

「これのどこが、ちゃんとやっておられるのですか。そもそも大楽様はお勤めの最中でしょう。それなのに、昼寝など怠惰《たいだ》が過ぎます」

「怠惰が過ぎるって、痛いことを言うなぁ。まぁ、子供《ガキ》どもは七尾が見てくれているから心配いらねぇよ」

「そのような問題ではありませぬ。大楽様は松寿院様からご依頼を受け、報酬を約束されているのでしょう？　ならば、斯様《かよう》な真似をしてはいけません」

「俺は朝っぱらから働いてんだぜ？　子供《ガキ》を叩き起こし、飯も拵《こしら》えたじゃねぇか。そもそも、子守りなんぞ俺たち萩尾道場の仕事じゃねぇんだよ。まったく、閻羅遮《えんらしゃ》の名が泣くぜ」

「怠けている方が、大楽様のご異名が泣きます。それに引き受けたのは、納得されたからではないのですか？」

大楽は鼻を鳴らすと、昼寝を諦めゆっくりと起き上がった。

「お前も遊べよ。子供《ガキ》なら子供《ガキ》らしく」

「今から遊びますよ、ほら？」

と、昱太郎は懐に忍ばせていた書物を取り出した。

「荻生徂徠《おぎゅうそらい》の太平策というものです。父上にお借りしました」

「子供は駆け回って遊ぶもんだ」

「私にとって書見が遊びなのです。それに子供の遊びは駆け回るだけではありませんし、そもそも何を以《もっ》て遊びとするかは各個人が決めるべきです」

昱太郎はさも平然と正論を言ってのけると、太平策を開いて目を落とした。父親に似て小賢《こざか》しく、可愛げというものがない。だが、成長が楽しみでもある。いずれは、市丸を支える頼もしい家人になるに違いない。

大楽は子供の遊びを邪魔してはならぬと、それ以上の抗弁を諦めて庭に目をやった。

大楽は思い出したかのように、ひとりふたり……と頭数を指で数えた。十二、十三とまで数え、一人多いのは七尾を含めたからだと、もう一度最初からやろうと思った時、背後の襖《ふすま》が開いて平岡が陰気な顔を出した。

平岡は玄海党事件で、大楽の命を救った恩人であり、玄海党壊滅の立役者の一人である。今は死んだ寺坂源兵衛《てらさかげんべえ》の後を継いで二代目師範代となり、萩尾道場の実務を支えている。そして、松寿院から今回の依頼を引き受けた張本人だ。

「なぁ平岡。一つ良いことを教えてやるが、これは用心棒ではなく子守りって言うんだぜ？」

「仕方がないですよ。今の道場には、仕事《ヤマ》を選《え》り好んで踏めるような余裕はありません。それに松寿院様の頼みなど誰が断れますか？」

「……お前、どことなく寺坂に似てきたな」

「旦那と付き合っていれば、誰でもこうなるんじゃないですかね？　そんなことより、急ぎの仕事です」

大楽は「ほう」と、身を起こした。

「楠安楼《なんあんろう》で、酔った浪人《ろうにん》が暴れています。今は大梶が急いで向かっていますが」

楠安楼とは、旦過町《たんがまち》にある料理茶屋である。姪浜宿では最も高級な店であり、参勤交代で一泊する唐津《からつ》藩主は、必ずこの料理茶屋で夕餉《ゆうげ》を摂《と》っているほどの名店。その店に酩酊した浪人が一人乗り込んで、「酒を飲ませろ」だのと喚《わめ》いているらしい。

「相手が一人なら、大梶だけで収められるだろ」

すると、平岡は冷めた目をして首を横にした。

「たまには旦那も働かないと、身体が鈍ってしまうと思いましてね」

「確かに、最近は荒事から遠ざかっているな。ただ、それは町衆《まちしゅう》にとっちゃ歓迎すべきことだ」

「平穏無事は歓迎ですが、それじゃ俺たちは干上がってしまいます。因果な商売とは思いますが、姪浜は闇羅遮が守っていると見せつける機会です。それに楠安楼さんからの月賦《げっぷ》は太い。ここは一つ、旦那自ら……」

そこまで言われたら、もう逃れる術《すべ》はない。大楽は嘆息して、月山堯顕《がっさんたかあきら》を手に、濡れ縁から庭に下り立った。

「平岡、可愛い子供《ガキ》どもの面倒は頼むぜ」

平岡の返事を大楽は背中で聞いた。平岡が、どんな顔で子供たちと接するのか。考えただけでも笑えるし、見たくもある。

「大楽様」

昱太郎だった。振り向くと、居住まいを正して座し、「どうか、よろしくお願いします」と頭を下げた。大楽は軽く笑って、昱太郎の肩を軽く叩いた。

「おう、任せとけ。子守りは苦手だが、酔っ払いの躾《しつけ》は閻羅遮様の十八番《おはこ》ってもんさ」

第一章　あの男

一

　この日、益屋淡雲《ますやたんうん》は谷中を訪れていた。

　今年に入って二度目。年始に新茶屋町《しんちゃやまち》の料亭で、萩尾道場を預かる笹井と会って以来になる。

　目的は、特に決めていない。ただ今夜は要人との面会が入っていて、それまでの時間潰《つぶ》しであり、強《し》いて言えば、「いずれは自分のものになるであろう領分《シマ》を、ちょっくら覗いてみよう」という軽い気持ちだった。

　春にしては、暑いと思える陽気である。昨年の冬は異例とも言える暖かさであり、これも天候不順の一種だと言われている。東北では酷い有様のようで、それが米価をはじめ諸色高直《しょしきこうじき》を招いている。

　白髪《しらが》交じりの鬢《びん》と小太りの身体に汗を滲《にじ》ませつつ、淡雲は八軒町《はちけんちょう》や門前町といった谷中の町筋を歩いたあと、縁日で賑わう感応寺《かんのうじ》へと参詣することにした。

　供は、ずんぐりとした淡雲とは正反対の、長身の色男。今は四十を超えているが、若い頃はさぞかし女を泣かせたであろう、側近の文殊《もんじゅ》の仙松《せんまつ》だけである。仙松は一見して商家の旦那のようだが、これでも唐獅子組《からじしぐみ》というやくざを束ねる侠客であり、背中には立派な唐獅子の刺青《いれずみ》が入っている。

しかも、仙松はただのやくざ者ではない。元は御家人だけあって学もあるし、機転も利く。そして何より、ここ一番で肝も据わるので、淡雲は側近として傍に置き、仙松が率いる唐獅子組は、淡雲を守る最精鋭の子分衆だ。

今回の護衛も、仙松に一任していた。仙松であれば手抜かりはないし、堅気《かたぎ》を威圧するような真似もしない。

谷中はいずれ、自分の領分《シマ》に組み込むつもりでいる。それ故に土地《ところ》の者に対して威張り散らし、嫌われるわけにはいかないのだ。仙松はその辺をよく弁《わきま》えている。

そして今のところ、仙松は淡雲の注文を完璧にこなしていた。淡雲の見える範囲に、護衛らしい者の影を感じない。きっと凄腕を変装させ、堅気の中に紛れ込ませているのだろう。ぴったりと付いてはいないが、何かあれば駆けつけることが出来る、そんな距離にいるはずだ。

そうした余裕のある体制を敷けるのも、淡雲の傍近くで侍《はべ》る仙松の腕が半端ではないからだ。元は御家人だった仙松は、無外流《むがいりゅう》の免許持ちでもある。

その仙松を引き連れ、淡雲は参道の出店を覗いては、商売に励む香具師《やし》たちに調子を訊いたが、どれも渋い返事ばかりだった。

「参拝客はそれなりにいるようだが、どうも景気は悪そうだねぇ、仙さん」

淡雲は隣を歩く仙松に言った。

「へぇ。東北の飢饉《ききん》の影響が、じわじわと出ているようですが、参拝客はこれだけいるのです。銭が正しく香具師《やし》たちに落ちるようにしなければいけません」

「ふむ。全くその通り。景気は悪くとも、暗い顔をさせぬのが首領《おかしら》の役目だというんだがねぇ。そう思わないかい？」

首領《おかしら》とは、その町の表と裏を支配する、顔役のことである。やくざや掏摸《スリ》、金貸しに香具師《やし》、女衒《ぜげん》など堅気の稼業でない者を率い、裏は勿論のこと、表の世界にも強い影響力を持っている。

「やはり、彼では荷が重いようで」

「おっと、あの男を後釜に据えたのは私だよ」

「何をおっしゃる。首領《おかしら》が務まる男ではないと見抜いたからこそ、彼を推したのではありませんか」

仙松の心中を見透かした一言に、淡雲は苦笑で返した。

佐多弁蔵《さたべんぞう》が玄海党事件で命を落とすと、谷中一帯は弟の佐多善八《さたぜんぱち》が支配することとなっていた。

善八は兄に似ず出来が悪く、人望も無い。それでも淡雲が、わざわざ婿養子先から連れ戻して後釜に据えたのは、善八に支配を失敗させ、代々谷中を支配してきた佐多家から首領《おかしら》という身分を取り上げる為だ。いずれは善八を追い出し、代わりに自分の子飼いを送り込むか、或いは直接的に領分《シマ》に組み込むつもりでいる。

しかし、その為には大きく厄介な障害があった。

それが武揚会《ぶようかい》という、首領《おかしら》たちの親睦組織である。江戸開闢《かいびゃく》当時、治安の悪化を憂いた幕府は、町の有力者を集めて、各地区の裏を取り仕切るように命じて武揚会を結成させ、そして彼らが腐敗しないよう、厳しい掟《おきて》を定めた。

根岸《ねぎし》一帯の首領《おかしら》である淡雲は、玄海党事件をきっかけに両国の首領《おかしら》である嘉穂屋宗右《かほやそうう》衛門《えもん》とぶつかり、打倒することに成功した。戦国乱世の御代《みよ》であれば、両国は淡雲の手に入るべきであったが、武揚会には「他の首領《おかしら》の領分《シマ》を押領してはならぬ」という掟があるが故に、嘉穂屋の領分《シマ》を取り損ねてしまった。

手下の中には、「武揚会を抜けてでも、両国を奪ってしまおう」との声も挙がったが、淡雲はこれを時期尚早と退け、最も声高に叫んだ男を始末した。

嘉穂屋を倒すだけでなく弁蔵も倒れたことで、武揚会で一番の実力者にはなった。単独で自分に対抗できる者はいない。しかし、武揚会の背後には幕府がいて、そして幕府を束ねるのが、あの田沼意次《たぬまおきつぐ》だ。

意次は、福岡城に蔓延する腐敗を一掃し、博多を長崎のように開港する為の下準備として、玄海党を壊滅する必要があり、その点で淡雲はある男を通じて手を結んだ形となった。しかし、意次との協力関係はそれだけであり、直接的に面識があるわけでも、連合したわけでもない。もしここで武揚会の掟を破り、江戸で騒乱を起こそうものなら、ここぞとばかりに潰しにかかるに違いない。

事実として淡雲が抱える密偵の報告では、意次は淡雲一強の武揚会を危惧してか「益屋から目を離すな」と密かに命を出したという。

確かに、玄海党事件の後の行動が露骨過ぎた。嘉穂屋の領分《シマ》は、淡雲が嘉穂屋側から寝返らせた滑蔵《なめぞう》と、嘉穂屋と癒着していた元南町奉行の牧靫負《まきゆきえ》に分割して与え、そして弁蔵の跡目には、決して後継者候補にはなり得なかった不出来な弟を据えた。言わば、滑蔵も牧も善八も淡雲によって首領《おかしら》になれたようなもので、子飼いではないにしろ、一派だと思われても仕方がない。

だが、淡雲は彼らを信じていない。滑蔵も牧も一度は主人を裏切った走狗《いぬ》であるし、善八は出来が悪い頭で必死に考えるが故に、何をするかわからないところがある。だからこそ、何とか自分のものにしたかった。

また、淡雲の野望は江戸の外にもあった。玄海党が持っていた、阿芙蓉《あふよう》（アヘン）を含む抜け荷の道を奪取すること、そして玄海党が瓦解《がかい》して空白地となった博多を支配することである。

淡雲が危険を冒してまで、玄海党の残党を保護したのもその為だ。今は数か所に分散し、隠れ住んでもらっている。いずれは、彼らの能力と経験が自分の抜け荷に役立ってくれるはずだ。

ただ、そちらにも大きな懸念がある。もし自分が第二の玄海党となれば、かならず厄介なあの男が敵となって立ち上がるに違いないということだ。その覚悟はあるし、むしろ楽しみとさえ感じるが、そこに意次も加わるとなれば、こちらも無傷ではいられない。下手をすると、嘉穂屋の二の舞となって滅びる。

そうならない為に、色々と策を講じているつもりではある。特に敵が多い意次の方は、対抗し得る権力を持つ一橋治済《ひとつばしはるさだ》と関係を深めている。今夜、会うことになっている男も、その為の一手だ。

飽《あ》くなき野望が、淡雲にはあった。その為に嘉穂屋を倒し、玄海党を潰す為に協力した。江戸の秩序の為だとか、武揚会の掟を守る為だとか、そんな青い志《こころざし》などではない。自分が生きていると実感する為、より大きな権力を掴む為だ。

誰にも従わず、誰をも従える。そうした存在になりたかった。幼き頃、理不尽な権力に踏みつぶされた父のようにはなりたくない。だからこそ、江戸の暗い世界で生きようと決めたのだ。

「そろそろ、昼餉にいたしますか？」

仙松に声を掛けられ、淡雲は物思いからふと我に返った。

この時期だ。春になると、ついつい感傷的な気分になってしまう。

淡雲の家は、代々庄屋をしていた。特に父は篤農家として知られ名声もあったが、百姓への負担を増す幕府の改革を公然と批判した罪で、父は殺されて財産を奪われた。

父が縄を打たれて連れていかれたのも、ちょうど今ぐらいの春のことであり、否が応でも思い出してしまう。今から五十年ほど前、享保《きょうほう》のことである。

「そうさな……。ほら、あの男が通っていた食堂へ行こうじゃないか」

谷中を一回りした淡雲は、感応寺の裏手にある食堂へと向かった。屋号は〔たいら〕といって、この食堂の味は近郷でも評判だった。

「ここは、あの男が通っていた店らしいのですよ」

と、淡雲は仙松に語り掛けて暖簾《のれん》をくぐった。

板場から初老の男が顔を出し、年季の入った挨拶が飛んでくる。店内は狭く、土間に机が四つだけのひっそりとしたものだ。昼時を過ぎているからか、他に客の姿はない。

淡雲は、仙松と隅の席に座った。奥には小上がりもあるようだが、客用には使っていないようである。

飯はすぐに出た。飯と根深汁と香の物。そして、烏賊《いか》と里芋を醤油で炊いたものだった。注文を聞かずに出るあたり、出す料理は決まっているのだろう。

「こいつは旨そうですね」

仙松が言い、淡雲は頷いた。

醤油と出汁が合わさった、何とも言えぬ腹に響く香り。それだけで、この料理が旨いとわかる。

この店は、あの男から教わったのだ。「谷中に来ることがあれば、たいらって店に行ってみな。そんじょそこらの料亭以上の飯が食えるぜ」と。

淡雲も仙松も、無言で箸を動かすことに集中した。烏賊も里芋もしっかりと味は染みていて、これがまた飯に合う。

「そういえば、道場はここから近いですが、行かれますか？」

先に食べ終えた仙松が、茶を啜《すす》りながら訊いた。

「道場？」

「萩尾道場ですよ。今は名を笹井道場と改めております、どうですか？」

淡雲は首を振りつつ、最後の香の物を口に放り込んだ。

「萩尾道場か。久し振りに聞いた気がするねぇ、その名前。で、最近はどうなんだい？」

「古参の門人が離脱して、一時はどうなるかと思われましたが、今は何とか持ち直したようです。ですが、評判はよくないようですね。門人を無理やり集めた結果なのでしょうが」

「そういえば、あの男が言ってたねぇ。用心棒というものは、腕前だけでなく、人品も大事なんだと」

「そのようで。それに、笹井殿はあの男が留守の間に道場を乗っ取ったとも思われているようですね。それで、手切れにしたという店《たな》もあるとか」

「それはいかん」

と、淡雲は腕を組み板場の方へ眼をやった。

この店も、萩尾道場の世話になっていたという。笹井道場になった今は、どうしているのだろうか？　と、訊きたくなる。

「さしあたり、すぐに人を送り込もう。腕は勿論、人品も申し分ない者を。その中の二人ばかしを師範代に据え、上手いこと笹井を導いてもらおうか」

笹井道場については、仙松に聞かされるまでもなく、その状況は大体把握していた。裏の世界では、笹井道場は淡雲の手先に成り下がったと言う者までいた。

確かにそうだ。笹井道場には、仕事を回すだけでなく資金援助もしている。笹井があの男から自分に鞍替《くらが》えしたのも事実。こうした工作は、あの男との対決を意識してのことだった。

「やはり、邪魔だねぇ」

淡雲は、湯飲みに手を伸ばした。仙松は何も言わない。ただ、一点を見つめている。こういう時、明確に意見を求められない限り、仙松が口を開くことはない。

「本腰を入れて、考えないといけないようだ」

何とかしなければ、あの男は災《わざわ》いの種になる。それは、出会った時にはわかっていたことだった。この男は、自分には従うことはないと。それでも殺さなかったのは、利用する価値があったからだが、玄海党が瓦解した今では用済み。ならば、殺すしかない。

「そろそろ、行きませんと。約束の刻限になってしまいます」

黙っていた仙松が、湯飲みを置いて言った。

「そうさの、左近衛権中将《さこんのえごんのちゅうじょう》様をお待たせしてはいかん」

淡雲は銭を置くと、席を立った。

これから会う男は、中々の曲者《くせもの》である。気を抜くと、こちらが喰われる可能性があるほどで、手を組むのはある種の賭けでもあった。

しかし野望の為には、左近衛権中将の力が必要だった。こうでもしないと、あの二人に勝てないかもしれないのだ。勿論、その為に交渉という形を取った。相手が欲しがっているものを与える代わりに、こちらも相手から必要なものを受け取る。

淡雲が欲しているものは、権力と権威と南海の果てという立地であった。そして、それらは全て銭に繋がる。

銭が必要だった。飽くなき野望の為にも、それを阻止するであろう二人を倒す為にも。

銭こそが力である。

あの二人がいる限り、自分の野望は完遂《かんすい》されない。田沼意次、そして萩尾大楽を始末しない限りは。

二

淡雲が名を告げると、その武士は厳めしく頷いた。

歳は三十になるかどうか。がっしりとした体躯《たいく》を持ち、色黒で顔は濃い。いかにも、南海の果てから江戸へ来た田舎武士という感じだ。

下谷茅町《したやかやちょう》。不忍池《しのばずいけ》を臨《のぞ》むように位置する、小さな寺院だった。門前で供の仙松が訪《おと》ないを入れると、小坊主の代わりに偉そうな浅黄裏《あさぎうら》が出てきたのだ。

「貴殿が益屋殿か。お待ちしておりました」

流暢《りゅうちょう》な言葉に、淡雲は一瞬だけ驚いた。この武士の藩《くに》は薩摩。江戸の者では聞き取りにくい酷い訛《なま》りを持つ。過去に何度か薩摩者と話したことがあるが、地の言葉に詳しい者を介さなければ、会話が成立しないほどだった。

だが、この薩摩藩士には訛りが一切なかった。浅黄裏《あさぎうら》と思っていたが、江戸は長いのかもしれない。

「ここからは、おひとりで」

淡雲を中へ促そうとした武士が、仙松に向かって言った。仙松が横目で淡雲を一瞥したので、頷いて応えた。

「なぁに、心配はいるまいよ」

今夜の会談は、向こうから希望したことだった。これまでは人を挟んでの交渉だったが、今日からは頭領同士が雁首を揃えた直接の話し合い。ここで薩摩藩が自分を殺せば、手に入れるはずの巨利をどぶに捨てることになる。

長い廊下を歩かされ、庫裏《くり》の一室に通された。境内に面した障子は開け放たれ、昼間の暑気を感じさせる、生ぬるい夜風が淡雲を出迎えた。

「殿はすぐにお越しになります。暫《しば》しお待ちを」

淡雲は案内してくれた武士に恭《うやうや》しく一礼をすると、その視線を境内に向けた。時刻は、暮れ六つ（午後六時）を過ぎた頃。夜の帳《とばり》は既に降り、境内の石塔や池も闇の中に溶けている。

淡雲は、新たな玄海党を作り上げようとしていた。その為に、旧玄海党の残党を糾合し、また鄭行龍《ていぎょうりゅう》と渡りをつけた。しかし、それだけでは玄海党の二の舞になる。強大な後ろ盾がなければ、幕府に簡単に潰される。故に淡雲は、これからの抜け荷に薩摩藩を嚙《か》ませようとしていた。

薩摩藩の参加は、政治的な思惑だけではなく、地理的な要素もある。これまで通り玄《げん》界灘《かいなだ》での取引は、監視の目が厳しい。幕府は北部九州の諸藩に命じて、海上の取り締まりを強化しているのだ。

そこで目を付けたのが、南回りの海路だった。玄界灘ではなく、南に下って薩摩を中継基地にするという計画だった。

薩摩という存在は、淡雲にとって理想の相手だった。薩摩は南海の果て。幕府の目も届きにくい上に、密偵が潜入することが最も困難な藩《くに》。七十七万石を有し徳川家とも縁が深いという権力と権威がある。そして何より、琉球《りゅうきゅう》貿易で培《つちか》った経験があった。同志として組むには、これ以上の相手はいない。

玄海党は福岡城代や福岡勤番という、幕府の役人を引き込んだが、淡雲に言わせればそれが失敗だったと言える。所詮は小役人なのだ。どこかの藩《くに》と組み、組織の中枢まで組み込めば、下手を打つことはなかったはずだ。

淡雲は、まず安定した抜け荷の道を構築したかった。その為に薩摩藩に持ち掛けたのだが、薩摩藩にしてもそれは願ってもないことだったに違いない。

薩摩藩の財政は、危機的な状況にある。それは昨日今日始まったものではなく、慢性的であるが故に、その根も深かった。

そこが淡雲の攻めどころだった。ただの抜け荷ではなく、目玉は阿芙蓉である。それだけで、抜け荷の利益は倍以上に跳ね上がる。薩摩藩はすぐに飛びつくはずであろう。

ふと、周囲が騒がしくなった。足音。力強い、自信に満ちた足運び。淡雲はいよいよか、と平伏《へいふく》した。

襖が開き、何者かが淡雲の前に座った。

「面を上げよ」

声は野太く、酒焼けをしたように聞き取りにくい。しかし、どこか腹にずしんとくる重さがある。

「はっ……」

ゆっくりと顔を上げると、そこには堂々とした体躯の男が座っていた。

全てが太い。眉も眼も鼻も唇も、顎も首も、肩も腕も胴回りも、髪の一本一本に至るまで太い。

だと言うのに、粗野さは全く感じられない。表情や佇《たたず》まいに、品の良さを感じるのだ。それが妙に、萩尾大楽に似ている。

「よう来たな、益屋。儂が、重豪《しげひで》だ」

島津左近衛権中将重豪。島津氏二十五代当主にして、薩摩藩八代目藩主。淡雲は軽く目を伏せた。

「この度は、お目通りを許していただき、誠にありがたく……」

「よいよい」

と、重豪は一笑して淡雲の言葉を遮った。この男も、喋りに薩摩の訛りは全く感じられない。

「おぬしの申し出、大変ありがたい。我が藩の台所事情は、中々厳しいものがあってのう。それぐらいは当然存じておろう」

淡雲は、コクリと頷いた。

淡雲の表の正業は、両替商。大名貸しもしているので、薩摩藩の財政難は情報として耳に入っている。それだけでなく、手を組むにあたって人を使って調べさせもしたのだ。

薩摩藩は特殊な支配体制や農業技術の遅れから、藩政初期から財政的に恵まれていなかった。それに追い打ちをかけるように、宝暦《ほうれき》年間（一七五一年〜一七六四年）に木曽《きそ》三川《さんせん》の治水事業を命ぜられ、更には藩邸が度重なる焼失に見舞われるなど、不運が続いた。

そして、今こうして目の前にいる男の存在。薩摩が持つ、独特かつ閉じた気風を払拭する為に、様々な改革をしている。そこにも多額な藩費が注ぎ込まれていて、噂では大名貸しからも資金調達を渋られているという。

「おぬしからの申し出を受けた時、銭の貸し付けかと思ったが……まさか、まさか」

「恐れながら、今この状況で大名貸しをしたところで、こちらに旨味はございません」

「旨味のう」

淡雲は、背筋を伸ばした。そして、やや息を吸って丹田《たんでん》に力を込めた。

ここで媚《こ》びるように接すれば、重豪は恐らく自分を認めることはないだろう。認めなければ、いいように扱われて捨てられるだけだ。対等の関係として、島津重豪と組む。相手にその気概を見せなければ、重豪は益屋淡雲という男を認めないはずだ。

「ええ、旨味でございます。利と申し上げてもよろしいでしょう」

淡雲はゆっくりと口を開き、重豪を見据えた。

「わたくしも商売人ゆえ、それ相応の見返りが無くては銭をお貸ししません。ご不興は承知で申し上げますが、この状況でご家中へ銭をお貸ししても、大火で燃え上がる屋敷に柄杓《ひしゃく》で水を撒くようなもの」

重豪の太い眉が、一度ピクリと動いた。

「ほう。当家の懐《ふところ》は、大火で燃え上がっている最中か」

「いかにも。幾らかお貸ししたところで、すぐに消えてしまいます。ですので、わたくしが提案したのは、水そのものではなく水源でございます」

「わかる話だ」

と、重豪は腕を組んだ。袖から太い腕がちらりと見える。剣術の方もやっているのだろう。よく鍛えられていた。

「わたくしと組むことで、それが可能になります。ご領内の地を中継地としてお貸しいただき、一切の安全を保障してくださるだけで、薩摩の地から莫大な量の水が湧き出すはずでございます」

「阿芙蓉は、公儀の禁制だ」

阿芙蓉は耶蘇《やそ》（キリスト教）と並ぶ、重大なご禁制である。薬用で使われるのが殆《ほとん》どであるが、吸煙すると倦怠感《けんたいかん》に襲われ、常軌を逸した錯乱状態に陥る恐れがあるからというのが理由だった。

禁制にするべきだと訴えたのは、かの大岡忠相《おおおかただすけ》だ。八代将軍・吉宗《よしむね》がその進言を入れ、国内の生産販売は厳しい管理下に置かれ、唐土《もろこし》からの輸入も固く禁じている。

「おぬしは、その阿芙蓉をわしに扱えというのだな？」

淡雲は、力強く頷いた。

「その為に、わたくしは今ここにおります」

「わしの義理の祖母であり育ての母たる浄岸院《じょうがんいん》は、その阿芙蓉を禁制にした吉宗公の養女である。それにおぬしは知らぬと思うが、わしは相良侯《さがらこう》とは存外仲が良い」

「ですが亡き浄岸院様も田沼様も、ご家中の借財を肩代わりすることはございますまい」

「借金を返せても、お家が潰されれば元も子もない」

「島津七十七万石を潰す余裕は、今のご公儀にはございません」

「そうとも断言できぬぞ。玄海党とやらの一件で、公儀は抜け荷に敏感になっておる。ここで薩摩が絡んでいるとわかれば、いくら相良侯と昵懇《じっこん》とはいえ」

「……確かにそうかもしれません。ですが、このまま柄杓の水だけを求めるような手ばかりを打っていては、薩摩に待っているのは焼け野原でございます」

淡雲は、そう言うと懐から帳面を一冊取りだした。

それは、阿芙蓉を含む抜け荷をどう進めるか、また利の分配などを記した概要である。

「ですが、銭が湧き出る源さえ手に入れば、重豪様は何でもお出来になります。改革だけではございません。西洋から珍しき品々を取り寄せることも可能になるのです。お好きなのでしょう？」

「よく喋る爺さんだ」

重豪はそう吐き捨て、脇息《きょうそく》に身を委ねた。

「わたくしも、命を賭しておりますゆえ」

「銭は必要だ。それこそ、湯水のようにな」

「まさに。わたくしとて、そうでございます」

「ふむ。……わしはな、薩摩という土地が嫌いなのだ。何を話しているかわからぬ言葉といい、兵児二才《へこにせ》などという野蛮で粗野な風習と見苦しい容貌といい、未だ戦国乱世の遺風を吹かせていることが、恥ずかしくてたまらん」

淡雲は重豪の話に耳を傾けつつ、内心で頷いた。

応対に出た武士も重豪も、薩摩訛りではない。その理由が、重豪の薩摩嫌いにあるのだ。

「だが薩摩をどれだけ嫌っても、わしは薩摩藩主。逃げも隠れも出来ん。ならば、出来ることは一つ。薩摩を江戸者に笑われぬようにすること。その為に藩士の教育を促し、また町民百姓の為にも学問所を設けた。それだけではないが、全て薩摩から閉鎖的な気風を排除する為よ。でなければ、我が藩《くに》に未来はない」

「その為に必要なものが、阿芙蓉でございます」

淡雲が、帳面を重豪の方へ差し出す。重豪は、それを一瞥して鼻を鳴らした。

「……益屋。薩摩が一枚噛むとして、何か懸念はあるか？」

「いえ、公儀の密偵に漏れなければ」

と、そこまで言って、淡雲の脳裏にあの男が浮かび上がった。

「一人、厄介な男がおります」

「一人？　たった一人か？」

「ええ。萩尾大楽という浪人者でございます」

重豪が、脇息から身を起こす。その瞳に、微《かす》かな好奇心の火が灯《とも》ったのがわかった。

「重豪様。この萩尾は、ただの浪人ではございません。神君家康公の血を引く者でして、かの玄海党を討滅せしめた立役者にございます」

「なるほど。我々が第二の玄海党となれば、この男は黙ってはいないということだな?」

淡雲は頷き、大楽の血筋故に表立って対立しては、こちらが窮地になる可能性があると付け加えた。

「益屋、簡単な話ではないか。その萩尾とやらを殺したい者、或いは死ねば得する者を動かせばいい。何なら、手を貸してもよいぞ?」

「重豪様のお手を煩わせるわけには」

「いいや、構わん。抜け荷の邪魔になるのなら、薩摩の敵でもある。そうだ、ちょうどいい人材がいる。御家大事の忠義一徹ではあるが、わしの政策に反対する頑愚《がんぐ》な者たちが十人ばかりいる。その者らをどう始末しようか迷っていたところだ。どうせなら、萩尾とかいう男と刺し違わせても構わんぞ。どうせ殺すつもりだ」

話はこれで終わりだと言わんばかりに、重豪はすくっと立ち上がった。


寺を出ると、仙松が唐獅子組の若い衆を連れて待っていた。駕籠《かご》が用意され、淡雲は「ご苦労さん」とだけ言って、中に乗り込んだ。

重豪との交渉は、上出来だった。殺されても不思議はない中、薩摩藩を味方に引き入れたことは大きい。また一つ、賭けに勝った。

しかし、不安もある。それは漠然とした、重豪への不信感。意次と昵懇だから、というわけではない。あの男が、どうにも信じられない。利口であるが故に、先の先のその先を見越して裏切る可能性がある。

公儀から厳しい追及を受けた場合、重豪は簡単に自分を差し出すだろう。そうならぬ為にも、重豪と一橋治済を一日でも早く繋げる必要がある。

(その前に、萩尾を殺すことだな)

大楽さえ死ねば、多少は楽になる。その為には、あれを使おう。勿体ない気もするが、あれならば仕損じることはあるまい。

「惜しい男ではあるが……仕方のないことか」

淡雲は、絶対に自分には従うことのない男の抹殺を決めた。

三

秋にしては、穏やかな海だった。

盥《たらい》に張った水のように、穏やかな水面である。秋の海は、冬に向かって荒れだす。しかも、それは徐々にではなく、急に牙を剥《む》く。だから気を抜けないと、言っていた奴がいたことを、大楽は思い出した。

博多浦《はかたのうら》。小戸大神宮《おどだいじんぐう》の前から舟を出し、御膳立《おぜんだて》と呼ばれる岩山を迂回し、残島《のこのしま》が見える沖合へ僅かに舟を出した辺りである。

付き従っているのは、玄海党事件の後に雇い入れた老僕の弥平治《やへいじ》だけである。弥平治は大楽の身の回りの世話や、道場の雑用をこなしてくれる男で、歳は六十になるかどうか。生まれは津屋崎《つやざき》の漁師の家らしく、釣りもやるし櫓も扱えるので、船頭の代わりに随行させていた。

朝から竿を出し、今は昼を過ぎた頃。道場から持参した握り飯を食い終えたあとである。弥平治は竿を叩いているが、大楽は早々に仕舞って、堺屋儀平の煙管を吹かせている。今のところの釣果は鯵《アジ》・鰶《コノシロ》・鱚《キス》が数匹。弥平治はこれに、伊佐幾《イサキ》を二匹も釣り上げている。魚種も量も、今日は弥平治に軍配である。

「いい天気でございますねぇ、旦那様」

針先の餌を、活きのいいものに替えつつ弥平治が言った。

「お陰で眠くなるぜ」

夏の名残りを見せる日差しの中、風は海上でも無風に近い。波は船底を僅かに揺らす程度のべた凪《なぎ》で、それが眠気を誘う。

数か月前、この海が荒れ狂い多くの命を飲み込んだ。兄と頼った男も、家という厄介事を押し付けてしまった弟も、かつて惚れていた義妹も、欲望という名の海の波濤の中で死んだ。死なせてしまった。

その原因となった玄海党は潰したが、それで全てが解決したとは言い難い。この海に平和と秩序が戻るかと思ったが、待っていたのは、新たな地獄だった。

「どうぞ、ひと眠りしてくだせぇ。あっしは、もう少しだけ粘ってみまさぁ」

大楽は返事代わりに煙管を置くと、視線を右手に浮かぶ残島へと向けた。

あの島も、玄海党との闘争の記憶が色濃い。何せ、縫子を死なせてしまった場所なのだ。縫子と市丸が攫《さら》われ、大楽は一人で来いと脅《おど》された。

死ぬつもりだった。縫子と市丸を生きて帰し、自分はあそこで死ぬつもりだったのだ。それが、縫子の命と引き換えに、助かる羽目になってしまった。

忸怩《じくじ》たる思いが、玄海党打倒に繋がったが、その後の景色は思っていたものではなかった。

まず玄海党が潰れると、大規模な残党狩りが北部九州沿岸で行われた。残党のみならず、協力者はことごとく捕縛され、彼らと通じていた役人も一掃された。それだけでなく、田沼意次の名によって、福岡城代はじめ幹部職の幕臣は交代。福岡城内では大規模な人事異動が実施された。

また、こうした動きは大楽たちのいる斯摩藩《しまはん》も同様だった。大目付へと出世した乃美《のみ》蔵主《くろうず》が、苛烈な内部粛清を断行。玄海党に通じていた者を始末するだけでなく、宍戸川《ししどがわ》多聞《たもん》や権藤次郎兵衛《ごんどうじろうべえ》の一族を領外に追放し、彼らの派閥に属した主だった者は切腹に処された。

これだけを見れば、二度と玄海党を生み出さない為の処置とも思えるが、予想だにしなかったのは、この後だった。

玄海党という表にも裏にも通じる重石《おもし》が無くなったことで、福岡・博多の秩序が失われてしまったのだ。その混乱に拍車を掛けたのが、大規模な人事異動を敢行《かんこう》し、慣れない役人たちだけで福博の統治しなければならなくなった福岡城の存在だった。

汚職役人を一掃して人事異動を行った結果、福岡城の行政機能が著しく鈍化。それが治安の悪化を招き、方々でやくざや浪人が徒党を組んで第二の玄海党にならんと覇《は》を唱える、破落戸《ごろつき》どもの群雄割拠となり果てていた。

「全く、嫌になる」

大楽は独り言《ひとりごと》ちた。

「何かございましたかい？」

「胸糞《むなくそ》悪いことを思い出しただけさ」

弥平治はそれには返事をせず、釣り上げたばかりの鯵を魚籠に投げ入れた。

今日の弥平治は運《ツ》いている。大楽にはそれも気に入らない。

「まぁ、最近は何かときな臭くなりやしたからねぇ」

「爺さんの目にはそう映るかい？」

「へぇ。目というより、耳に入ってくるんですがねぇ。福博も酷い有様《ありさま》のようですが、西の方では浪人ややくざ者が領主然と振舞っているようですよ。目が届かない分、勝手が出来るんですかねぇ」

そうした噂は、否が応でも耳に入ってくる。

もちろん、こうした現状に思うところがないわけではない。玄海党がいた頃の方が、秩序があって良かった、という声もあることも知っている。予想だにしなかった事態だが、それでも玄海党は潰さなければならなかった。そのことに後悔はない。

ただ治安の悪化は、大楽たちの周囲も騒がしくさせていた。調子に乗った半端者《チンピラ》が姪浜まで出張ってくることがあるのだ。玄海党亡き後の治安の悪化に責任を負うつもりはないが、主計が残した所領を守る責任はある。それは命に代えても果たさなければならない。

「爺さん、そうとわかれば帰ろうか。いつ悪党が押し寄せてくるかわかったもんじゃねぇからよ」

暖簾には、〔寺源《てらげん》〕と染め抜かれていた。

姪浜宿の水町《みずまち》。その一角にある、小料理屋。土間に机が六つあり、奥には小上がりがある。また二階にも座席があって、簡単な宴席なら出来るようになっている。

「よう」

弥平治を連れて店に入った大楽は、ずっしりと重い魚籠を掲げた。

「これは旦那」

板場から、男が顔を出した。右の目元から口の端に至るまで、古い刃傷がある。この男は半助《はんすけ》という板前で、今は店を開ける為の仕込みに追われているようである。

「ちょいと釣りに行ったら大漁でよ。俺たちだけじゃ食い切れねぇから、店で使ってくれねぇかい？」

と、大楽が魚籠を差し出した。

「いいんですか？　こんなに」

「遠慮するな。どうせ、自分の店なんだし」

寺源は、大楽の店だった。旨い肴と酒を楽しみたいが為に、幕府より下賜された玄海党壊滅の慰労金の一部で開いたのである。それが原因で道場の懐事情は厳しくなったこともあったが、死んだ寺坂が「用心棒として使い物にならなくなったら、小料理屋なんぞ始めたい」と言っていたので、そのことに迷いも後悔もなかった。

また寺源という店の名前は、寺坂の姓名から一字ずつ取ったもので、大楽にとってはこれが供養《くよう》のつもりであった。

ただ大楽が寺源に関知するのは、基本的な経営だけである。どんな料理をいくらで出すか？　どれだけ人を雇うか？　という運営に関しては、半助に一任している。大楽としては、寺源の名前を持つ気の利いた店が欲しかっただけだった。

「それに半分以上は、この爺さんが釣ったもんだしな」

と、大楽は弥平治を一瞥した。弥平治は手を振って恐縮している。

「わかりました。それで、少しぐらい食べませんか？」

「いいのかい？　忙しいだろ？」

「構いません。簡単なものしか出来ませんが」

そう言うと、半助は魚籠を抱えて奥へと引っ込んだので、大楽は弥平治と隅の席に座った。

半助は、元々博多の古い居酒屋で板前をしていた。その腕を大楽は気に入り、「姪浜で料理人をしてくれ」と頼み込んだのだ。

歳は三十八。無口で愛想は良いとはいえず、決して客商売に向いた性格とは言い難いが、実直で義理堅い。それに客あしらいは、雇っている小女たちがやってくれるので、半助は料理さえ作っていればいい。

ただこの半助には、渡世人だった過去がある。今はしっかり足を洗っているが、十年前までは、〔鬼猿《おにましら》〕と呼ばれ、筑西《ちくせい》と呼ばれる怡土《いと》・志摩《しま》の両郡では恐れられたらしい。

その話は、雇い入れようとした時に聞かされたものだった。「脛《すね》に疵《きず》がある半端な奴ですが、いいんですか?」と。勿論、大楽はそんなことは気にしなかった。今は足を洗っているのだし、脛に疵ならお互い様である。以来、大楽が半助の前歴《マエ》について、話題にしたことはない。

暫《しば》くして、半助が鯵を刺身にして運んできた。それに酒が添えられている。料理もだが、酒にも半助はこだわっていて、自ら選んだ酒蔵から取り寄せている。そうした姿勢は宿場の者たちからも愛され、客が絶えることはない。寺源が稼いでくれるから、道場の門人たちは飢えずに済んでいる、と言っても過言ではないほどだ。

大楽が弥平治と、刺身を肴にちびちびと酒を飲んでいると、七尾が駆け込んできた。

「どうした」

大楽は、席を立って七尾を迎え入れた。七尾は、肩で息をしている。どこから駆けてきたのだろうか。

「先生、また例の奴らです」

「例の……。あいつらか」

「ええ、今は平岡さんが対応しています。与吉《よきち》の茶屋で因縁《アヤ》をつけて、なんやかんや喚いていまして」

与吉の茶屋は、姪浜宿の外。室見川《むろみがわ》の傍にある、旅人用の茶屋だった。

「相手は八幡一家《やわたいっか》で間違いはないんだな？」

「ええ。自分たちでそう言っていました」

八幡一家は、最近になって姪浜を狙っている、福岡のやくざである。頻繁に現れては問題を起こすので、八幡一家絡みで何かあれば連絡するよう門人たちに命じていたのだ。

「わかった。ちょっくら、顔を出す」

と、大楽は弥平治に目を向け、「残りは食べといてくれ」と告げた。

茶屋の前で、半端者《チンピラ》三人が、平岡を囲んで大声を張り上げていた。だが平岡は全く動じず、腕を組んで黙って聞いている。

半端者《チンピラ》たちは威勢のいいことを喚いているが、平岡の眼光に内心では怯《ひる》んでいることは一目瞭然だった。

その平岡の視線が、こちらに向いた。

「待たせたな、平岡。店の者《もん》は？」

「中に入ってもらっています。発端は茶をこぼしただの、こぼさないだのですが、因縁《アヤ》をつけたのは、旦那を呼び出す為でしょう」

「へぇ、そうかい」

と、大楽は三人に目を向けた。

それにしても若い。二十歳にもなってはいないように見える。当然、怖さは全く感じない。

「若いな。そんだけ駒が不足してんのか、或いはお前たちは捨て駒にされたのか」

「何を言ってやがる。俺たちは、ちょっと遊びに来ただけだ」

大楽は、吠えた男が懐に匕首《ドス》を忍ばせているのを認めた。

「遊びねぇ。まぁ、いいさな。だが、その遊びにゃ、刃物は必要なかろうぜ」

三人が、慌てて懐に手をやる。やはり、この三人は三下の半端な奴らだ。

「親分《オヤジ》に俺の命《タマ》を獲って、漢《おとこ》になってこいとでも言われたかい？　そりゃ、この闇羅遮を始末して姪浜を領分《シマ》に加えられりゃ、八幡一家は一気にデカくなるし、お前たちも名が上がる」

「そっ……そんなんじゃねぇよ」

大楽は、三人を平手で張り倒した。

「そうなんだよ」

「こっちとしちゃ、いい迷惑だ。やくざはやくざ同士、争っていればいいのに、俺まで巻き込みやがる。俺は善良な道場主なんだがなぁ」

「てめぇは、やくざみてぇなもんじゃねぇか」

半端者《チンピラ》の一人が喚く。大楽は苦笑すると、今度は三人に拳骨《げんこつ》をお見舞いし、しゃがみ込んで全員の懐から匕首《ドス》を抜き取った。

「谷中の時にも言われたね。なぁ、平岡。やっていることは、やくざじゃねぇかって」

「懐かしいですね」

そう返事をした平岡は、腕を組んだままだ。七尾が何も言わずに、抜き取った匕首《ドス》を集めた。七尾の教育係は、この平岡だった。この状況で何をすべきか、言わずとも動けるように仕込んでいた。

「八幡一家が姪浜を狙う気持ちはわかる。ここを領分《シマ》にすりゃ、上納金《アガリ》も相当なものになるだろうよ。だが、姪浜にやくざはいらねぇのさ。知っているか？　この町にゃ俺たちだけでなく、怖くて強い漁師衆もいるんだぜ。これ以上、気の荒い連中が増えてみろ？　堅気さんが困るじゃねぇか」

大楽は腰を上げると、平岡に室見川の対岸まで送るように命じた。

第二章　丑寅会《うしとらかい》

一

「ここか」

蜷川乾介《にながわけんすけ》は、その道場の前に立つと呟いた。

姪浜宿、宮前《みやのまえ》。住吉神社の右向かい、唐津街道の本筋に面した中々の一等地にあった。

小振りであるが新しい道場で、磨き上げられた看板には〔萩尾道場〕とだけ記されている。

萩尾流の剣術道場。まだ昼前だというのに、気勢を上げて竹刀《しない》で打ち合う音は全く聞こえない。一見すると、流行っていない道場に思えるが、乾介はこの道場が持つ事情、つまりは裏の顔を知っているので、さして戸惑うことはなかった。

乾介が一声掛けると、奥から若い武士が一人現れた。稽古着ではなく、紺青《こんじょう》の小袖に小倉袴《こくらばかま》を、粋に着こなしている男前だった。

涼し気な目元には若干の幼さも感じられ、二十六になる自分よりも、五つぐらいは下だと乾介は踏んだ。

この男が門人であり、萩尾大楽ではないということは一目でわかる。あの男は、こんな優男ではない。人相・風体は頭にしっかりと入っている。

「当道場に、何か御用でしょうか？」

若い武士が訊いた。声色は明るく、人懐っこさがある。

「入門希望、と言ったらいいかな？」

「左様でございますか」

若い武士は笑顔を崩さないものの、視線がやや厳しくなったように思えた。

「私どもの道場が、単なる剣術指南ではないことはご存じでしょうか？」

「勿論。博多で噂を聞いたんだ。腕っぷしの強い用心棒を集めて商売をしていると。俺も些《いささ》か自信があってね」

「それなら」と、若い武士は七尾壮平と名乗り、門人だと言った。乾介も、名を明かす。流派や出身は聞かれなかった。ただ、奥の一間で待つようにと、乾介を奥へと導いた。

案内されたのは、道場と回廊で繋がった母屋の一間だった。すぐに老僕が、茶を持って現れた。白髪頭を薄くし、持ったお盆が小刻みに震えている。耄碌《もうろく》した老いぼれだった。

「旦那様は、ちょっと出ておりますが、すぐにお戻りになりますので、暫くお待ちくださいまし」

老僕は、恭しく頭を下げて出て行った。

乾介は軽く溜息を吐き、猫の額ほどの庭に目をやった。老いぼれはともかく、全てが新しい屋敷である。話によれば、今年の初めに出来たばかりだそうで、玄海党を倒した報奨金と、地元の商人たちの厚意で建てられたという。

そうした詳細な情報は、博多の協力者に知らされたものだった。江戸では、大楽の見た目や風貌、性格のみしか知らされず、ただ「斬って欲しい」とだけ頼まれた。

乾介は銭で人を殺す、始末屋を稼業《シノギ》にしていた。拠点は江戸であり、西で働くにしても、京か大坂まで。それを飛び越えて、筑前にまで足を伸ばしたのは、これが初めてだった。

今回の仕事《ヤマ》は、始末屋の元締めたる五目《ごもく》の犬政《いぬまさ》に頼まれて踏んだものだ。

誰が犬政に依頼したのか、或いは犬政が個人的に頼んだのか、それは始末屋の流儀に則って知らされていない。

ただ、閻羅遮と呼ばれた男が、何をやってのけたのか。それを知らされた時は、そんな男の人生に幕を下ろす役目を得たという喜びを感じた。玄海党を潰した男なら、さぞ自分を燃やしてくれるだろうと。

では、その大楽をどう斬るか？　それが問題だった。

いつもなら、暗がりに伏せて不意を突く。しかし修羅場《しゅらじょう》をいくつもくぐり抜けてきた大楽を、すんなりと斬れるとは思っていない。それに敵が多い身、殺気には敏感になっているはずだ。

様々な選択肢が頭に浮かび、乾介はその中の一つを選択した。それは、萩尾道場の門人となり、気を抜いたところを斬るというものだ。それを思いついた時、乾介は思わず笑い声を上げてしまっていた。自分が選んだ門人に斬られて死ぬなど、無様にも程があると。

勿論、それが上手く行くとは考えていない。大楽もひとかどの人物というし、門人に加えてもらえない可能性もある。その時は、また別の手を考えればいい。

男が二人現れたのは、老僕が出した渋い茶を半分ほど空けた頃だった。

大きな男と痩せた男の二人組。大きな男は上機嫌に笑みを浮かべてはいるが、痩せた男は冷えた視線をこちらに向けている。

正反対の二人だが、どちらも眼の奥が洞穴のように暗い。笑顔を浮かべていようが、真顔でいようが変わらない。それは人殺しが持つ翳《かげ》りであり、どう隠しても滲み出てしまうものなのだ。いわば、同種の男と呼んでいい。

乾介が軽く頭を下げると、大きな男は萩尾大楽、痩せた男は平岡九十郎と名乗った。

大楽だけが、乾介の前に座った。平岡は、やや後ろに控えている。この男は萩尾道場の師範代で、まるで忠犬のように大楽にかしずいているらしいが、剣に関しては大楽以上の使い手という評判だった。

「入門希望だってね」

「ええ。博多で噂を耳にしたんですよ。用心棒を売りにする道場があって、そこに入れば、くいっぱぐれは無いと」

「ふむ。失礼だが、お前さんは浪人かい？　廻国修行中の武芸者って感じはするが……」

乾介の恰好は、野装束だった。袖無しの打裂羽織《ぶっさきばおり》に野袴。それに、編み笠を背負っている。

「方々で剣は磨いていますが、言わば単なる風来坊ですよ。懐が寂しくなったんで、ちょっと銭が稼げたらと。売るのは剣しかねぇし、かと言ってやくざ者の用心棒はごめんだ」

「それで、生まれは？」

「江戸ですが、十五の時分から方々を転々と」

「ほう江戸か。どこだい？」

「深川です。貧乏浪人の息子でしたので」

乾介は、事前に考えていた経歴を答えた。

「剣の方はどうだ？　まぁ、自信が無けりゃうちの門は叩かんだろうが」

「我流ですが、それなりに。一応は父が直心影流《じきしんかげりゅう》の師範代でしたが、八つの頃に死んじまって。それからは、喧嘩で磨きました」

「なるほどね。それは俺も平岡も似たようなもんだな」

平岡を一瞥したが、さしたる反応はなかった。

「それで、江戸を出た理由は？」

「そこまで語る必要ってありますかね」

「単なる世間話さ。語りたくない事情があれば、無理に話すことはねぇよ」

「そういうわけじゃないですが、用心棒なので剣の腕だけを試されると思っていたので」

「勿論、腕っぷしは重要だ。だが、それと同時に客商売でもあるんでね。人品ってのが大事なんだ」

「それを言われたら、自信がないですね。後ろ暗いものがなければ、わざわざ筑前まで流れては来ません」

「それは、誰だってそうよ。俺も平岡も流れ者だしな」

そう言うと、大楽は平岡に顔を向けて一笑した。ただ、平岡は大楽の冗談には付き合わず、「そろそろ」と告げた。

「とりあえず、腕試しをしてもらおうか。どんだけ、人品がしっかりしてても、腕がいまいちじゃ話になんねぇからな」

それから、道場へ移動した。

磨き上げられた床。使い込んだ形跡はない。そこに、先程案内してくれた七尾と共に、熊のような大男が待っていた。

歳は三十半ばか、四十絡み。正確な年齢は読めないが、年季の入った浪人ということはわかる。

「この男は大梶といって、道場でも古参の門人だ」

大楽が紹介し、乾介は大梶と向かい合った。

見上げるような大男。それでいて、横にも大きい。肥えているというより、肉が詰まっていると表現すべきだろう。がっしりとした大楽よりも一回り以上大きく、何ともむさ苦しい男である。

「蜷川殿には、まずこの大梶と立ち合ってもらう」

平岡が、抑揚《よくよう》のない声で言った。これまでの印象から、この萩尾道場は大きなところで大楽が引っ張り、平岡が細かく見ているという感じだろうか。

「ほほう。これは中々強そうな面構えをしておりますな。こりゃ私で相手が務まるかな？」

「『私の相手が務まる』ではなく『私で相手が務まる』なんて言ったら、謙遜《けんそん》を過ぎて嫌味に聞こえますよ」

「あいや、これは申し訳ない。そんなつもりでは」

大梶は、芝居がかった大袈裟な素振《そぶ》りで、両手を振ったあとに手を合わせて謝罪の言葉を続けた。

「気を悪くしないでくだされ。言葉はそのままの意味で、私は剣の方はさっぱりなのですよ。先生や師範代、それに七尾に比べたら私などとてもとても……」

「へぇ、なのに萩尾道場で雇ってもらえるんですねぇ。よっぽど人品が優れているんでしょうよ」

「それもある」

と、見ていた大楽が口を挟んだ。

「大梶は、俺たちに比べたら随分と人間が出来ている。御覧の通りの人柄で、裏表がない。だから客先でも気に入られるし、大梶でなきゃって店もある。まぁ、うちの稼ぎ頭だな。しかも、この図体だ。立っているだけでも、相手は怯みやがる。これほど、用心棒に向いた奴はいねぇ。俺や平岡よりもずっとな」

「確かに、そう言われると納得しますね」

「まぁ本人は謙遜しているが、決して弱くはない。気を抜かないことだな」

乾介は頷き、七尾に手渡された竹刀を手に取った。

何度か振ってみる。これを使うのは久し振りだ。剣は木剣《ぼっけん》、或いは真剣で磨いてきた。竹刀は子供の遊び。座興でしか、触ったことはない。

それから乾介は、道場の中央に進み出て、大梶と向かい合った。

「では」

大梶が頭を下げる。乾介は軽く目を伏せると、大梶は、構えを正眼に取っていた。

（萩尾が言っていた意味はこれか）

対峙《たいじ》してみて、大梶が用心棒に向いていると語った意味がわかった。身の丈は六尺ぐらいあるだろう。力士のような体格で、向かい合っただけで相手を威圧するものがある。大梶が用心棒でいれば、無用な争いを避けられるだろう。だが問題は、相手が怯まなかった場合。そうなると、単純に腕前の勝負になる。

その大梶が、裂帛《れっぱく》の気勢と共に踏み込んできた。上段からの一刀。巨躯に蓄《たくわ》えられた膂力《りょりょく》を活かした、峻烈《しゅんれつ》な一刀。そして、見かけ通りの思いっきりのよさだ。

乾介は大梶の一撃を身を反らして躱《かわ》すと、更に追い打ちを仕掛けようとした大梶の小手を、軽く打った。

「それまで」

大楽の一言で、乾介は身を引いた。

「いやぁ、やはりお強い」

大梶が、打たれた手首をさすりながら言った。そう強くは打っていない。頑強な図体の大梶なら、このぐらいは屁《へ》でもないはずだ。

「私も心形刀流《しんぎょうとうりゅう》を学んだ身ですが、中々どうして」

「大梶さんは、剣より柔《やわら》が向いてそうですよ」

「ほう、これは大層な目を持っていらっしゃる。実は江戸で起倒流《きとうりゅう》道場の師範代をしていたのですよ。まぁ、相手が蜷川殿のような使い手であれば、柔の術も通用しないとは思いますが」

その話を聞いて、そうだろうという感想しかない。大梶のような図体を持っていれば、剣よりも柔をさせた方が得と誰しもが思うはずだ。

「それで、試験はこれだけですか？」

乾介は、大楽ではなく平岡に訊いた。

平岡は首を振り、「次は俺と七尾が相手だ」と告げた。

「俺ひとりですか？」

「ああ。更には、そこの大梶を守ってもらう。つまり、俺と七尾は、大梶を狙う曲者で、蜷川殿は大梶を守る用心棒。俺たちを打ち倒すか、大梶を連れて道場を出られれば合格だ」

「なるほど。実戦に近いってわけか。しかし、守るのが姫様ではなく熊男ってのは拍子抜けだな」

「守る相手を選べんのも用心棒の辛いところだ」

大楽の一言に、乾介は肩を竦《すく》めた。

大梶を背にして、乾介は平岡と七尾と向かい合った。

平岡と七尾は、やや距離を開けて乾介を囲むように立っている。ただ平岡が半歩ほど前だ。平岡が仕掛け、その隙に七尾が大梶を狙うという具合だろう。

目を引いたのは、平岡の佇まいだ。平然と佇立《ちょりつ》していて、殺気などは全く感じないが、底冷えのする得体の知れない圧を発している。

やはりな。この平岡という男は、自分と同類だ。道場のお稽古剣術でも、道を究《きわ》める為の剣術でもない。人を殺す為の、斬人術《ざんじんじゅつ》。そんな男が用心棒として、人を守っているとは笑わせる。

（気に入らねぇな）

何を気取ってやがる。お前は、こっち側のはずだぜ？　そう問い掛けてやりたい。

その平岡の切っ先が、やや下がった。仕掛けるか、と思った矢先、七尾が気勢も上げずに斬り込んできた。

「そっちか」

意表を突かれた。別に頭から、その可能性を否定していたわけではない。だが、目の前の平岡に囚われ過ぎていた。

乾介は大梶を後ろ手で押すと、上段から向かってくる七尾の胴を容赦なく抜いた。しかし、その隙に平岡が脇をすり抜けて大梶を軽く打った。

「終わりだ」

大楽が言った。その背後で、七尾が腹を押さえて咳込み、大梶が駆け寄っている。不意を突かれたので手加減をしなかったが、かと言って骨が折れるほどではない。数日で痛みは引くはずだ。

「残念だが、不合格だ」

そう言った大楽の表情は、別段変わりはない。ただ、自分をじっと見据えている。

「まぁ、仕方ないですね。守れなかったから文句はないですよ」

「用心棒に必要なことは、斬ることではなく斬らせないことだ」

「それじゃ、俺はどうしたら良かったんですかね？　後学の為に教えてくれませんか」

「そうさな。……俺なら大梶の手を握って、一目散に逃げるよ。別に袋小路に追い詰められたわけじゃねぇんだ。まずは逃げることよ」

「なるほどね」

「それに、お前さんの剣からは血の臭いがし過ぎる」

「そりゃ、浪人が生きようと思えば、多少の血は流れるってもんです」

「多少、ね。まぁ、それに関しては俺や平岡は、お前さんにとやかく言えた義理じゃねぇ。だからこそ、これ以上増えりゃ道場が血腥《ちなまぐさ》くなっちまう」

「そいつを言われちゃ、返す言葉は無いですね」

乾介は軽く頭を下げて、踵を返した。すると、大楽が「おい」と呼び止めた。

「どうだ？　折角なんだ。昼飯でも食っていくか？」

大楽は笑顔だ。他人様を不合格にしといて、こんなことを言う。友として出会ったら好きになるかもしれんが、乾介にはどうにも癪《しゃく》に障る。

乾介は、軽く笑って首を横に振った。

「いえ、ご一緒するとますます入門したくなるんで」

二

街道筋の往来は、人で溢《あふ》れていた。

昼を少し回った時分。唐津街道を旅する者だけでなく、辻々《つじつじ》に立ち並ぶ商家を巡る買い物客も多く、明るい弾みを感じさせる活気が、この宿場にはあった。

（思った以上の賑わいだな）

姪浜宿は、唐津街道沿いにある大きな宿場である。斯摩藩領と天領・福岡に接する防衛の拠点であり、交通と商業の要所でもあるという。

江戸で生まれ育った乾介にとって、江戸・大坂・京都以外は、全て田舎という意識がある。確かに江戸とは、比べ物にならない。いくら姪浜が要地とされていても、小さな役所が置かれた宿場町ぐらいのものと思っていたのだ。

だが実際に足を踏み入れると、一万石程度の小名《しょうみょう》が治める城下町と、何ら遜色《そんしょく》ない町割りや規模があった。

乾介にそう思わせたのは、宿場の東端にある陣屋。この地を支配する斯摩藩一門衆筆頭・萩尾家の屋敷で、水堀と高い漆喰《しっくい》の塀に囲まれた上に、重厚な長屋門を備えた威容は、無城の大名家が持つ陣屋のそれである。

その萩尾家の当主は、主計という男だった。どんな男だったのか知る由もないが、玄海党が瓦解《がかい》した切っ掛けを引き起こした挙句に死んだ。そして、今は幼い当主を奉じていて、それを大楽が支えている恰好らしい。乾介が知っているのは、それぐらいだ。

萩尾家、八千石。嫡男だった男が、萩尾大楽。

(結局は、いいとこの御曹司か)

あと二千石もあれば大名家であるし、その殿様になれたかもしれない男である。しかも、神君家康公の血筋とも噂される。いくら無頼《ぶらい》を気取ろうが、門閥出身の武士。根っからの浪人、野良犬とは違う。だというのに、あの男はあたかも野卑《やひ》な私生児気分で振舞う、そんな性根が気に食わない。

悪い男ではないのはわかる。しかし、癪に障る男ではある。始末屋として、標的《マト》に好悪を抱かず、ただ斬る者と斬られる者が存在する、それだけだと考えてきたが、あの男には心をざらつかせる何かがあった。

「さて、どうしたものかな」

街道筋を歩きつつ、乾介は呟いた。まだ陽は高い。その足は、宿場の東を流れる室見川へと向いていた。

この辺りでは最も大きな川で、向こう岸は天領である。つまり萩尾領は、斯摩藩にとって最前線。それほど斯摩藩渋川《しぶかわ》家にとっては、信の置ける藩屏《はんぺい》なのだろう。

乾介は河原の土手に、ごろりと仰臥した。

暖かい日だった。昨日まで三日続けて雨で、このまま冬に向かうのだろうと思わせる肌寒さもあった。そういうこともあってか、乾介は暫く博多から動かなかったのだ。人の多さも、ここ最近の天気と関わりがあるのかもしれない。

秋にしては、雲が高い。空の青さや雲の形は、江戸と何ら変わらない。そして、乾介がやるべきこともまた変わらず、同じく人殺しである。

乾介は目を閉じて、これからについて考えた。

門人として接近して斬る、という手段は潰《つい》えた。面白い手と思ったし、断られる可能性も考えてはいた。しかし、自分の腕であれば雇われるだろうと楽観視していたところはある。

（だが、あの男を知れたのは良かったかもしれん）

脳裏に、平岡九十郎の陰気な顔が浮かんだ。自分と同じ臭いがする男だった。剣も恐ろしく使えるし、実力は大楽以上だろう。もし真剣で立ち合えば、勝負はわからない。大楽を襲うならば、あの男がいない時を狙うしかない。もし平岡が傍にいれば、大楽には辿《たど》り着けない。大楽と平岡との距離感や言動、そして事前の調べを鑑みれば、平岡は我が身を犠牲にしても大楽を守るはず。死にもの狂いとなった平岡を相手にしながら、大楽を斬ることなど不可能だ。それがわかっただけでも、今日のことは無駄にはならなかった。

勿論、後悔が無いわけでもない。大楽に顔を知られてしまったことは、不利になりかねない。が、それも考えようだ。お互いに知り合ったからこそ、近付けるということもある。

（まぁ、なるようになるさ）

今回の仕事《ヤマ》には、期限が切られていない。何が何でも殺す為に、焦るなと言われたほどだ。この段階で早まることはない。

三百五十両という、高額な仕事《ヤマ》。既に半金は受け取っている。相手は、玄海党を潰した萩尾大楽。報酬が跳ね上がるのも納得である。

「大金を張られた仕事《ヤマ》には、大抵裏がある。下手すりゃ、こっちが始末される可能性もあるんだぜ」

そう言った男がいた。聖天《しょうてん》の五郎蔵《ごろぞう》。江戸の日暮里《にっぽり》で、始末屋の元締めをしていた男だ。

「殺《け》されるのは、お前のような始末屋だけじゃねぇ。絡んだ元締めごと、口を封じられることもあるんだぜ。俺が知っている限りで、二人。いや三人かな」

確か、そんなことも言っていたような気がする。だから高額な仕事《ヤマ》を踏む時は、いつも以上に調べ上げるとも。

乾介は、潮焼けをした五郎蔵の顔を久し振りに思い出した。育ての親であり、乾介「息子」と呼びながら、人殺しの術《わざ》を仕込み、始末屋に仕立てた男。そのことについて恨みはなく、むしろ恩義しか感じない。彼がいなければ、自分は野垂《のた》れ死んでいたのだ。

乾介の生まれは、常州の笠間藩《かさまはん》。父は郷方村廻《ごうがたむらまわ》りという、下級の役人だった。また母親は早くに亡くし、母代わりとして姉が育ててくれた。

その姉が、凌辱《りょうじょく》された上に殺された。乾介が七歳の頃である。下手人は、上士《じょうし》の子弟たち。普段から素行が悪いと噂された、五人組だった。

下手人がわかると、父はその五人を襲って斬り捨て自分を連れて脱藩した。立ち合いの現場に乾介もいたが、無眼流《むがんりゅう》の免許を持つ父の腕は、まるで飢えた狼のように獰猛《どうもう》だった。相手も父の前では為す術もなく、まるで藁人形《わらにんぎょう》を斬っているかのような光景は、今でも覚えている。

そうして始まった浪々《ろうろう》の日々。江戸に辿り着いた時には、父は名うての人斬りになっていた。生きる為に殺しを稼業《シノギ》とし、時には追剥《おいは》ぎにも手を染めていた。乾介はそれを傍で見るしかなく、「生きる為には仕方のないこと」と諦観していた。

父は五郎蔵に乞《こ》われて支配下の始末屋となったが、程なく死病を患《わずら》い、乾介が十四になった冬に血を吐いて死んだ。

それからだ。五郎蔵が自分を育ててくれたのは。乾介は父と同じく無眼流を称して始末屋となり、養父の依頼で様々の仕事《ヤマ》を踏んだ。ただその五郎蔵も六年後には、役人に捕縛されて獄死。今はその跡目を継ぐ形となった、犬政の世話になっている。

気が付けば、程よい眠気を覚えていた。立ち合いでの、疲れもあるのだろう。眠る時は、いつでも眠れる。そんな身体になっている。

再び身を起こしたのは、陽が傾き吹く風が仄《ほの》かに冷気を含むようになった頃だった。

一度大きな欠伸をして身を伸ばした乾介は、再び姪浜宿の方へと足を向けた。

今夜は、ここで宿を取るしかなさそうだ。寝床については、そこまで深く考えていなかった。昨日までは博多にいる協力者の屋敷に逗留《とうりゅう》していて、手荷物もそちらに置いたままである。何となくだが、入門を許された後は一度博多へ戻るか、或いは道場に泊るかもしれない、などと考えていた。

宿は〔瓢屋《ひさごや》〕という、木賃宿《きちんやど》を取った。宿場の本筋から、やや離れたところにある、間口の狭い小さい宿だ。しかも、背後は鷲尾山の鬱蒼《うっそう》とした森となっていて、陰気な場所だった。老夫婦二人だけでやっているらしい。

そんな旅籠《はたご》に決めたのは、どこも満室だったからだ。姪浜には、宿がいくつかある。

土地《ところ》の人間に訊くと、旅籠は木賃宿を含め十二や三はあるという話だが、本筋沿いの宿はどこも人が溢れかえり、丁重なお断りを入れられてしまった。

そんなお仲間が、自分の他に四組ほどいた。囲炉裏《いろり》を囲んで、斯摩藩の城下が俄《にわ》かに賑やかになっていることを話している。

乾介は軽く頭を下げると、囲炉裏のやや後ろに腰を下ろした。寝床を確保したあとは、すぐにでも飯を食いに出ようかと思ったが、面白そうな話に聞き耳を立てることにした。

「どうもお殿様が交代されて、商いが盛んになったようでございますねぇ」

そう言ったのは、行商風の商人だった。何を売っている男なのかはわからない。

それに相槌《あいづち》を打ったのは旅の雲水《うんすい》で、他には不愛想な貧乏浪人と町人の夫婦がいる。

「新しいお殿様が、陣頭に立って藩政の刷新を図っているとか。それが、大した手腕らしいですよ。ほら、先年の『げ』の字の一件だって、斯摩が混乱をいち早く収束させ、藩内の膿《うみ》を出し切れたのもお殿様の力があってこそ。まさに立役者でございましょう」

行商が『げ』の字と伏せたのは、玄海党のことであろう。未だ伏せなければならない事情、或いは残照があるのだろうか。

「そいつはちょいと違《ちげ》ぇますよ」

と、主人の老爺が茶を運びながら話に加わった。

「勿論お殿様もご立派ですが、なんと言っても閻羅遮様でございます。あの御方がいてこそ、斯摩に平穏が戻ったのでございます」

閻羅遮。萩尾大楽のことだ。老爺は饒舌《じょうぜつ》に、大楽の活躍を語りだした。それはまるで講談のようで、その場にいる全員が話に聞き入っている。

継母との折り合いが悪く冷遇されて育つも、実父の命を狙っていた柘植小刀太《つげことうた》を斬って出奔《しゅっぽん》。その後は江戸に出て用心棒稼業で侠名《なまえ》を上げるが、弟である主計の窮地を救う為に、全てを捨てて玄海党との戦いに身を投じる。

主計とその妻の命は救えなかったが、玄海党を打倒したあとは、主計の嫡男・市丸を奉じて萩尾家を支え、今は天領と接する最前線で睨みを利かせている。老いた主人は、玄海党を倒せたのも、福博よりも早く立ち直れたのも閻羅遮がいたからだと、鼻息荒く熱弁していた。

それには客たちも苦笑するしかない。それに対して抗弁しようとしないのは、ここが閻羅遮のお膝元だとわかっているからだ。この老いぼれにとって、萩尾大楽は自慢であり誇りなのだろう。その妄信に抗弁したところで、何も得られるものはない。

(あの男が相当な漢《タマ》なのはわかるが……)

こうも崇拝されては、やっぱり癪に障る。だが、そんな男を斬ることになっている。きっと斬ったあとの気分はいいだろうし、その後にこの爺さんの嘆く顔を見れば、暗い悦《よろこ》びで胸は満たされるだろう。

「さて、夕餉はどうしますかな」

行商が話はこれまでと言わんばかりに、話題を変えた。

木賃宿は、食事が出ない。食材を持ち合い、宿主に出せば調理をしてくれるという具合になっている。

乾介は、無言で立ち上がると瓢屋を出た。皆で仲良く、膳を囲む。そんなことは真っ平である。

その店は、寺源という屋号だった。

火が灯された提灯《ちょうちん》にも、そして暖簾にもそう記されている。

水町の一角にある、小料理屋。その店に決めたのは、旨そうな匂いに誘われたからだ。

「いらっしゃいまし」

店に入ると、年増《としま》の小女が愛想のいい笑顔で出迎えた。乾介は一人だと言わんばかりに、人差し指を立てた。

小女はそれを見て、壁側の席に案内した。

土間に机が六つあり、奥には小上がりまである。二階へ上る階段もあるが、そこが使われているかどうかはわからない。その店が、半分は埋まっていた。

「酒。それに飯はあるかい？」

乾介は、別の席の皿を下げにきた小女に訊いた。この女は十七か八ぐらいの若い娘で、店の表は年増と二人で回しているようだ。

「うち、酒と肴だけなんです」

「そうかい。なら、それでいいよ」

「あい。料理はお任せになるけど、いいですか？」

「構わんよ。生魚でなければな」

「お嫌いなんですね」

「まぁね。気持ち悪くて好きじゃない」

食べ物には、こだわりは無い。味の良し悪しにも、特に興味は無い。ただ生魚だけは苦手だった。子供の頃からそうで、今までに「それは旨い魚を知らないからだ」と高級料亭で刺身を試されたが、どれも駄目だった。

酒はすぐに運ばれてきた。お通しの肴は、冷奴《ひややっこ》だった。そこには、嘗味噌《なめみそ》が添えられている。

乾介は箸をすぐに取り、冷奴を酒で流し込んだ。酒は旨い。ただ、豆腐はどこも同じだ。豆腐の良し悪しがわかるほど、肥えた舌を持ち合わせてはいない。

暫くして、板場から男が料理を運んできた。その恰好から、板前だとわかる。二人の小女が忙しそうにしていて、自分で運びに出てきたという感じだ。

(剣呑《けんのん》だねぇ)

その板前の風貌を一瞥し、乾介は内心で呟いた。

四十路《よそじ》手前で、おおよそ客商売をしているとは思えない、険のある表情。そう感じさせるのも、右の目元から口の端に至るまでに伸びた古い刀傷のせいだ。

その板前が、乾介の前に料理を置いた。「はいよ」と、短い言葉だけだった。

「すまねぇな」

乾介が言うと、板前は軽く頷いた。

肴は烏賊を焼いたものと、里芋の煮物。烏賊には、甘い醤油が塗ってある。板前の人柄はともかく、料理の腕は確かなようだ。

暫く酒と肴を楽しんでいると、「あら、いらっしゃい」という、小女たちの親しみが込められた声が飛んだ。

反射的に視線を向けると、そこには「この世の全てに興味が無い」と言わんばかりの、平岡の冷めた顔があった。こちらの視線に気付いたのか、平岡は小女に軽く何かを言って乾介の目の前に座った。

「店の者《もん》にでも、知らされたんですか？　俺がここにいると」

「いや、俺はよくここで飲むんだよ。この店は、うちの旦那の店でね。この宿場に自分好みの店を作ろうと、気に入った料理人を引っ張ってきて任せている」

「なるほどね。厄介な店を選んでしまったな」

そこで小女が、平岡の分の酒を運んできた。肴は無く、酒だけだった。

「俺は甘党でね。酒はあまり好きじゃないんだが、この店だけは特別なんだ。寝る前に、少しだけこの店で飲むと決めている」

「だからって、俺の目の前に座ることはないと思いますけどね。席なら他にも空いていますよ」

乾介がそう言うと、平岡が軽く周囲を見渡して鼻を鳴らした。

「剣は大したものだったさ。真剣での立ち合いなら、俺はお前さんに勝てないかもしれん」

「人斬りの剣ですよ。萩尾さんが言う通り」

「やはりな。板張りの上で鍛えた、お稽古剣法とは違った。旦那は血が臭い過ぎると言ったが、そうした意味では俺とは同類。お前さん、深川の生まれってぇのは嘘だろう？」

乾介は平岡を見据えたまま、僅かに頷いた。

「東国のさる藩にいましてね。腕が立つからって、何度か刺客の真似事をさせられ、気が付くと殺しは俺の役目になっていたんですよ。そして今から五年前の夜、俺を使っていた家老から刺客を放たれた。まぁ、口封じですね。俺は討っ手を何人か斬り、藩《くに》を捨てた」

「それで？」

「諸国を流浪して、色んな仕事をしましたよ。文字通り、色んな仕事をね。気が付けば、博多に流れていました」

乾介はそこで言葉を区切り、肴の烏賊を平岡の方へ差し出した。平岡は軽く首を振る。本当に酒だけを飲む、そんなつもりのようだ。

「そして、萩尾道場の噂を聞いたんです。しかも道場主は、あの玄海党を叩き潰した萩尾大楽というじゃないですか。俺は、こう思ったんです。あそこなら人生をやり直せるかもしれないと。だから、申し訳ないと思いつつ、前歴《マエ》を偽りました。今となってはどうでもいいことなんですけどね」

その言葉を、平岡が信じているかどうか、その表情からは読めない。だが、恐らく疑ってはいるだろう。この男は、大楽以外は誰も信じていないという気もする。

それに事実として、東国の藩士というのも偽りである。かつて、そんな始末屋がいた。そいつが話したことを、そっくりそのまま拝借したのだ。その男は自分より十五ほど上で、最後は仕事《ヤマ》をしくじって死んだ。

「ともかく、この件については悪かった。旦那は人品と言ったが、それで選ぶなら俺が道場にいる資格は無い。だが、旦那が決めたことだ。諦めてくれ」

「萩尾さんは、平岡さんの何なんですか？」

そう問うと、平岡が少しだけ考える表情を見せた。それは、この男が初めて見せた、人間らしい表情だった。

「恩人だろうな」

「恩人？」

「俺を人間に戻してくれた」

乾介は、その言葉を聞いて鼻を鳴らした。

つまり、この男も獣だったわけだ。今の自分と同じように。飼い主に命じられ、肉という餌を得る為に牙を剥く。人非人《にんぴにん》の人殺し。

「では、平岡さんはもう獣ではないんですね」

「そうだな」

と、酒を飲み干すと平岡は席を立った。

「獣であってはいけない。人として、旦那の傍にいなければならないと、教えてくれた男がいたんだ」

「そいつは？」

「死んだよ。江戸で」

平岡は年増の小女に酒代を手渡すと、乾介に片手を挙げて店を出ていった。

恐らく、あの男は自分を探りに来たのだろう。それが大楽に命じられたのか、この男の意思なのかはわからないし、どうでもよかった。

三

蒼い月が出ていた。

異様で不気味な蒼さだ。筑前の月はこうなのかと思いたくなる。

寺源を出た乾介は、夜空を見上げ舌打ちをした。

刺客は、月の夜を嫌う。闇に潜むことを妨げるからで、そうした夜はなるべく仕事をしないと決めている。

ふらふらと、瓢屋に向かって歩いていると、微かにだが遠くに波の音を感じた。姪浜は宿場であると同時に、漁村でもある。乾介の足は自然と潮騒に導かれていた。町家が並ぶ宿場の街道筋から一歩奥に入ると、長屋が複雑に入り組んだ袋小路となっていた。

軒先には網や仕掛けなど、漁具がぶら下がっていて、磯の臭いが濃い。網子の住まい、といったところだろうか。この時間になると、殆どの家が寝静まっている。

そうした迷路を抜けると、不意に海が広がった。

浜。西に目を向ければ岩礁の磯になっていて、その更に西には松原と広い浜が見える。月明りがあるということもあるが、乾介は夜目が利いた。刺客としては、得難い資質だと言われたことがある。

その浜で、乾介は暫く夜気に身を委ねた。酔ってはいないが、平岡と会った興奮はあった。

あの男が、どうも気になる。大楽同様に癪に障るものがあるが、その種類が違う。同じ獣であるくせに、自分は人間と言った。獣が人間であると勘違いしているのだ。それが気にくわないのか。

不意に、背後から視線を感じた。

何者かが、こちらを見ている。しかも、闇に潜んで。素人ではない。乾介は、腰の井上真改《いのうえしんかい》の重みを意識しつつ、ゆっくりと振り返った。

「けけけっ。流石《さすが》の鋭さだねぇ、蜷川さんよ」

その声と共に、闇から小男の陰影が浮かび上がった。

「名草《なぐさ》の与市《よいち》か」

与市が、薄ら笑みを浮かべていた。まだ若い男である。一度年齢を訊いたが、自分と同じぐらいだと答えている。ただ童顔なので、見た目だけで判断すれば十八か九ぐらいに思える。

乾介は鼻を鳴らすと、視線を海へと戻した。

不気味なほどに、穏やかな海だった。海面が、鏡のように凪《な》いでいる。その海が月の蒼い光に照らされていて、それは江戸ではちょっと見られない光景だった。

「どうやら、入門が許されなかったようだな？」

「探ったのか？」

与市は犬政が抱えている密偵で、乾介の目付け役として同行している。昼間のことを探るなど朝飯前なはずだ。

「いや、道場を出たお前さんの様子を見てそう思ったわけよ。自棄酒《やけざけ》とはらしくねぇな？」

「ふん、言ってろ」

「それで、これからどうするつもりだ？」

「別に。ただいつも通り斬るだけだ」

「暗がりで襲うか？　そう簡単にゃいかねぇと思うがな」

「だからこその、あの報酬だろ。萩尾大楽よりも厄介な男もいるしな」

平岡九十郎。やはり、あの男の存在は気になる。だが、与市は乾介の言葉に何の反応も見せなかった。

「ここから西にずっと行くと、外堂宿《げどうじゅく》という宿場がある。そこを領分《シマ》にしている丑寅会《うしとらかい》という破落戸《ごろつき》たちがいるんだがな」

「外道？　遊侠無頼の連中には、お似合いの宿場だな」

「そっちの外道じゃねぇんだが、内実は外道の肥溜《こえだ》めのようになっている。如何《いかん》せん、外堂宿一帯は破落戸《ごろつき》たちが支配しているからな」

「そんなことがあるのかよ」

するると、与市は唐突に萩尾大楽の名を出した。

「奴が玄海党を潰したせいで、筑前の暗い世界の序列が掻《か》き乱されたんだ。しかも、萩尾の野郎が玄海党に取って代わりゃいいものを、潰すだけ潰しといて、あとは堅気を気取って知らんぷり。裏でしか生きられねぇ者《もん》への責任を果たそうとしねぇ……ってのは、博多にいる協力者の受け売りだがな」

裏の人間が抱える大楽への不快感は、察するに余りある。裏の人間だというのに、堅気の振りをして自由を満喫《まんきつ》していれば、気に喰わないはず。しかもあの男のせいで、筑前は蜂の巣をついたような事態になっているのだ。犬政に紹介された、博多の協力者もその一人だ。

「今の筑前は、玄海党の跡目を巡った群雄割拠よ。丑寅会はその一つだな」

「それが、俺にどう関係している？」

「お前さんには、そっちに合流して欲しいんだとよ」

思わぬ申し出に、乾介は再び与市に顔を向けた。

「それは犬政さんの意向か？」

「まぁな。昨日、江戸から連絡役《ツナギ》が飛んできたんだ。そこまでするんだから、よっぽどのことよ」

「だが、俺は犬政さんの手下ではない。殺しに関わらぬこと以外は従う気はない」

「そう言うと思ったぜ」

と、与市は乾介に並ぶと、一抱えある岩に腰を下ろした。

「だが、これは殺しに関わることよ。でなけりゃ、お前さんに最初《ハナ》から言わんだろ」

「詳しく話せよ」

「こいつぁ、犬政親分に殺しを依頼した男の、頼みだそうだ。その男は丑寅会の後ろ盾のようなもので、表向きは丑寅会が萩尾の命《タマ》を獲ったことにさせたいんだと。そうすりゃ、丑寅会の侠名《なまえ》が高まるからな」

「つまり丑寅会の為に、萩尾を斬れっていうわけだな？」

「やることは変わらんさ。お前さんは、萩尾を斬るだけ。それだけよ」

「気に喰わん」

乾介は間髪《かんはつ》を容《い》れずに言い放った。

「いいじゃねぇか。どうせお前は始末屋。萩尾を斬ったところで世間様から褒められるわけじゃねぇんだし、殺すことにゃ変わらん。それに相手さんの頼みって言ったが、実際は命令だ。なにせその相手ってのは、犬政親分が『否』と言えねぇぐらいの力を持ってやがるらしい。いつもの親分なら断っていた話さ」

「誰だろうな、犬政さんが断れないような相手は」

「さてな。俺は長生きしたいんで、そんなことにゃ興味はねぇし、知りたくもねぇ。それよりも丑寅会さ。俺が口利きしてやっから、よろしく頼むぜ」

乾介が返事をしないでいると、与市の気配はすっと消えた。

翌朝、乾介は外堂宿がある西へと向かった。

与市の言に従ったのは、このまま姪浜にいても大楽に近づくのは難しいと思ったからだ。

闇に潜んで機会を待てば、襲う好機に恵まれるかもしれない。ただ、相手はこちらの顔を知っているし、平岡の様子を鑑みれば異物であると警戒されているのは間違いない。何より、ここは大楽の本拠地。襲うよりも襲われる可能性が高い。

ただそれは頭だけの理解であって、やはり不本意だった。自分は始末屋である。どう殺すかは、一任されているはず。犬政への義理はあるし結局は従う他にないが、どうしても釈然としないものがある。

(まぁ、考えても仕方がねぇ……)

犬政に逆らえば、血で血を洗う闘争が待っているのだ。江戸でも暮らせなくなるし、そのつもりは今のところない。

外堂宿までは、唐津街道を西進するだけでいいと教わった。前原宿と深江宿の間にあるのだという。

途中、斯摩藩の城下町が右手に見えてきた。遠くには、斯摩城の天守閣も小さく見えた。

斯摩の城下は瑞梅寺川《ずいばいじがわ》を挟んで、東西で武家地と町人地で分かれていて、唐津街道はその町人地の端を掠《かす》めるように通っている。前原宿へと向かう本筋と、城下へと続く道へと分岐しているのだ。

その城下町へ向かう、人と物資の流れが乾介の目を引いた。唐津街道を使った陸路では、前原宿への本筋ではなく城下の方へ吸い寄られていれば、今津干潟へと流れ込む瑞梅寺川の舟運も、盛んに行き交っている。

(あの行商が言っていたことは間違いじゃねぇようだな)

瓢屋で耳にした、新藩主の話題。一橋から養子入りした、渋川堯雄《しぶかわたかかつ》。大楽と組んで玄海党を壊滅させ、前藩主・渋川堯春《しぶかわたかはる》を隠居に追い込んだ男。その手下には身分を問わず、有能な人材が集まっているという。事前に頭に入れている情報《タレ》はそれぐらいだ。

大楽を殺せばいいだけの仕事《ヤマ》なのだ。政事向きのことは関係ないだろうと、深掘りはしなかったし、そうしたことに頭を突っ込む気はない。

乾介は天守閣に向かって鼻を鳴らすと、城下には立ち寄らずに通り過ぎ、途中前原宿の食堂で遅めの昼餉を摂った。

出されたのは、山菜と味付けされた猪肉が載せられた饂飩《うどん》。黙々と啜っていると、隣りにいた頬被りをした百姓男が、「これをかけると旨ぇぞ」と声を掛けた。

差し出されたのは、七味唐辛子。そして、頬被りの奥には与市の不敵な笑みがあった。

乾介は無言で受け取り、二度三度振って、そのまま懐に入れた。

「この先の西構口《にしがまえぐち》には、関番所がある。この宿は斯摩の西端で、出るとそこは天領だからな。出入りは厳しいぜ」

「通れるか？」

「勿論」

乾介の懐には、博多で用意してもらった通行手形がある。用意してくれたのは、博多《はかた》年行司《ねんぎょうじ》を務めるほどの豪商で、大楽暗殺の為の協力者だった。その商人が身請け人になっているので、筑前国内は自由に出入り出来る。肩書はその商人の雇われ浪人で、名前は佐々木三郎兵衛《ささきさぶろうべえ》ということになっている。

「俺も奴が用意した手形で何度も通ったからな。だが、役人たちの目は厳しい。下手は打つなよ」

乾介は、饂飩の汁を飲み干した。江戸と筑前とでは出汁の味が随分と違う。好みで言えば慣れた江戸の味であるが、これはこれで旨い。

「おい」

銭を置いて席を立った乾介に、与市が声を掛けた。

「一応、向こうさんには話を通した。お前さんを快く受け入れてくれるようだが、如何せん、この先は天領だ。有象無象《うぞうむぞう》の破落戸《ごろつき》が跋扈《ばっこ》している、外道の巣窟《そうくつ》よ。気を抜かないことだ」

「ご忠告、ありがとよ」

食堂を出た乾介は、そのまま西構口に向かった。

そこには、宿場役人ではなく藩庁から派遣されたと思われる、斯摩藩士が詰めていた。

取り調べは、大して長くはなかった。名前と身分、そして目的を問われた。乾介はそれに「佐々木三郎兵衛。浪人。唐津までの商用」とだけ答えた。

役人は頷くと、通行を許可した。博多年行司が身請け人となった手形がある。商用という言葉にも重みがあるのだろう。それにしても、博多年行司まで敵に回した大楽は、好かれる者には信奉されるほど好かれるが、嫌われる者にはとことん嫌われるのだろう。

西構口を抜けると、「佐々木殿」と背後から声を掛けられた。

振り向くと、すらっとした役人が立っていた。顔色が悪く、気難しそうな顔をしている。関番所では見なかった顔だ。

「何用ですかね？」

「貴公、三雲屋《みくもや》の者と聞いたが」

三雲屋。それが博多に於《お》ける、協力者となった年行司の名前だ。

「そうだが」

「いや三雲屋とは、些かの繋がりがあってな。最近は顔を合わせていないので、ご様子など伺《うかが》おうかと声を掛けさせてもらった」

「元気ですよ。相変わらず、矍鑠《かくしゃく》としている」

「そうか、それは良かった。もうお歳だからな、あのご老公は」

乾介は、向けられる視線を躱すように目を伏せた。

目を合わせると、こちらの心中を見透かされるような、不快感に襲われたからだ。この男が持つ暗い眼差しには、平岡とは別種の底が見えない闇がある。

「名前、訊いてもいいですかね？　博多に戻ったら、爺さんに伝えておきますよ」

「ああ、そうだな」

と、男は斯摩藩大目付、乃美蔵主と名乗った。

「斯摩では、大目付が番人をするのかい？」

「査察だよ。役人の務めを監督するのが、大目付の役目だ」

なるほど。だから、そんな眼をしているのだ、と乾介は肩を竦めた。

「佐々木殿、この先は斯摩藩の力が及ばん無法地帯だ。どんな商用かはわからんが、気を付けることだ」

そう言って、乃美と名乗った男は西構口の向こう側へと消えていった。

四

浪人たちが、道を塞いでいた。

前原宿を出て、二十町ほど西に進んだ辺り。外堂宿を目前にした、街道筋である。路傍には男たちが座るであろう椅子と、木箱が置かれた机が用意されていて、傍に「護身料二十文《もん》也」と記された幟《のぼり》が立っていた。

（ここら辺が丑寅会の領分《シマ》ってわけか）

天領に入ると、旅人たちの表情も厳しく、歩む足も速くなっていた。勿論、荷の流れも途絶えている。斯摩藩領とは、明らかに雰囲気が違った。

玄海党事件の後、筑西の治安は福岡・博多以上に悪化していると、途中の前原宿で耳にした。破落戸《ごろつき》どもが徒党を組み、それぞれが領分《シマ》を定めて割拠しているという。そうなったのも、やはり玄海党が潰れたことが原因である。

ここ最近では、唐津へ商用のある分限者《ぶげんしゃ》は、博多から唐津への船を使うことが多いらしい。そうすれば、この外道の巣を迂回出来るのだ。

乾介の前を進んでいた旅人たちが、素直に銭を払って木札を貰っている。その木札は首から掛けるような造りになっていて、旅人たちは早速首を通していた。

「おい、若いの。外堂宿を通りたきゃ、二十文払いな」

乾介の番になると、浪人が言った。陽に焼け、脂ぎった髭面《ひげづら》。長い浪々の日々を感じさせる凶相だった。

「嫌だね」

「おいおい、冗談はよせよ。お前さん、丑寅会を知らねぇのかい？」

「知っているよ。その丑寅会に野暮用があって来たんだからな。だから、俺に二十文をたかるのは間違いだな」

浪人たちの眼光が、一段と鋭くなった。飢えた野犬。たとえるならそれで、人を何人も斬ってきた悪党というのがわかる。

「へぇ、野暮用ね。用件は？」

「知るかよ。俺は外堂宿へ行けと言われただけさ。名草の与市って奴が、話《ナシ》をつけているはずだがね」

浪人たちが顔を見合わせ、首を捻《ひね》る。どうやら、与市の話は通ってなかったようだ。

（あの野郎……）

与市の人を馬鹿にした顔が脳裏に浮かんだが、この浪人たちにまで知らされていない可能性もある。どう見ても下っ端だ。

「どちらにせよ、通してもらうぜ？　銭は払わねぇがな」

そう言って踏み出した乾介の袖を、浪人の一人が掴もうとした。

乾介はその手を払うと、浪人の顎に掌底を叩きこんでいた。打たれた浪人は、白眼を剥いて膝から崩れ落ちていく。

静寂。一瞬の出来事に、他の三人は呆気に取られている。身体が勝手に動いていた。これは獣が持つ、本能のようなものであろう。

「貴様」

浪人たちが刀に手を回す。乾介は、鼻を鳴らした。

「他人様《ひとさま》に触れようとするからだ。いいぜ、そっちがその気なら、こちらも異存はねぇ」

そもそも、今回の件は気に喰わないのだ。どうして、始末屋《ヤマ》の俺が丑寅会なんぞに加わらねばならない。大楽を斬って終わり。ただ、それだけの仕事だったはずだ。

「命は取らねぇ。だが、怪我はするぜ？　退《ひ》くなら今さ」

三人の殺気が強くなった。右横にいた浪人の手が動こうとした時、乾介の一刀・井上真改が鞘走《さやばし》った。

浪人が腕を押さえて呻《うめ》く。抜こうとした手首を、乾介は軽く薙《な》いだのだ。深くはない。皮一枚。軽く血が滲む程度である。

「おっと、忠告したはずだ。この井上真改は、殺気ってもんに敏感なんだ。これからお前らとは同志になるかもしれねぇんだから、俺とて斬りたかねぇ」

浪人たちの表情から、血の気が引いていくのがわかった。どうやら、実力の差を測れるぐらいの腕はあるのだろう。

それにしても、井上真改だ。俺の意志よりも早く、勝手に動きやがる。

この刀は、聖天の五郎蔵に譲られたものだった。元々、別の始末屋が使っていたらしいが、そいつが死んで遺品となったものを元服の祝いとして与えられたのだ。

仕事《ヤマ》を踏み外した男が使っていた刀。縁起が悪いはずであるが、それが気にならないほど、こいつは斬れた。もう何年も使っている、相棒とも呼べる存在。だから、俺の危機を見過ごせないのだろう。喧嘩っ早い相棒である。

ふと、馬蹄《ばてい》の音が聞こえた。目を向けると、宿場の方から騎馬が駆けてきている。三騎。馬の尻に、鞭を打っている。

「やっとこさ、お出迎えか」

そう言うと、乾介は嘆息した。

「貴公が、蜷川殿か」

小柄な男が、栗毛の馬から降りるなり言った。

身形《みなり》は、他の浪人に比べて小綺麗にしていた。それどころか、折り目正しく着こなしている着物や、乱れのない髷《まげ》からは、この男の神経質さが窺える。浪人ではあるのだろうが、学者のような雰囲気がある男だった。

「そうだよ」

「話は聞いている。迎えに出向くつもりだったが、遅くなってしまった」

「おかげで、こちとら喧嘩寸前さ」

小柄な男の背後には、屈強な男が二人控えている。その二人も浪人の風体であるが、脇で見守っている通行料徴収役たちに比べたら、小ざっぱりとしていた。部下に不潔を許さない、そんな性質《タチ》であろう。そして、この小柄な男にはそれを命じられるだけの身分がある。

「私は、小関右中《おぜきうちゅう》という。丑寅会で参謀役を務め、枢機を預かっている」

「参謀殿か。そんなお偉いさんが、わざわざのお出迎えなんて嬉しいな」

小関が一つ頷いた。年の頃は三十になるかどうか。色白の優男で、肩幅など見るに、鍛えているという感じはしない。頭一つで成り上がった、という感じか。

「総長がお待ちだ。屯所《とんしょ》に案内しよう」

「総長？　そいつが一番偉いのかい？」

そう訊き返すと、小関が驚いた顔をした。

「貴公は何も知らずに来たのか？」

「俺はただ、丑寅会に合流しろとだけ言われたんで」

「そういうことか」

と、小関は腕を組むと、丑寅会を統べるのは、総長と呼ばれる許斐掃部《このみかもん》であると告げた。

「御大層な名前だ。きっと貫禄ある親分なんだろうね」

「親分ではないよ、総長だ」

それから小関の先導で、乾介は外堂宿へと足を踏み入れた。

唐津街道沿いの宿場だけあって、それなりに商いは行われていて人の往来はある。ただ異様なのは、人相の悪い破落戸《ごろつき》以外は首から木札をぶら下げているのだ。宿場の者は親指ほどの小さな木札で、宿場を通行する者は絵馬ぐらいの木札と種類が分かれているが、乾介の眼にはまるで首輪をつけられた犬のように映った。

（役人どもは何をやってんだ）

義憤ではなく、疑問として乾介は思った。宿場そのものが、丑寅会の領地と化している。これは天領の中にある、一つの藩《くに》ではないか。

首輪はつけているが、一通りの営みが行われている。外道の巣と聞いていたので、それは意外だった。ただ、他の宿場に比べて破落戸《ごろつき》は多い。

その大通りを途中で折れ、細い路地へと入った。その道は坂道となり、曲がりくねった先の高台に、丑寅会の屯所はあった。

立派な長屋門を有し、二人の屈強な男が入り口の前で控えている。小関の姿を認めると深々と頭を下げたところを見ると、この軍師の地位が窺える。

「立派なもんだ」

門を潜ると、広大な敷地が目の前に広がっていた。

蘇鉄《そてつ》が植えられた表門広場。奥の方には、枯山水《かれさんすい》の庭もある。

「元は寺院だったところでな。それを我々が接収し、屯所の形態へと作り替えたのだ」

「接収か。奪ったたって言いなよ」

乾介がそう言うと、小関は横目で鋭い視線を向けた。

「住持《じゅうじ》が銭儲けしか考えていない生臭《なまぐさ》だった。この辺のやくざと組んで、領民を苦しめていた。武士たる者、民の苦境を座して見ているわけにはいかん。そこで我々は住持に天誅《てんちゅう》を下し、今後このような輩《やから》が出ぬよう、この場所から睨みを利かせているわけだ」

「民の為か。そいつは殊勝《しゅしょう》な心掛けだぜ」

「揶揄《やゆ》しているのか？」

小関にひと睨みされた乾介は、「まさか」と言って肩を竦めた。

小関に「暫く、ここで待て」と案内されたのは、枯山水の庭に面した一間だった。砂敷は綺麗な波紋を描いていて、その中心には奇妙な形の石と、よく手入れされた松がある。素人目でも、見事な作庭だということがわかる。

暫くして、力強い足音が聞こえてきた。自信に満ちた、我が道を遮る者はいないと言わんばかりの歩み。押し出しのいい親分なのだろう。

襖が開いて現れたのは、潮焼けをした体格のいい男だった。

肩幅も広く、上背もある。顔は濃くて、生命力が漲《みなぎ》っている、押し出しのよさそうな風貌だった。どちらかというと、色白の自分とは対極にある男であろう。

「よく来てくれた」

その男――許斐が座るなり、ぶしつけに言った。

身形《みなり》も小関同様に小ざっぱりとしていて、風体だけ見れば、どこかのご家老という印象がある。

「我々に協力してくれると聞いたが、相違はないかね？」

許斐が、鋭い視線を乾介に向けた。何かを見定められている、という不快感が襲ったが、組織に加わるかどうかとなれば、そうした見方をされるのも仕方のないことだ。

「詳しい話は知らねぇ。俺はある男を殺しに、筑前くんだりまで来た。そして、その男を殺す為に、丑寅会に合流しろと言われた」

「ある男ね」

許斐の視線は、依然として鋭いままだ。

「殺すんだろ？　萩尾大楽を」

「穏やかな物言いじゃないね。だが、まぁ……そうさな。あの男は、大した器だ。本人が望まなくても、奴の周りには人が集まってくる。だから邪魔なのだよ。我々が飛躍する為には、消えてもらわねばならん」

「それならいい。奴を斬る為に俺はいる。その手柄をあんたの手柄にすることにも承知だ」

その言葉に、許斐は大きく頷いた。その辺は事前に聞かされていたのだろう。

「しかし、丑寅会は組織だ。我々に合流するからには、俺の命令には従ってもらうが、いいかね？」

「萩尾大楽を斬るその範囲内であれば、許斐さんの顔は立ててやるよ」

「それでいい。我々は、どんなお題目を唱えようと、出自の怪しい者が集まる烏合《うごう》の衆。

組織の序列や秩序が肝なのだ」

「組織ね。この丑寅会ってのは、やくざではないのかい？」

「君の眼には、そう見えるのかな？」

「いや。ただ、江戸では考えられないので、興味深い。いわば、一つの小さな藩《くに》にも思える」

「小さな藩《くに》か。素晴らしい表現だ。嬉しいことを言ってくれるではないか」

すると、許斐は懐から扇子《せんす》を取り出した。

黒光りする見た目と、持った時の重量感が、この扇子が鉄扇であることを示している。

「福博の混乱は知っているかね？」

「一応は。城下とは思えぬほど、胡乱《うろん》な輩が目についた。まぁ、俺もその一人だが」

「そうなったのは、萩尾大楽が玄海党を潰したからというのも？」

「話だけは」

「この世には、綺麗事では済まぬものがある。福博、いや筑前の裏を治めるには、玄海党という組織は必要であった。奴らがいたからこそ、従っていた有象無象もいたわけだが、萩尾はそんな事情を構いもせずに潰し、あとはなるがままに任せた。奴が玄海党の後釜に収まっていれば、今の状況にはならなかっただろうに」

皆が皆、同じことを口にする。混乱の原因は大楽にあると。

あの男の名声は、お膝元の姪浜では高いようだが、一歩外に出るとこんなものなのかもしれない。

「しかもだ。玄海党が壊滅したことで、今度は福岡城内にいた汚職役人も一掃された。玄海党が勢力を誇ったのも、福岡城内にいる重役を取り込んだことが要因であるので、それは仕方がないことだが、あまりにも数が多過ぎた。汚職役人は統治機構を支える要でもあったこともある。そんな柱である役人を排除し、更にはもう二度と腐敗させないようにと、大規模な配置転換を行った。その結果が今の惨状だ」

しかし、その混乱のお陰で丑寅会もあるのではないか。そんな疑問が浮かんだが、敢《あ》えて口にはしなかった。

「そこで、この丑寅会が結成された。統治能力を失った福岡城に代わり、外堂一帯の御領を守護する結社として」

物は言いようだ、と思いつつ乾介は頷いて見せた。

「我らは浪人ではなく、浪士だ。ただ、中には食い詰めただけの野良犬もいる。だからこそ、組織の秩序を大事にしているのだ。組織の法度《はっと》はいずれ伝えるが、君も守ってもらうよ」

「勿論だ」

「あと一つ。我々がやくざと違うところは、義理では人を判断し評価しないところだ。言ったように、丑寅会は公儀の大事な御領を守る組織。故に、実力のみを評価している。力ある者は取り立て、そうではない者は容赦なく追放する。無論、君とてその対象であるが、いいかね？」

「そりゃ丑寅会に預けられたんだから委ねるが、俺は萩尾を斬る為にいる。そこんところは忘れないで欲しいね」

話は一通り終わったのか、許斐が大きく息を吐いて肩の力を抜いた。

「どうだ？　この後、酒でも飲まないか？　君の歓迎会と洒落込もうではないか」

「それは総長としての命令かい？」

「命令で飲ませるような野暮《やぼ》は言わんよ」

「なら、遠慮しておくよ。その酒代も大事な軍資金だろうしさ」

許斐は苦笑して、話は終わりだと打ち切った。少なくとも、このぐらいで腹を立てるような漢《タマ》ではないようだ。

五

当座の住処《ヤサ》として、乾介は屯所内に一間を与えられた。

案内役をしていた男が、「お前さんは特別だそうだ。俺らのような下っ端は長屋で、幹部は宿場内に役宅を与えられている。さしずめ、客分というところかね」と言っていた。

正直、そんなことはどうでもよかったし、嬉しくもない。丑寅会については、煩わしさしかなかった。

犬政の頼みであるから、仕方なく従っている。いや、従わざるを得ないというのが、本当のところだ。ここで断れば、待っているのは死であろう。何せ、丑寅会を使って大楽を殺そうとしているのは、犬政ですら頼みを断れない大物なのである。

そして江戸の暗い世界で生きる者は、何よりも体面にこだわる。顔に泥を塗った者を生かしておくはずがない。そこに利があろうと、無かろうとだ。

命あっての物種。命永らえて、何かを為《な》そうという夢などないが、命を賭してまで意地を貫くつもりもない。

与えられた居室は、六畳ほどの一間だった。布団に文机《ふみづくえ》、置き行燈《あんどん》と一応の調度品は揃っていて、部屋も南向きで日当たりはいい。障子を開ければ、そこは先程眺めた枯山水の庭になっている。許斐はそれなりの部屋を用意してくれたようだ。

乾介は一人になると、腰から井上真改を引き抜きゴロリと仰臥した。

丑寅会。一見して、大楽とは関係が無いように感じる。丑寅会の領分《シマ》は天領であるし、大楽がいる姪浜とは離れている。組織として、大楽を狙う理由は今のところ無い。

許斐は丑寅会が飛躍する為に、大楽を殺すと言っていた。それは与市の説明に通じるものもあるが、果たしてそれだけが理由だろうか。

（……まぁ、俺にはどうでもいいことよ）

人が誰かを殺す理由など、無数にある。気に食わない、ただそれだけでも殺す。それは始末屋をしていて嫌というほど知っているし、理由がどうあれ始末することが自分の仕事である。

暫く微睡《まどろ》んでいると、先程の案内役が現れて夕餉の時間だと告げてきた。幹部より下の者は、食堂で一斉に食べることになっているという。

食堂は、台所に面した板張りの広間だった。三十か四十ほどの膳が、左右に分かれてずらりと並べられている。

「場所は決まっておらん。好きなところに座っていいが、今日は一緒に食うか？」

と、案内役に促され、並んで腰を下ろした。

「実は参謀殿に呼ばれてな。わしはお前さんの世話役を仰せつかったのだ。親子ほど歳は違うが、まぁ一つ頼むよ」

そう言うと、丸田伴野《まるたともの》と名乗った案内役は、等間隔に置かれた急須を手に取って乾介の湯飲みに茶を注いだ。

歳は四十半ば。髭も月代《さかやき》も伸びるに任せた浪人だが、浮かべた笑顔には妙な人懐っこさがあった。

「俺は世話を焼かれるほど子供《ガキ》じゃないよ」

「まぁ、そう言わないでくれよ。わしのことは小間使いとでも考えて、使ってくれ。でなきゃ、ここを追い出されちまう」

乾介は鼻を鳴らすと、箸を手に取った。

膳の上には、どんぶり飯に焼き魚と冷奴、それに味噌汁と古漬けの沢庵《たくあん》が添えられている。とりわけ贅沢とも、かと言って貧相とも言い難い。ただ酒は無いようだ。

「お前さんについては、何も詮索するなと参謀殿に言われておってな。だから、何も聞かぬが……」

と、丸田は聞かれもしないのに、身の上話を語り始めた。

生まれは、肥後《ひご》人吉《ひとよし》。しかし家老一派と一門衆の対立から藩主が暗殺されるという事件が起こり、その余波を受けて下野《げや》。浪々の身となった末に、丑寅会に拾われたという。

そういう興味もない身の上話を聞き流しながら、乾介は飯をかき込んでいると、その丸田が肘で軽く小突《こづ》いた。

「総長殿だ。こいつは珍しい」

慌てて箸を置く丸田を尻目に、乾介はどんぶり飯に茶をぶっかけて、それを胃の中に流し込んだ。しょっぱいだけの沢庵も、これなら気にならない。

「皆の衆、少し話を聞いて欲しい」

食堂内に、許斐の張りのある声が響き渡った。

乾介は構わず茶漬けを平らげてから、やっと目を向けた。許斐が一人立っていて、脇には小関や幹部連中が控えている。

こうして立ってみると、許斐は堂々とした体躯だった。上背もあり、身体つきも逞《たくま》しい。何となく、大楽と似たような背格好である。組織を率いる風格という点では、申し分はない。

「皆は既に存じておろうが、本日新たに迎えた同志がいる。立ってくれ」

そう言われ、乾介は舌打ちをしたい気分に襲われた。

こうしたことは趣味ではない。だが、ここで立たなければ、許婓の顔を潰すことになる。だから組織というものは嫌いなのだ。

横の丸田に小声で「おい」と言われてから、やっと乾介は重い腰を上げた。

「蜷川乾介君だ。彼は同志でもあるが、我々の支援者から預けられた大事な客分でもある。しかしながら、江戸者なので当地の事情については不慣れだ。色々と教えては欲しいが、決して粗略にも扱わないでくれ。まぁ、私の弟とでも思ってくれればいい」

そこで言葉を区切り、何か話せと言わんばかりに、許婓の両眼がこちらに向いた。

乾介は軽く嘆息しつつ、名を名乗ったあとに「よろしく」とだけ言って腰を下ろした。

それを見届けた許婓は、全体を見渡し「各々、あと一つ申し伝えることがある」と話を変える。

「丸茂《まるも》村で、軍資金の調達をしていた同志五名が襲われた。三名が死亡、残りの二名は重傷。下手人はわかっておらんが、軍資金も奪われたところを見るに、磐井《いわい》の一味であろう。必ずや報復をするところではあるが、改めて我々は狙われる立場ということを忘れず、公儀・領民の為により一層励むよう申し伝える」

許婓は言い終えると、取り巻きを引き連れて食堂を出ていった。

幹部連中の姿が消えると、食堂内の緊張が一気に緩まり、私語でまた忙しくなった。

周囲から聞こえるのは、先程の磐井の一味の話題である。

ただ口々に上がるのは磐井だけでなく、鬼火党《おにびとう》、鎮西組《ちんぜいぐみ》、弁之助一家《べんのすけいっか》という聞きなれない組織の名前もある。

「おい、おっさん」

乾介は、まだ飯を食っている丸田に声を掛けた。

「おっさん？　まぁ、いいだろう。それで何だ？」

「磐井の一味ってのは何だい？」

「おお、お前さんは知らんのだな。磐井ってのは、この辺りを根城に西筑を荒らす盗賊だよ。頭目の磐井の若竹《わかたけ》という男が凶暴で、銭の為ならやくざだろうが役人だろうが、誰彼構わず襲う狂犬のような奴らなのだ。我々も手を焼いておる」

「で、鬼火党だのなんだのと名が挙がっている奴らは？」

「玄海党事件の後に伸びてきた、地場のやくざ連中さ。中には、やくざとも浪人とも呼べぬ破落戸《ごろつき》もいるがの。御領を領分《シマ》にしていて、我々とも小競り合いを繰り返している」

「ここと似たようなもんか」

するとと丸田は、「シッ」っと口の前に人差し指を立てた。

「滅多なことを言うものではない。参謀殿にでも聞かれたら、どんな難癖をつけられるかわからんぞ」

「はいはい」

と、乾介は立ち上がった。もう既に、小関には似たようなことを言っている。それで難癖をつけてこようものなら、あの学者面した首を刎《は》ねるまでだ。

居室に入る襖に手を掛けた時、乾介は向こう側に微かな気配を感じた。

（誰かいる……）

が、ここは丑寅会が用意した部屋であり、自由勝手に入られて文句を言える立場でもない。少なくとも、今のところは。

そう思いつつ襖を開くと、夜具が準備されていて、その傍には女が平伏していた。

「誰だ？」

乾介が短く訊くと、女はゆっくりと顔を上げた。

「朔子《さくこ》と申します」

若い娘の、諦観に満ちた両眼《りょうまなこ》が乾介を捉えた。

心の奥底に仕舞い込んだ淡い記憶を、戸を叩いて起こされたような気がした。その顔。肺腑《はいふ》を突かれた思いだが、それよりも朔子という女を追い出す方が先だった。

「どうして、ここにいる？」

「夜伽《よとぎ》を命じられました」

「いらんよ」

乾介は吐き捨てるように言うと、腰から井上真改を引き抜いた。

「それでは、困ります」

「そんな気分じゃないんだよ。誰に命じられたが知らんが、帰ってくれ。もしそれで不都合があれば、俺がそいつに言ってやる」

　そこまで言うと、朔子は「わかりました」と頭を下げて出ていった。

　その後ろ姿を見送りつつ、乾介は夜具の上に腰を下ろした。

（全く、余計なことを）

　乾介には、女を抱きたいという欲求が無い。どうしてかわからないが、そうした気分になったことがない。かと言って、男が好きだというわけでもない。人というものを、好きになったことがないのだ。

（ただ、似ていたな……）

　朔子の、細面の顔が脳裏に浮かんだ。

　年の頃は、二十を過ぎたぐらいか。物憂《ものう》げな眼差しと、全身に纏わせる薄幸の気配。朔子の所作が、武家のものであるが故に、ますます死んだ姉に似ていた。

　姉は、乾介の母代わりだった。静かで声を荒らげることはなかったが、芯の強い女性だった。身形《みなり》から行儀作法まで、早くに死んだ母の代わりをしようと、あれこれと仕込まれた。それを嫌だと思った時期もあったが、今思えばあれほど自分を構ってくれたのは、後にも先にも姉しかいなかった。

　その姉は、笠間藩の上士たちに襲われ、凌辱されて殺された。

弄ばれ、無残に殺された姉の遺骸《いがい》を、今でも乾介は忘れられない。それからだ。俺が変わったのは。それから、父は下手人である上士を討って出奔し、浪々の末に始末屋となった。そして、その跡目を自分は継いだ。全ての始まりは、姉だったのだ。

翌日、朝餉《あさげ》だと丸田が居室に現れて言った。

「参謀殿が、飯のあとにでも御用部屋に来いとさ。お前さん、早速やらかしたのかね？」

「いや。ただ、小関に嫌われているという自信はある」

「おいおい。それは洒落にならぬよ。何せ、あの男は狡猾《こうかつ》な男での。頭は切れるが、自分の地位を脅かそうとする存在は、あの手この手を使って排除しようとするところがある。敵に回すと厄介だぞ」

「へえ、確かに小関ならやりそうなことだ。精々、気を付けるさ」

それから、丸田と朝餉を摂った。

食堂でも屯所内でも、乾介に構うのは丸田以外にいなかった。許婓が客分だの弟だのと言ったので、変に関わりたくはないのだろう。

その丸田が、飯を食いながら会内の体制について、あれこれと教えてくれた。丑寅会には、五名一組の伍隊《ごたい》があって、これを小頭が束ねる。これを二つ集めたのが什隊《じゅうたい》であり、これを大頭が統括《とうかつ》。そして、この大頭以上が幹部と呼ばれる。

丑寅会には、この什隊が六つあるという。つまり、六十の兵力はあることになる。また先日の襲撃で壊滅したのは、その伍隊の一つだとも丸田が教えてくれた。

「で、俺はその伍隊に入るわけか？」

「いや、それはなかろうよ。何せ、お前さんは客分だ。それに世話役を仰せつかる際に、儂は伍隊から外されての。つまり、伍隊とは別で動けというわけだろう」

「なるほど。俺は丸田さんと二人ってわけか」

「だから、よろしく頼むよ」

丸田という浪人は、どうも憎めないところがある。好んでつるもうとは思わないが、傍にいる分には何故か不快にならない。妙な魅力を纏っていた。

その丸田の先導で、小関の御用部屋に向かった。

小関の部屋は屯所の中でも、奥まったところにあり、部屋の前では若い武士が二人控えていた。さしずめ、小姓といったところだろうか。

そこで丸田と別れ、乾介は小姓に声を掛けた。

「参謀が、お待ちです。どうぞ」

襖が開かれ、そこでは小関が文机に向かって、何やら書類を読み込んでいた。

「うちには、役方を担える人材が少なくてな。裏方の仕事が忙しくて仕方ないのだよ」

小関が、書類に視線を落としたまま言った。乾介は、構わずその向かいに腰を下ろした。

「それを俺に手伝わせる為に呼んだのかい？」

「その気があれば歓迎だが、人斬り包丁である君が、それをしてくれるとは思ってはおらん」

と、小関はそこで視線を乾介に向けた。

人斬り包丁。侮蔑《ぶべつ》の色合いが濃かった。そうやって挑発しているのだろう。だが、事実として自分は人斬り包丁。そのぐらいで腹を立てるようなら、とっくに始末屋など辞めている。

「あの女は、気に入らなかったかね？」

乾介が反応をせずにいると、小関が軽く笑いながら言った。

「あれは、あんたの差し金か？」

「総長に命じられてな。女中奉公をしている中でも、上玉を君に当てがったのだがな」

「俺には無用の気遣いだ。今後はやめてくれ」

「ほほう。男の方がいいなら、準備をするぞ」

「喧嘩がしたいなら、いつでも買うぜ、参謀殿」

乾介は、敢えて怒気を隠さなかった。小関は少し怯える表情を見せたが、すぐに取り繕うように咳払いをして、「本題に入ろう」と告げた。

「実は、総長が君の腕前を見たいと仰っている。そこで、ちょっとした腕試しを受けてくれないか」

「断る」

「まぁ、話を聞いてくれ。何かを試すにしても、君の実力がわからなければ任せようがないではないか」

「そんなの、勝手にしろよ。そもそも、俺は萩尾を斬る為に雇われたんだ。それは斬る腕があると見込まれたからじゃねぇか」

「だとしてもだ。それに丑寅会で世話になる以上、腕を見せた方が何かとやりやすくなると思うがな。君が噂通りの凄腕なら、自由にやらせてみようと総長も思うかもしれん」

「……くそったれ。わかったよ」

「よろしい。試合は今日の午後だ。準備が出来たら声を掛ける」

乾介は舌打ちをして御用部屋を出ると、丸田がずっと待っていた。

「それで何だったんだ？」

「腕試しをしろだとよ」

「ほら、早速参謀殿の嫌がらせだ」

「総長の意向らしいが、本当のところはわからんな」

居室に戻る長い廊下を歩いていると、女中奉公をしている女たちが洗った衣服を干していた。

乾介は思わず足を止めていた。その中に、朔子がいたのだ。

目が合い、朔子がしたたかに頭を下げる。昨日と変わらぬ憂いを帯びた眼をしていたが、左頰が赤く腫《は》れていることに乾介は気付いた。

乾介は、丸田をそのままに朔子の方へと歩み寄った。他の下女たちは慌てて脇に控える。

「その傷は？」

「なんでもございません。足を滑らし、転んでしまったのです」

乾介は乱暴に朔子の顎を掴むと、「違うね」と言った。

「許婓か？　小関か？」

「違います。本当に転んだのです」

「……そうか」

乾介は、そう言って踵を返した。

あの女を見ていると、どうしても姉を思い出してしまう。

小関からの呼び出しがかかったのは、昼も七つ（午後四時）になろうとした頃合いだった。

居室にいた乾介は、井上真改を掴むと、心配そうにする丸田を引き連れて、腕試しの場となる庭に出た。

ここは枯山水の庭と違って、稽古などで使うのだという。なので、余計な岩や樹木などはなく、広場となっている。

そこには、既に丑寅会の浪士たちが集まっていた。また、その中心には床几《しょうぎ》に腰掛けた許婓と、それに付き従うように小関が控えている。

乾介は襷《たすき》で袖を絞ると、井上真改を丸田に預けて許婓の前に進み出た。

「よく引き受けてくれたな。今日は一つ腕前を見せてくれ」

許斐が言うと、乾介は一つ頷いた。

「ああ。だが、これっきりにしてくれよ」

「よかろう。だが、それだけの相手を用意しておるぞ」

許斐が顎で合図を出すと、三人の男が進み出た。

いずれも袖を絞り、股立《ももだ》ちを取っている。そして、手には木剣。乾介の木剣も用意されていた。三番勝負をしろ、ということだろう。

一人目の相手は、中々の腕前だった。板張りの上で基礎を身につけた上で、人を斬って腕を磨いた口だった。

鋭い突きを二度躱し、下段からの斬撃を弾いた隙で、胴を軽く打った。使い手だったが、手加減をする余裕はあった。

次の相手は、一人目に比べたら腕は数段落ちた。順番を間違えたのでは？　と思うほどで、面倒なので小手を打ってさっさと終わらせた。

最後の相手は、一番若い男だった。開始の合図と共に、前に飛び出してきた。

勢いだけの剣。そう思ったが、横薙ぎの一閃《いっせん》を躱された時、乾介は「おや」と思った。どうやら、この三人の中では最も天稟《てんりん》があるようだ。だが、ここで敗れるわけにもいかない。

乾介は自ら打ってでた。木剣同士で打ち合い、鍔迫《つばぜ》り合いに転じた時、乾介はその顔に頭突きを叩きこんでいた。

男の意外そうな顔から、鼻血が噴《ふ》き出す。男は鼻を押さえて顔を伏せ、乾介は無防備になった首筋に木剣を軽く当てた。

歓声は上がらなかった。周囲を見渡すと、皆が一様に驚いている様子だった。この三人は会内でも、それほど使い手だったのだろうか。

「見事」

許斐が立ち上がると、大きな手で数回拍手をした。それを合図に、見守っていた浪士たちから声が漏れた。どれも感嘆に近しい声で、罵声《ばせい》などは無かった。

「これでいいかい？　許斐さん。まさか、次は真剣でとか言うんじゃないでしょうね」

「その必要はないさ。この三人は、丑寅会でも三羽《さんば》烏《からす》と呼ばれるほどの腕を持つ。それを歯牙にも掛けずに打ち倒したんだ。いやぁ、恐れ入ったぞ。なぁ、小関」

「左様に。まさしく、あの役目を果たせる人材かと」

傍に従う小関が、囁くように言った。

「ふむ……。それでだ。君に斬ってもらいたい男がいる」

「萩尾ですかね？」

「いや。だがその者を斬れば、閻羅遮の首はぐっと近くなる」

乾介は、一つ溜息を洩らした。

大楽以外の殺しは受けないつもりだった。内々で呼ばれていれば、きっと断っていただろう。しかし丑寅会の面々を前にした、この状況では何とも具合が悪い。

　ここで断れば、許斐の顔を潰す。そうなれば、どんな仕打ちが待っているか。許斐など怖くもないが、この先の状況が読めなくなってしまう。そして、丑寅会の背後にある大きな力も厄介だった。勿論、犬政も黙ってはいない。

「やりますよ、一応は草鞋《わらじ》を脱いでいるわけですし」

「そうか、やってくれるか」

　小関がほくそ笑むのが、視界に入った。恐らく、この断れない状況に仕向けたのは、この男の入れ知恵であろう。

「ですが、許斐さん。俺も玄人《くろうと》なんで条件がありますよ」

「まぁ、そうであろうな。その条件というのは？」

「ここで女中奉公をしている、朔子という女を自由にして欲しいのですよ。それが駄目であれば、俺だけの世話をしてくれるようにして欲しい」

　一瞬、時が止まったように静かになり、そして許斐が噴き出した。それに続くように、小関ら幹部連中から失笑が漏れる。

「ほう、これは意外だな。なんだ、惚れたか？」

「理由などは、どうでもいい。俺はあんたが命じた奴を必ず斬る。だから、この条件は守ってもらいますよ」

　乾介はそう言い放つと、木剣を投げ捨て踵を返した。

　視線の先には、不安そうな表情を浮かべた丸田の姿があった。

第三章　襲撃

一

その日、大楽は久し振りに萩尾家の陣屋を訪ねていた。

今日は月に一度の、会合が開かれる日だった。萩尾家の家政や領内運営について報告や話し合いが持たれる。大楽は後見役として、会合に出席しなければならなかった。

大楽は「細けぇことは、亀井たちに任せていれば構わんだろ」と最初断ったが、継母の松寿院がそれを許さなかった。

「あなたが、いつも睨みを利かせている。それを知らしめる意味でも、出席する必要があるのです」

そう言われると、返す言葉が無かった。

また会合が開かれるようになったのも、萩尾家の中で大きな人事改革が行われたからだ。

これまでの萩尾家は、家老と用人を兼務した亀井が、表向きも奥向きも全て差配していた。

それを領内運営については表用人が、家政については奥用人が差配するように分担し、全体を家老たる亀井が取り仕切ることにしたのである。

これは、亀井自らが提案したものだ。今までは萩尾家は、亀井が独裁していたようなものであるが、それを自分自身で解いたのは、恐らく判断の甘さから縫子を死なせてしまったという忸怩たる想いがあるからだろう。一時は腹を切ろうとしていたほどだ。

今回の人事の真意がなんであるか、大楽は知らないし、わざわざ訊くつもりもない。

「これは、大楽様」

陣屋では家人たちが、大楽に恭しく挨拶をしてくれた。大楽は、その一つ一つに「おう」と気軽な返事で応える。

かつて家中で冷遇され、嫡男といえども、私生児同然として扱われてきたが、今はその名残は全くない。むしろ市丸の後見役として頼りにされている。この状況を、旅に出たままついぞ戻ることのなかった叔父と、玄海党事件で命を落とした弟が目にしたらなんと言うだろうか。あの二人だけが、大楽のことを気に掛けてくれる存在だった。

広間に向かう途中、後ろから声を掛けられた。振り向くと、表用人の安富《やすとみ》義芸《ぎげい》が立っていた。

義芸は安富《やすとみ》甚左衛門《じんざえもん》の長子で、今回の改革で表用人となった男だった。義芸は萩尾家の家人であったが、先々代当主、つまり大楽の父である美作《みまさか》の推薦で、斯摩本藩の書院番士として働いていた経歴がある。その義芸が萩尾家に帰参したのは、玄海党事件で主計を失った萩尾家を立て直す為であり、呼びかけたのは甚左衛門だった。

性格は温厚で、誰でも分け隔てなく接する。声を荒らげることもなければ、嫌味の一つも言わない。それでいて視野が広く、任された仕事に手抜かりは無い。出戻りとはいえ新参には違いない義芸に、家中の者たちは喜んで従っている。

「遅かったので、今日は出席なされないのかと思っておりました」

「ちょいと仕事が立て込んでいたんだよ。今宿まで足を延ばしていて、遅れてしまった」

「ほほう、新たな客でございますか？」

「まぁ客は客なんだが、ちょいと違う。そこの問屋場が用心棒を雇うらしく、その腕やら人品やらを査定しに行ったわけさ。江戸でもやっていたことだがね」

「大楽様は意外と商才がおありですな。用心棒をするだけでなく、雇い入れる用心棒の腕を見極めることを商売にするとは」

「それが、俺が考えたことじゃねぇんだよなぁ」

この商売を考えた男は、江戸のいろはを教えてくれた男だった。親友であり相棒であり、そして兄のような存在。その男は、自分の身代わりになるように死んだ。頭を撃ち抜かれたのだ。

今でも忘れられない。だから、新しく出した小料理屋の屋号に、その男の名を付けた。隠居したら小料理屋をしてみたい、そう言っていた奴の夢を叶える為にも。

大楽と義芸は、長い廊下を歩んでいた。会合が開かれる広間は、陣屋の中でも奥の方にある。

「そういえば、息子はどうです？　使い物になりそうですか？」

　義芸が思い出したように話題を振る。

　大楽は義芸の頼みで、今年で十八になる嫡男・伝三郎《でんざぶろう》を萩尾道場で預かり、面倒を見ていた。道場で門人の稽古相手になるだけではなく、危険が少ない仕事であれば手伝わせることもある。義芸の息子だけあって人品は申し分なく、城下で学んだ一刀流の腕も確か。七尾などは、弟のように可愛がっていた。

「どう思うかい？」

「いやぁ、まだまだ。腕だけはあるようですが、半人前にもなっておりません」

「ふうん。父親ってもんは、息子を過小評価するからいけねぇや。伝三郎は十分に使える男だよ。剣の腕もだが、人間が出来てやがる。年の割に老成し過ぎだと、心配するほどにさ。今は喧嘩のやり方を教えているが、これが身に付けば立派な用心棒になれるぜ」

「ほほう。その調子なら、萩尾道場の跡取りになれますかな」

「やめてくれ。あんな道場に押し込めたんじゃ、伝三郎が可哀想ってもんよ。いずれは陣屋で見習いでもさせて、治世のいろはを学ばせるべきだな。亀井ならいい師匠になるだろうよ」

「やはり、大楽様にお預けして正解でした」

　父親は、息子を過小評価する。だが褒められると、やはり嬉しいものなのか。義芸の表情が、それを物語っている。

自分の父親は、どうだっただろうか。久しく思い浮かべなかった気難しい顔が、脳裏に浮かんでくる。

父の美作は、決して悪い男ではなかった。しかし、前藩主の妹を継室に迎えたことで、大楽が孤立するのを止めようとしなかった。父が殊更に冷遇したわけではないが、寵愛《ちょうあい》が主計に向かっていたのは明らかだった。

そんな大楽が父よりも父性を感じたのは、僧形《そうぎょう》であった叔父の紹海《しょうかい》だった。凄腕の剣客でありながら、養子に入ることもなく、何故か仏門を選んで旅の雲水として一生を過ごした。そして時折戻っては、大楽に稽古をつけて去っていく。

大楽の血肉とも言える、萩尾流とその秘奥・幻耀《げんよう》、そして差料《さしりょう》の月山堯顕は、この叔父から与えられたものだ。

叔父は主計には優しかったが、自分には殊更に厳しかった。その理由を「嫡男だから」と言っていたが、それだけではないものを何となく感じていて、それが叔父に父性を感じる所以《ゆえん》となっていた。

時折、叔父こそが本当の父親なのでは？　とは思う。しかし父も母も既に亡く、叔父も旅に出たまま戻ってはこなくなった今、その答え合わせをしてくれる者はこの世にいない。

広間に入ると、亀井と小暮平吾《こぐれへいご》が待っていた。亀井は待ち時間を惜しむように帳面を読み込んでいて、小暮は手持ち無沙汰にしている。

小暮は去年まで愛宕《あたご》番所差配役の役目に就《つ》いていたが、今回の改革で奥用人に任ぜられ、萩尾家の奥向きを取り仕切っている。小暮は小役人風で肝が小さいが、萩尾家に長く仕えているだけあって、家中の諸事に精通し人望もある。奥用人は、小暮にはぴったりの役職と言えた。

その小暮と義芸が両輪となり、手綱を握るのが亀井。それが今の萩尾家だった。

「それでは」

亀井が大楽の姿を認めると、軽く目を伏せて会合を始めた。

亀井が勝手向きについて語りだした。細かい収支も添えて説明している。長らく続いている冷害が、東北地方で深刻な飢饉をもたらし、その影響を受けてか萩尾家の家計も裕福とは言えない。亀井は家中に対し、再三質素倹約を申し伝えているが、それだけでは足らないと言っている。更には、小暮には「味噌の減りが早過ぎる」と注意し、義芸には「修繕など家人で賄《まかな》えるところは、わざわざ人を雇うな」との注文。つくづく、この男の下では働きたくない。

しかしながら、大楽は亀井の才覚を信用している。そこに義芸と小暮が脇を固めれば、自分が口出しすることはない。

とは言いつつ、為政者のこうした態度が、奸臣《かんしん》の跳梁《ちょうりょう》を招く。玄海党の首魁《しゅかい》だった宍《しし》戸川多聞《どがわたもん》が、斯摩藩政をほしいままにしたのは、渋川堯春が風流狂いの果てに全てを宍戸川に任せたことが原因だった。

「八幡一家の件ですが……」

一通りの話を終えると、義芸が口を開いた。

「大楽様がよくご存知でしょうが、最近宿場内に胡乱な輩の姿が増えております。これについて、町方を動かそうと思いますが、いかがでしょうか?」

ほう、と大楽は思った。八幡一家については、萩尾道場としてもやり合っている。やくざ者とは積極的に関わりたくはないが、こうした手合いを姪浜に近付けないことも、自分の役割だと思っている。故に、萩尾家の手を煩わせるつもりはなかった。

「その件について、当家が動く必要はない」

と、亀井が首を横に振った。

「しかし、八幡一家の者が狼藉《ろうぜき》をしているのは確かでございます。本来ですと、地場のやくざ者が対処するものではありますが、姪浜にやくざがいない以上、町方が動くしかないのかと」

「安富殿。勿論、法を犯せば町方は動くべきだ。その時は容赦なく取り締まっていい。だが、それ以上はしない。当家が八幡一家と争えば、やくざ者と同列になってしまう」

「しかし、ご家老。領民が見ておりますぞ。ここで何もしなければ、民心が離れてしまう」

両者の言い分は、どちらも正しくはある。亀井は御家を軸に考えていて、義芸は領民を軸に考えている。それは家老と表用人の立場の違いであり、両者の役目が逆であれば、その発言も変わっていたであろう。

「では、ここは一つ折衷案といきましょうか？」

小暮がやっと口を開いた。

「姪浜には、やくざはいない。しかし、やくざより怖い用心棒はいるのです。ここは彼らに対処してもらいましょう」

そう言うと、小暮は大楽の方へ顔を向け、「大楽様が動けば、領民は当家が動かしていると思うはずです。何せ、萩尾道場なのですから」と、続けた。

「もう動いているよ。まだ成否は聞いちゃいねぇが、八幡一家は暫く動けないように手を打ったばかりさ」

どんな手を打ったのか。そこまでは言わなかったし、誰も訊こうとはしなかった。仮に訊かれても、大楽は言うつもりはない。かなり陰鬱なことではあるが、これは萩尾道場として動いたことで、萩尾家にはなんら関係は無い。

会合は、それで終わった。全員が腰を上げようとした時、大楽は亀井に声を掛けた。

「市丸は元気かい？」

「それは、ご自身の眼でお確かめになればよろしいでしょう。面会を禁じられているわけではございませんし」

と、亀井は素っ気なく答えて、足早に去っていった。それには小暮も義芸も苦笑するばかりである。

ここ最近、大楽は敢えて市丸と距離を取っていた。

それは両親を死なせた男が、どの面を下げて会えるというのか？　という気持ちもあるが、自分は近くにいない方がいいと何となく思っていた。

だが、それでも可愛い甥御である。気になって仕方がない。叔父の紹海も、こんな気持ちだったのだろうか。

「市丸様はお元気でございますよ」

小暮が取り繕うように言った。

「毎日、文武に励んでおられますし、時折は多休庵へ行かれて、下々の者に交じって遊んでおられるとか」

「そうかい。どうか、市丸を頼むぜ」

道場に戻ると、七尾と伝三郎が竹刀で激しく打ち合っていた。

若者特有の、張りのある気勢。両者防具をつけていて、打ったり打たれたりを繰り返している。

腕の程は五分五分。竹刀の鋭さなら、伝三郎が上回っているかもしれない。ただ、それは板張りの剣術に限ってのことで、これが実戦であれば七尾に手も足も出ないだろう。真剣と竹刀とでは、やはり違うのだ。

「止め」

七尾が大楽の存在に気付いて、伝三郎と距離を取った。

「励んでいるようだな」

二人が、面を脱ぐ。面手ぬぐいも鬢も汗でじっくりと濡れ、二人の身体からは湯気が出ている。それほど激しい打ち合いをしていたのだろうが、この若者たちが放つ生命力が些か眩《まばゆ》くもあった。

「いやぁ、伝三郎は凄いですよ。どんどん腕を上げています。こちらも本気にならないと、一本取られてしまいます」

「まぁ、こいつは才能《モノ》が違う。だが、七尾。俺たちは用心棒ってことを忘れんなよ」

「はい。外でやれってことですね」

「おう。俺たちの檜舞台は、真っ平な板張りじゃねぇんだ。そこんところも仕込んでおけ」

二人の耳を劈《つんざ》くほどの返事を背中で聞き、大楽は奥へと向かった。

道場と回廊で繋がった母屋。その一間で平岡は、文机に向かって算盤《そろばん》を弾いていた。

師範代となった平岡は、寺坂のように裏方の仕事を取り仕切っている。口では「柄じゃないから、早く銭勘定が得意な人間を雇ってくれ」と言ってはいるが、今の萩尾道場が新たに人を雇う余裕が無いことを一番わかっているのが平岡だった。

「戻っていたのか？」

そう言いつつ、大楽は平岡の後ろに腰を下ろした。

「ええ、昼頃に」

「それで、首尾は？」

「抜かりなく」

そこまで言って、平岡が算盤を置いて、こちらに視線を向けた。一つ陰鬱な仕事を終えたばかりだからか、いつも以上に翳りは深い。

「こちらの仕業を疑うかもしれませんが、まぁ大丈夫でしょう。匕首《ドス》を使いましたし」

平岡には、八幡一家の若衆頭《わかしゅうがしら》を、始末してもらっていた。その男が姪浜を獲るべきだと声高に叫んでいて、その意見には親分でさえ逆らえないという報告を、平岡を通じて受けていたのだ。

その若衆頭さえ殺《け》せば、八幡一家は姪浜を狙わない。むしろ、有能だが自分を蔑ろ《ないがし》にする奴、と内心では疎ましく思っていた親分は、この殺しを喜ぶと踏んだのだ。その答えは、いずれわかるだろうが、ひとまずは無事に終わって一安心だった。

「……嫌な仕事を任せちまったな」

「いいんですよ。旦那に提案したのは、自分です。もし許しが出なければ、独断でやっていましたよ」

「すまない」

それはわかっていたことだ。若衆頭の暗殺を提案された時、もし断れば平岡は勝手に動く。だから大楽は許可をした。

嫌な殺しだと思うが、綺麗事では万事が収まらないことは、玄海党事件で身に染みている。

「それに、こうしたことには慣れています」

平岡は殺しに慣れている。それも、暗く深く黒い世界での殺しに。そのことは、平岡の剣や言葉の端々から、何となく察していた。かつて、誰かに命じられ、多くの人を斬っていたのだろう。

だが、それらは大楽の想像で、本当のところはわからない。大楽が平岡の過去について知っていることは、長府藩《ちょうふはん》の出身で足軽の小倅《こせがれ》だったということぐらいだ。過去について、それだけ知っていれば十分である。昔に何をしていたなど、他人が興味本位で訊くべきものではないし、今の平岡がいればそれでいい。

「だがな。お前には、こういう仕事をさせたくはなかった」

「しかし、俺以外に適任者はいないですから。大梶の図体は目立つし、七尾にはさせたくない。旦那は向いてはいますが、まぁ俺らの旗頭だ。俺はね、この町の為に何かしたいんですよ。俺のような男を受け入れてくれた、萩尾家と姪浜の町衆の為なら、幾らでも手を汚します」

「俺も同じさ。……皆を守る為なら」

「世間様の為に俺たちに出来ることは、人殺しぐらいのものですからね。汚れ仕事になるのも仕方ありません」

「違いねぇな」

大楽は、懐に入れていた草餅《くさもち》を平岡の前に置いた。甘党の平岡の為に、陣屋の仏間にあったものを、こっそり拝借したのだ。

平岡が、その草餅に視線を落とす。好物ではあるが、平岡の表情は変わらなかった。

二

その男が訪ねてきたのは、晴れた日の午後のことだった。

夜明け前からの釣りを終え、道場で昼寝をしていると、弥平治から「お客様でございます」と、肩を叩かれて起こされたのだ。

弥平治は既に男を客間に通していて、大楽が起きるまで待つと言っていたが、相手が相手なので声を掛けたとのことだった。

「ったく、人が気持ちよく寝てるってぇのに」

と、大楽はぶつくさと言いつつも、男の名前を聞いて「まぁ、そいつなら仕方ねぇな」と弥平治の肩を叩いた。

男の名前は、早良屋宗逸《さわらやそういつ》。萩尾道場にとって、出入りの商人と呼ぶべき男である。

「これはこれは、お目覚めでございますか」

宗逸は、平伏した頭を上げると、穏やかにそう言った。

「爺さんに起こされちまったが、相手が早良屋さんじゃ仕方ねぇよ」

「いやはや申し訳ない……」

四十絡みの、特にこれと言って印象に残らない、平凡な顔立ちをしている。個性といえば、その平凡さ。人柄も全量以外に、特筆すべきものもない。

ただ、この男の経歴が面白い。生まれは唐津。貧農の五男坊として生まれたが、幼少期より利発と評判で、その噂を聞きつけた長崎の廻船問屋・西海屋《さいかいや》に、丁稚《でっち》として引き取られる。その後、三十年ほど修業を積んだ後、「お前は十分に尽くしてくれた。これよりは、己の才覚でやっていきなさい」と、主人の仲立ちで、博多に店を持つことになった。その屋号が早良屋で、玄海党事件の二年前のことである。

宗逸と知り合ったのは、玄海党事件の後のことだ。商談で斯摩城下まで行くので、その道中の護衛をしてくれと頼まれた。

玄海党事件以降、治安が乱れた福博は、胡乱な輩で溢れていた。途中二度ほど絡まれ、大楽は拳骨だけで破落戸《ごろつき》を追っ払った。その活躍に宗逸は感じ入り、道場を普請《ふしん》する際には資金面でも物資面でも協力をしてくれたのだ。

早良屋の商売は、よろず商。店先では雑貨類を扱っているが、商売になるのであれば何でも売るという姿勢で、道場の板張りから瓦・竹刀、そして母屋の襖から湯飲みまで、宗逸が調達してくれたものであり、下男として弥平治を雇い入れたのも宗逸の口利きだった。

「どうです、弥平治さんは。ちゃんとお仕えしておりますかね?」

「それについちゃ、文句は無いよ。働きっぷりは勿論だが、長らく気ままな一人暮らしだった俺が、全く気にならねぇぐらいで控えている。この辺の呼吸は年の功かね。とにかく、早良屋さんには感謝している」

「それは結構でございます。若い者の方がいいとも考えたのですが、若いだけあって、身の回りも騒がしゅうなりますからね」

「ああ。それに、あの爺さんは海にも詳しい。舟も扱えるしな。それもありがてぇよ」

奉公人を雇う際に、男という条件以外に大楽は何も言わなかった。あとは宗逸に任せたわけだが、それで用意したのが弥平治で流石だと思ったものだった。

「それで、今日は？」

「一つ、お仕事の口をお持ちいたしました。お忙しいなら断っても構いませんが」

「おっ、そうかい。そいつはありがてぇ」

宗逸は自分で大楽たちを雇うだけでなく、用心棒の口を紹介することもある。紹介料を抜いてはいるが、それでも宗逸が紹介する仕事は一口の額が太く、ありがたいものだった。

「いや、ちょうど平岡が渋い顔をしていてねぇ」

「萩尾様が、宿場内の用心棒代を格安で引き受けるからですよ。それに、手間賃を払っていない店も助けているのでしょう？」

「まぁ、一応ここは俺の故郷だしな。正直、銭を取りにくいんだよ」

「商売っ気の無いお人だ。だからこそ、自信を持ってご紹介出来るのですがね」

「それで、今回はどんな？」

「唐津までの護衛でございます。依頼主は、駒場屋吉次《こまばやきちじ》と申す材木商でございまして、唐津藩との商談に向かう道中の用心棒をして欲しいとのことでございます」

「唐津までの往復かい？　なら船を使えばいいじゃねぇか。今の荒れた筑西を避けるように、博多から船で唐津を目指す者もいるようだぜ？」

「どうも、駒場屋さんは船が苦手なようです。私もお勧めしたのですが、『それだけは勘弁』と言い張りましてね」

「人間、誰でも苦手はあるもんだからなぁ」

当然、大楽にも苦手なものはある。坊主の長い説法と多休庵の継母だ。

「なので、今回は陸路。しかも少々長い道中になりますので、手間賃は十両をご用意しているそうです。ご依頼の紹介料を引かせていただきますが、それで十両」

「ほう、そいつは結構だ。俺としては文句はねぇが、それにしても手間賃が高過ぎじゃねぇかい？　いくら今の筑前が荒れているからと言ってもなぁ」

「左様でございます。この報酬には、少し事情がございまして」

「そうかい。まぁ、裏はあるだろうな。博多商人が、理由もなしに破格の報酬なんぞ用意はせんだろ」

宗逸は苦笑すると、「萩尾様はごまかせませんね」と、十両である事情を語りだした。

「これは駒場屋の御家事情という類《たぐい》のお話なのですが、吉次さんには亀太郎《かめたろう》という、腹違いの兄がおりましてね。本来ですと、この亀太郎が駒場屋を継ぐはずだったのですが、これが博打と喧嘩が好きな出来の悪い男でして、放蕩《ほうとう》が祟《たた》って先代に勘当されたのでございます。それから吉次さんが駒場屋を継いだのですが、そうしたら悪い連中と付き合うようになった亀太郎が、店先で騒いだり、銭の無心をしたり、店に犬や猫の死骸を投げ込んだりと、数々の嫌がらせをするように。業を煮やした吉次さんや親戚衆が、あの須崎屋六右衛門《すざきやろくえもん》に頼んで亀太郎を追っ払ったのでございます。これが今から五年前の話でございます」

須崎屋。その名前を久し振りに耳にして、潮焼けをした顔を思い出した。

須崎屋は、表向きこそ博多の太物問屋を営む斯摩藩の御用商人ではあるが、裏では博多の暗い世界を統べる首領《おかしら》であり、玄海党を作り上げた男であった。

大楽は、その須崎屋と死闘を繰り広げ、最期は刑場の露《つゆ》と消えた。消したのは、大楽自身だった。

「それで、須崎屋が死んで戻ってきたわけだな？」

「ええ。吉次さんの息の根を止めてやると、息巻いているのです。しかも、五年の間に亀太郎は押し出しのいいやくざ者になったそうで、子分衆を引き連れているとの話もございます。もし亀太郎が吉次さんを襲うのであれば、唐津への道中が絶好の場となります」

「出来の良くねぇ兄貴の気持ちはわかるが、それにしても須崎屋か。早良屋さんは、よりによって因果な話を持ってきたものだ」

大楽はそう言うと、腕を組んで軽く嘆息した。宗逸の表情は変わらない。ただ、出された茶に手を伸ばしている。何も言わなくても、弥平治が茶と菓子を出していたようだ。

「しかし、俺でいいのかい？　須崎屋の首を刎ねたのは俺だぜ？　俺がそんなことをしなけりゃ、亀太郎が戻ることもなかった。依頼を受けるのはいいが、そこんところはどうなんだい？」

「それはご心配なく。吉次さんは、萩尾様には感謝しております。いくら亀太郎を追っ払うのに須崎屋に縋ったとはいえ、玄海党は真っ当な商人にとっては毒でしかございません。それに、今回は吉次さんのたっての願いなのですよ。唐津藩との商談は、駒場屋が一段上に登れるかどうかの、大事なもの。なので、途中で厄介に巻き込まれてはならぬと、玄海党を倒した萩尾道場に是非とも任せたいと」

「そうかい。そういうことなら、受けるしかねぇな」

そうと決まれば、誰を随行させるかである。八幡一家に仕掛けた後だ。俺と平岡、両方が道場を離れるというわけにはいかない。そうすると平岡とも思うが、十両という報酬と吉次の言葉を鑑みれば、自分が行くべきであろう。そして随行させるのは、大梶と七尾。留守は平岡一人で問題は無い。

五日後、大楽は博多の駒場屋を訪ねた。

駒場屋の店《たな》は博多の浜小路《はましょうじ》の角に、大きな間口を持つ堂々とした店構えである。宗逸が言うには、吉次で五代目になり、博多年行司にはなれないが、この界隈《かいわい》では名家と呼んでも差支えのない商家だそうだ。

その駒場屋の一間で、大楽は大梶と七尾を引き連れて、吉次と向かい合っていた。唐津へ発《た》つのは翌日ではあるが、大楽を含む三人は、既に打裂羽織《ぶっさきはおり》に野袴という旅装を整えている。とりあえず、今日は駒場屋で一泊という話になっていた。

「早速だが、ある程度の事情は早良屋さんに聞いている。幾ら血の繋がりがあるとはいえ、さぞかし肝が冷えることであろうよ」

大楽の言葉に、吉次は「へ、へぇ……」と小太りの体躯を小さくさせていた。

「で、もし兄貴が現れた場合、一応どうするかは駒場屋さんに訊くつもりだが、急を要する場合は、俺たちはお前さんの安全を優先する。それはいいね？」

「それは、亀太郎を」

「そういうこともあろう、という話さ」

「なるほど。左様でございますか。ええ、勿論です。亀太郎は、やくざ者と組んで随分と悪事を働いていると聞きました。……そんな男を兄とは呼べませんし、何より私には家族と奉公人の暮らしを守る義務がございます。そして駒場屋の身代《しんだい》も。こんなところで、どうにかなるわけにはいきません……」

吉次が、言葉を振り絞りつつ、ゆっくりと告げた。

この男、図体こそ大きいが、本来の肝はそれに見合ってはいないのだろう。唐津までの道中、その辺にも気を遣う必要がありそうだ。

「駒場屋さん、兄貴も心配だが問題はそれだけじゃねぇ。勿論ご存知かと思うが、唐津までの道中は中々に危険だ」

と、大楽が大梶に目くばせをした。

大梶は膝行《しっこう》し、懐から一枚の紙を取り出して広げた。それは博多と唐津を繋ぐ、唐津街道の地図。起点となる豊前の大里《だいり》から、終点の平戸までが描かれている。

「今の福博も厄介だが、西の方はそれに輪をかけている。斯摩藩領であれば、性格の悪い大目付が目を光らせているから大丈夫だろうが、前原宿から先、つまり天領からが問題だ。鬼火党、丑寅会、弁之助一家、鎮西組。筑西の天領には、こうした破落戸《ごろつき》どもが街道筋に根を張っている。だが、こいつらは通行料を払うなりすれば、大丈夫だそうだ。堅気相手に無茶をすると、お上も黙ってはいねぇからな」

この辺の話は、仕事が決まってから平岡から聞いたことだった。大楽としては、西筑の事情には興味は無い。しかし平岡は、平素よりこうした情報《タレ》を、あの手この手で仕入れているのだ。道場経営で必要になるかもしれないから、とは言っているが、そういうところも死んだ寺坂に似てきている。

「だが、磐井の若竹とかいう賊が、よろしくねぇ。こいつらは、武士だろうが百姓だろうが、やくざ者だろうが、銭を持っているとわかれば誰彼構わず襲う外道だ。最近では弁之助一家の若衆を殺し、鬼火党の舎弟分の左腕を斬り飛ばしている。敵も多いが、そんなことなどお構いなしの狂犬らしい」

「そんな。今の唐津街道は、それほど恐ろしいのですか？」

「そうさな。当然だが、気は抜けねぇよ。磐井の一味や野良の破落戸《ごろつき》とは、戦うか逃げるしかないね。だが先にも言ったが、大きなところは多少の銭で何とかなる。その辺の出費は覚悟してもらいてぇ」

「勿論でございます。避けられる争いは、避けましょう」

話はそれで終わったが、平岡から報告された中の一つだけは吉次に伝えなかった。

それは、鎮西組が八幡一家と兄弟分であることだ。特に平岡が始末した若衆頭との縁が深いらしく、大楽とわかれば襲ってこないとも限らない。だが、それは萩尾道場の話。吉次には関係のないことだ。

三

前原宿を出ると、雰囲気ががらりと変わった。

つまり筑西の天領に入ってからで、その変化に気付いたのは大楽だけではなく、大梶と七尾もまた、空気の変化を感じ取っていた。

その変化は、次第に目に見える形で現れた。明らかに旅人の数が減り、胡乱な輩が目につくようになったのだ。

「ここからが本番だ」

大楽は、全員に気を引き締めるよう命じた。

旅は大楽たち三人と、吉次と手代が二人。六人という、些か大所帯だ。大楽が先頭を歩み、吉次たち三人を囲むように後方の左右に、大梶と七尾がついている。

博多を発って、三日目だった。初日は姪浜で一泊し、昨日は吉次の野暮用があるからと、斯摩の城下に宿を取った。

斯摩藩の城下町に入ったのは久し振りだが、中々の賑わいを見せていた。堯雄と乃美たちの改革が上手く運んでいるのだろう。その盛況ぶりに、吉次も「斯摩はこれから、どんどん活気づきますよ。博多の大店が、こぞって出店いたしております」と言っていて、吉次の野暮用というのも簡単な商談だった。

しかし、前原以西は違う。その関門である外堂宿を、一行は迎えた。

ここは丑寅会が領分《シマ》にしている宿場で、通称〔外道宿〕と呼ばれている。ただ、かと言って治安が大いに乱れているというわけではなく、通行料さえ払えば安全に通ることが出来るらしい。

ただ平岡は、「この丑寅会は、磐井の一味ほどではないにしろ、中々に厄介」と評し、その理由を「単なる破落戸《ごろつき》ではないから」と、説明した。

丑寅会は統治能力を失った公儀の代わりに、外堂一帯を守護することをお題目にした政治結社であり、緻密《ちみつ》な組織体制で運営されている。また博多商人たちと繋がっている節もあって、その戦力は侮《あなど》れない。事実として、福岡城の役人の中には丑寅会の自治を黙認する向きもあるようだ。

盗賊に過ぎない磐井の一味はともかく、他の徒党とは一線を画す連中である。丑寅会の本質が破落戸《ごろつき》であることには間違いないが、宿場は一つの藩《くに》とまで平岡は言っていた。

その外堂宿へと延びる道筋で、浪人たちが行く手を塞いでいた。四人。その傍には「護身料二十文也」と記された幟が立っている。どうやら、これが通行料のようだ。

そこでは、数名の旅人が列になって払っている。渡世人や旅装の町人、そして百姓。大楽たちの番になり、「この先に進むんなら、二十文。払わなくてもいいが、お勧めはしねぇな」と、髭面の浪人が言った。勿論、ここで拒んでひと悶着を起こすつもりは毛頭なく、手代の一人が代わりに六人分の百二十文を差し出した。

「じゃ、この木札を首に掛けてくれ。こいつをしている限り、ちょっかいは出されねぇし、もし何かあった場合は、俺たち丑寅会に言ってくれ。問屋場か自身番に仲間がいるからよ」

そう言いつつ、木札を六つ差し出した。この木札は首から掛けられるようになっていて、これが銭を払った証拠になるという。そして、宿場を出る木戸門で返せばいいと、髭面は告げた。

大楽たちは、そのまま外堂宿へ入った。

規模はそこまで大きくはないが、一応は宿場だけあって旅籠もあれば、各種様々な店《たな》もある。人の往来も、そこそこにあった。丑寅会の連中以外は、木札をぶら下げている。それは宿場を通行する者だけでなく、種類は違うが店《たな》の者や宿場で暮らす者もだ。大楽の眼には、それが堅気衆を縛る軛《くびき》のように思えた。

（どうも、妙な気配がする）

全身を舐めるような視線を、大楽は感じた。振り向いたが、そこに不審な影は見当たらない。茶《ちゃ》汲みの婆さんが、長椅子に置かれたままの湯飲みと皿を下げているだけだった。

「どうかしたのですか？」

七尾が身体を寄せて、そっと耳打ちした。

「いや。ただ、油断はするなよ」

七尾が頷くと、軽く周囲を見渡した。言葉の意味を理解し、さりげなく出来るのは、平岡による指導の賜物《たまもの》であろう。

「思ったより……」

と、吉次が口を開いた。その次に続く言葉を察してか、大梶が「そう見えるだけですよ」と制した。一見して平穏そうに見えるが、結局は首輪をつけられているのである。こんなものが、平穏とは呼べない。

「先を急ごう」

大楽は、短く言った。

今夜は、外堂宿には泊まらない。このまま素通りして、深江宿近くの村で一泊する予定だった。そこの村の庄屋が、姪浜の漁師衆を束ねる網元・大江《おおえ》家とは縁続きなのだそうだ。そこで口利きをしてもらい、夜の宿を世話してもらう運びとなっている。

大楽が足を止めたのは、鎮西組の領分《シマ》に入った直後だった。

周囲は畠《はたけ》が広がる一本道。その先に百姓が野良仕事で使うであろう、やや大きな納屋が一軒あるだけで、それ以外は見通しの利く平野だった。

「萩尾様、如何したのです？」

吉次が不安気に訊いたが、大楽はそれを手で制した。

「大梶、七尾」

大楽がそう言った直後、小屋の陰からぞろぞろと男たちが現れた。

大楽は、その数を目で追った。三、五、七、九、十三。手妻《てづま》でも見せられている気分だった。

男たちは、渡世人だった。三度笠に、道中合羽《どうちゅうかっぱ》。幸い、背後には誰もいない。

「萩尾様っ」

吉次が大楽の袖に縋るが、それを大梶が引き離した。

「相手が敵意を見せたら、駒場屋さんを連れて逃げろ。判断は任せる」

「先生は？」

七尾が訊いた。

「適当にあしらうさ。前原宿で落ち合おう」

大楽は月山堯顕の重みを意識しつつ、前に進み出た。

十三人の渡世人が、一斉に三度笠を脱ぎ捨て、道中合羽の前を捲《まく》った。背後で、七尾たちの足音が聞こえた。遠ざかっていく。思い切りのいい、良い判断だ。

「おいおい、一体全体こいつはどういう了見だい？」

大楽は、わざと鷹揚に言った。少しでも時間稼ぎをする必要がある。

だが渡世人たちは、返事の代わりに長脇差を抜き払った。そして、駆け出す。大楽は
「おいおい、殺す気満々かよ」と、月山堯顕の鯉口《こいくち》を切った。

先頭の男。上段からの大振りだった。度胸一番。我が身の危険も厭《いと》わない、鉄砲玉のような喧嘩剣法。恐らく、この男の次が本命。

大楽は、月山堯顕を抜き払いながら、大きく踏み込んだ。胴を抜く。手に、人を殺す嫌な感触が伝わった。こればっかりは慣れない。すぐに、横から鋭い突きが迫った。これが本命。確実に仕留める為の突き。払うか、避けるか。一瞬だけ迷い、大楽は身を翻《ひるがえ》した。

熱さは、後から来た。刃が身体を掠めたのだ。すぐに次の斬撃。月山堯顕で、刃を受け止めた。鍔迫り合い。押し、撥ね返す。背後。振り向きながら、横薙ぎの一閃を放つ。血煙が上がった。その奥から、更に突き。これも避けられなかった。左肩に受けた。次は頬。この傷は浅い。

間断なく、攻撃が続く。殺しに慣れている者の剣。払い、弾き、斬り下ろす。肩口から胸のあたりまで、断った。鮮血を浴びる。口に広がる血の味。俺の血か、敵の血かまではわからない。

大楽は、駆けながら刀を動かし続けた。林が見えてきた。その中から、三人が飛び出してきた。

出会い頭に一人目の胴を抜き、二人目を斬り上げた。三人目の突きは、視界に入らなかった。脇腹を掠める。本能で躱したようなものだ。

敵はどれも糞度胸だけの剣だが、場数を多く踏み、実戦を知っている。理屈ではなく、本能で刀を振るっている。だから気が抜けない。息を吸う暇《いとま》も無いほどだ。

しかし、おかしい。逃げた吉次たちを追う素振《そぶ》りを見せない。銭目当てではないのか。違和感が大きくなる。それでも、攻撃は続く。渡世人たちが、目をひん剝き火の玉のように斬り込んできた。

「狙いは、俺かっ」

叫んでいた。この俺を殺す。その為の刺客だったのか。

ならば、やりようはある。刀を振り回しながら、考えた。窮地を脱する妙案は浮かばない。だが少なくとも、吉次を死なせることはない。それだけで、用心棒として最低限の仕事は果たせるというものだ。

しかし、誰が？　何故？　そうした疑問が浮かぶ。だが、俺を殺したい者など掃いて捨てるほどいるし、狙われても仕方は無いことばかりをしでかしてきた。考えるだけ無駄というもので、そんなことは生き残ってからでいい。

大楽は、大きく息を吸った。そして、目の前の男を袈裟斬りに倒すと、林を突き抜けて、畠の中に飛び込んだ。渡世人たちが、慌てて追ってくる。

畠には、青物がなっていた。畦《あぜ》があり、足場が悪い。しかし、そうした場所ほど、萩尾流が生きる。

渡世人たちの動きは、やはり悪くなった。そこに斬り込む。二人、斃《たお》した。が、また傷を二か所受けた。しかし、両手の指は一本とも欠けてはいない。まだまだやれる。

「こなくそっ」

そう言った若い渡世人の首を、大楽は刎ねた。

次の敵。向かおうとした時、視界が反転した。足を掴まれ、引き倒されたのだ。

激痛。それでも月山堯頭は、手放さなかった。足を掴んでいた男に、二度三度突き立てた。

大楽は、息の苦しさに気付いた。呼吸をしても、楽にはならない。口から何も入ってこないのだ。視界も眩《くら》んできた。

思い出す。残島でのことを。あの時、縫子を救ってやれなかった。主計も救ってやれなかった。残された市丸。あいつの二親を死なせた責任が、この俺にはある。こんなところで死んでたまるか。

大楽は立ち上がり、腹の底から咆哮《ほうこう》した。畠は流血で、赤く染まっていた。

目の前の男。渡世人かと思ったら、今度は浪人だった。やや離れた場所で、数名の男たちがこちらを見ている。

浪人は正眼だった。気勢を上げて踏み込んできた。迅《はや》い斬撃。下段で払い、返す刀で頭蓋を両断した。萩尾流の秘奥、幻耀だった。

敵。いつの間にか、渡世人から浪人へと完全に入れ替わっていた。どこからか、加勢が駆けつけたのだろう。渡世人の姿は無くなっている。こうなれば、浪人も全員殺してやる。こちとら、何が何でも生き延びなければならないのだ。

横からの斬撃を鼻先で躱し、更に突きを弾く。先程の喧嘩剣法とは、全く違う。しかし、それ故に読みやすくもある。

大楽は跳躍し、浪人を大上段から斬り下ろした。刀ごと、頭蓋から鳩尾《みぞおち》まで裂けた。そいつを蹴倒し、大楽は納屋に向かって駆け出した。あそこに、指図役がいるはずだ。

「そこで待ってやがれ。この閻羅遮様が、相手になってやる」

そう言ったが、声になっていたかわからない。目の前を遮ろうとした浪人が、急に後退した。気が付けば、離れて眺めていた浪人たちの姿も消えていた。

勝ったとは、思わなかった。ただ疲れた。そして、視界が暗くなった。

第四章　蠢動《しゅんどう》

一

闇の中だった。乾介は、じっと息を殺していた。

斯摩藩城下、堤町《つつみまち》。その一角にある天水桶の陰に、乾介は身を隠していた。もうすぐここを通る、金子《かねこ》行蔵《ぎょうぞう》を斬る。それが、許斐からの依頼だった。

金子は斯摩藩の郡《こおり》奉《ぶ》行《ぎょう》で、農政では抜群の手腕を持った男らしい。以前は郡奉行の下で働いていた小役人だったが、その男が玄海党に加担していた罪で斬首となり奉行の後釜として藩主に抜擢《ばってき》されたという。

斯摩藩主は、渋川堯雄という一橋の血を引いた御曹司。才気溢れ、指導力に富んでいる。それを裏付けるように、腐敗しきった藩政を僅かな間で一新した。そしてこの金子は、農政に於いて堯雄に数々の助言をしている、言わば堯雄の側近。その男を斬る理由を、許斐は丑寅会の為と語った。

金子は堯雄を通じ、筑西の治安回復を福岡城代に訴えているというのだ。具体的には、斯摩藩兵を以て丑寅会を筆頭とする諸勢力を討伐するというもので、その裏には天領の一部を掠め取らんとする魂胆《こんたん》もあると、許斐は語った。

「畏《おそ》れ多くも、公儀の御領を奪わんとする暴挙、甚《はなは》だ許し難し」

許斐は怒気を込めて言い放ち、その金子を斬ることは幕府への忠義だと続けた。故に失敗は許されない。そこで、自分が選ばれる羽目になったという。

正直、金子を斬る理由などどうでもいい。奴を斬ることによって、朔子を自由にすることの方が重要なのだ。その為に、大楽とは関わりのない殺しをやる羽目にもなった。

（全く、自分が嫌になる）

乾介は、低い声で自嘲《じちょう》した。どうしても、朔子が死んだ姉に見えてしまうのだ。惚れているわけではない。自分には、人に惚れるという感情が無い。朔子を見ていると、単純に死んだ姉を思い出す。そしてその朔子が、夜な夜な破落戸《ごろつき》どもに凌辱されていると思うと、我慢できなかった。死んだ姉も、凌辱の末に殺されたのだ。

不意に、足音が聞こえてきた。

金子は十日に一度、堤町にある妾宅《しょうたく》に通う。その妾というのは、百姓の娘、それもまだ少女と呼ぶべき幼い娘だそうだ。農政に秀でた郡奉行が、百姓のそれも少女を妾に迎えるというのは、中々の醜聞《しゅうぶん》である。

そうした金子の情報《タレ》は、名草の与市によって得られたものだった。

あの男も、自分と同様に丑寅会へと合流し、密偵として働いている。与市はそのことに対してあまり不満はないと言っていた。

「最初は気が進まなかったけどよ、犬政親分の命令なら仕方がねぇ。まっ丑寅会にいれば、衣食住と女には不自由はしねぇからな。それに許斐さんってぇのは、大した器だしよ」

と、言っていたほどだ。走狗《いぬ》としては、許斐のような覇気がある武士の方が、飼い主に相応しいと思っているのかもしれない。

「来たぜ。相手は一人だ」

闇の中から、そっと耳打ちをされた。与市の声だった。

その二呼吸後に、提灯の灯りが見えた。金子は、直前まで料亭で米問屋と会合を兼ねた宴席に呼ばれていた。ともすれば、多少の酒も入っているはずだ。

足音が近づく。乾介は息を呑んだ。殺しには慣れている。もう何十人と斬ってきた。慣れているはずだが、この瞬間だけは緊張する。

足音。灯り。目の前を通り過ぎた時、乾介は天水桶の陰から飛び出した。

金子が振り向く。その時には、井上真改を振り上げていた。

戦慄《せんりつ》した、金子の顔。提灯が落ちる。乾介は無言のまま、袈裟斬りを一閃した。

怒りに満ちた表情のまま、金子が崩れ落ちていく。心底悔しいのだろう。郡奉行に昇進し、藩主の側近として枢機に関わるようになった矢先である。無念さはわかるが、乾介にとってはどうでもいい殺しだった。

「またかよ」

思わず声を荒らげたのは、金子を暗殺した翌日のことだった。許斐に報告しようとした矢先、今度は別の殺しを命じられたのだ。

「ああ、その『また』だ」

許斐は、腕を組んだまま言った。

丑寅会屯所にある、許斐の御用部屋である。宦官《かんがん》のようにいつも傍に侍っている、小関の姿は見えない。

「俺は朔子を自由にする条件で、金子を斬った。もう丑寅会の為に働く気はないね」

「それがなぁ、あの女には借金があるのだよ」

「借金?」

「そうだ。朔子は学者の娘でな。その父親ってのが、蘭学に熱心、いや狂っていたとも言っていいほどだった。長崎から最新の蘭書を取り寄せ、更に自ら長崎へ遊学する為に、娘を質種《しちぐさ》にしたのだ。丑寅会と繋がりがある金貸しにな」

「それで、あんたが買ったというわけか?」

「借金の肩代わりをしたからな。その額がかなりのものだ。恐らく、生きている間には返せぬであろうな。朔子の父親は、長崎へ向かったまま行方知れずになったというし」

許斐は溜息交じりに言うと、腕を組んだ。その言い草には、こちらを測る色合いがあり、それが乾介を苛つかせた。

(糞ったれめ)

内心で、乾介は唾棄《だき》した。

惚れてはいないのに、どうしても放っておけない。昨日今日会った女を、ただ姉に似ているというだけで。そして、その朔子の為なら何でもすると、許斐は勘づいてしまっている。言わば、弱みを握られたわけだ。

（あんな女など、いっそのこと斬ってしまえばいい）

とも思うが、それが出来たらどんなに楽か。あの女の前に立つと、刀を抜くことすら恥ずかしくなる。

「許斐さん、わかったよ」

「受けてくれるか？」

「この殺しだけじゃねぇ。俺は大楽を斬るまでの間、なるべく丑寅会の為に働いてやる。当然、満足する結果も約束してやる。だから、朔子の借金を帳消しにしてくれねぇか？」

「つまり、朔子を解放しろということか？」

「そうだ」

許斐が、乾介を見据えた。

鋭い眼光。何を考えているか、読めないところがある。

「いいだろう。君を自由に使える。その権利の方が、あの女よりも魅力的だ」

それから、具体的な殺しの話になった。

今回の標的《マト》は、播磨屋《はりまや》という金子の同志だという商人だった。この播磨屋は筑西の荒れを憂い、密かに金子と通じていたそうである。むしろこの播磨屋が、「斯摩藩兵に破落戸《ごろつき》を討たせたらいい」と、金子を唆《そそのか》していた節がある。

「この播磨屋を討った暁《あかつき》には、君を正式に幹部として迎えよう。いいな、蜷川君」


その夜、乾介は居室で酒を飲んでいた。酌《しゃく》をしているのは、朔子である。

夕餉を済ませて部屋に戻ると、酒肴《しゅこう》を用意して待っていたのだ。屯所内で酒を飲めるのは幹部の特権らしく、乾介は金子の暗殺を成し遂げたことで、幹部に準ずる待遇を与えられていた。そして、次の殺しに成功すれば、この扱いが正式なものになる。

「お屋敷が、何やら騒がしいようでしたが、何か起きたのでしょうか？」

酌をしながら、朔子が言った。

身体はぴったりと、寄せている。並みの男であれば、そこに色香を感じるのだろうが、自分にとっては、ただ煩わしいだけだ。

「知らんな」

と、盃《さかずき》を口に運びながら答えた。

丑寅会に何が起きようが、興味は無い。だが、食堂などで否応なしに耳に入ってくるものもあった。

昨日から、小関の姿が見えないらしい。なんでも、子飼いを引き連れて出ていったそうだ。その行き先は許斐ですらわからず、乾介との面会の直後に小関の捜索を命じたという。

　だが、そうした情報も耳に入れるだけだ。そのことで動きもしなければ、考えもしない。呼び出されない限りは、居室でごろごろしている。

「寝る。お前は部屋に帰れ」

　酒を飲み干した乾介は、盃を乱暴に膳に置いた。

「どうして、わたしを助けたのですか？」

　乾介は何も答えず、ごろりと仰臥した。

「どうして、わたしを。許斐さまにお聞きしました。あなたさまの働きようで、借金が棒引きされると」

「うるさい」

「なのに蜷川さまは、わたしに触れようとはしません。抱いてもいいのです。わたしの身体は、とっくに穢《けが》れています」

「それは違う。穢れてなどいるものか」

　乾介は目を閉じたまま言い放った。

「お前程度で穢れているならば、子供《ガキ》の頃から人殺しをしている俺は、穢れそのものじゃねぇか」

「なら、どうして？」

「言いたかねぇよ。それに、俺はお前に惚れてはいねぇ。それだけははっきりと言っておく」

　その言葉に、朔子の表情が曇った。それは悲痛な色をも帯びている。

「ったく。だからって、嫌いな女に構うほど俺は暇でもねぇ。俺は、女に興味が無いだけだ」

「えっ」

「勘違いするな。男の趣味も無《ね》ぇ。俺は情欲に関心が湧かないんだ。それが一時の気の迷いだと、女をあてがう奴もいたが、迷惑なだけだった」

　思わず口走っていた。そして後悔し「もういい。帰れ」と告げ、背中で朔子が部屋を出ていく音を聞いた。

（どうかしている……）

　初めて、他人に明かした。誰にも知られていない、心の秘密を。

　乾介は、今まで誰かに惚れ、抱きたいという感情が湧いたことが無かった。最初は、好みの女と出会っていないだけだと思った。だから、遊郭に通ったこともある。しかしどんな女であっても、身体を触れられても、乾介の心は揺れなかった。これが、生まれ持った自分の資質なのだ。認めるまでには、かなりの時間を要した。

　その秘密を、乾介は誰にも明かすことは無かった。一人で抱え込んでいた。それを漏らしてしまったのは、朔子が今夜も姉に似ていたからだ。

二

耐え難い痛みだった。

大楽は全身に晒《さらし》を巻かれ、寝かされていた。

全身が熱く、そして激しい疼《うず》きがあった。酒を飲んで誤魔化したいが、医者には酒は禁じられている。こんな時に痛みを忘れさせてくれるのが、阿芙蓉が持つ効能らしい。それを、薬として広く利用するべきだと叫ぶ薬師もいるようだが、今ならその意見に賛成するかもしれない。

ただ幸い、深い傷は無かった。全身を縫いはしたが、死ぬほどの傷ではないらしい。それでも、痛いものは痛い。

また、この様《ザマ》だ。以前にも、同じように膾斬《なますぎ》りにされた。その時に義妹《いもうと》を失った。今回は、誰も死なせなかった。いや狙いは俺なのだ。死なせるというより、死ななかったと言うべきか。

襲撃の翌日。記憶は曖昧《あいまい》である。一瞬だけ気を失ったが、すぐに頬を叩かれて起こされた。そして身体を抱えられ、どこかに運ばれた。そこで、また気を失った。次に目が覚めた時は、荷車の上だった。七尾たちが駆け付けてくれたことは、後で知った。

そして今は、前原宿の旅籠である。外堂宿にも医者がいたが、敵がわからない以上は、天領に留まるのは危険だと、前原宿まで退《ひ》く決断を大梶がした。本当は斯摩城下なり姪浜なりに移したかったようだが、傷の状況を見て断念したと教えられた。

「旦那、お客様が参っておりますよ」

襖が開き、弥平治が顔を出した。この老僕は、大楽が襲われたと知るや否や、急いで駆け付けたという。今は甲斐甲斐しく介抱をしてくれているが、老いぼれの世話など嬉しくはない。

「客？　平岡か？」

「いや、古いご友人と仰っております。名を尋ねると、『ただそう伝えろ』と」

それだけで、誰であるか見当がついた。大楽にとって、古い友人は一人しかいない。

「古い友人か」

「追い返しやすか？　こんなことがあった後でございやすし、あまり好い人物とも思えやせん」

「いや、通してくれ。そいつが言う通り、古い友人。いや、友人だった男だ」

しかし、この状況で現れることに、嫌な臭いがしないこともない。

（いや、それはないな）

もしあの男が仕掛けるならば、こんな手は使わない。真綿で首を絞めるかのように、追い込んで追い込んで、最後は跪《ひざまず》かせて屈服するように仕組むはずだ。殺しという安易な手は、少なくとも自分には使わない。仮に刺客を放ったとすれば、こうして生きていることはない。あの男は嫌いだが、仕事だけは一流である。

「こうして、お前を見舞うのは何度目かな」

声がした。目を向けると、乃美が立っていた。

蛇のような鋭い視線は、玄海党事件を経て、更に深く陰気なものになっている。その理由は、この男の前でなるべく考えないようにしている。

「二度目だろうよ」

「いや、三度目だ。子供《ガキ》の頃に、やくざ相手に喧嘩をしたじゃないか」

「古い話を」

乃美の背後には、若い男が控えていた。青柳文六《あおやぎぶんろく》。乃美の従者である。家人扱いをしているし、苗字帯刀をしているから武士なのだろうが、本当の身分は知らない。

「よう」

大楽は、そう言って片手を挙げた。文六は軽く目を伏せた。この男は、生まれながら耳が不自由だった。乃美の話では腕も立つというので、いつかは竹刀を合わせてみたいと思っている。

「それで何の用だ？　笑いにでも来たのか？」

「そんなところだ。また、死に損なったお前を笑いにな」

乃美は口許に冷笑を浮かべると、大楽の枕元に腰を下ろした。

「それで心当たりは？」

「わからん。何せ、敵は多いからな」

「その中の一人が俺か」

「当然だ。お前の顔が真っ先に浮かんだが、お前なら俺を確実に仕留めるだろ？　あれは、確かに手練《てだ》れだったが、どうにも引っ掛かる」

一瞬、乃美の眼光が鋭くなった。この件について、何か絡む気があるのだろうか。奴にどんな思惑があるか知らないが、大楽は構わず続けた。

「次に磐井の一味だろうと考えたが、身形《ナリ》は渡世人だった。なので、俺は鎮西組と睨んだわけさ。何せ、鎮西組と八幡一家は兄弟分であるし、あそこは奴らの領分《シマ》だ」

「それが違うというわけか？」

「浪人がいた」

「やくざに使われる浪人は多いものだがな」

「違う。浪人が、渡世人を使っていたんだ。確かではないが、あの感じは、浪人が指図役だったと思う」

大楽の脳裏に、遠くでこちらを眺めていた浪人たちの姿が浮かんだ。あれは、野次馬という風ではなかった。

「お前、許斐掃部という男を知っているか？」

乃美が、聞き覚えのない名前を口にした。

「いや。大層な名前だが、どこぞのお偉いさんか？」

「丑寅会の頭目だ。浪人だけの頭目でね。負かしたやくざを手下に組み込んでいる」

外堂宿は、襲われる直前に通過した。俺を襲うなら、いつでも殺せたはずである。しかし、敢えて自分たちの領分《シマ》で襲わない、という手もある。しかも、あの辺りは鎮西組の勢力圏だ。

「だが、どうして丑寅会が俺を狙う？」

「そんなことは知らん。ただ、単に目障りということもある」

「なんだよ、それ。いい迷惑だ」

「俺にはその気持ちが痛いほどわかる。お前の存在は目障りだからな。さっさと死んで欲しいものだ」

用件は終わったのか、乃美は何も言わず腰を上げ、文六に目くばせをした。

乃美と入れ違いに、七尾が部屋に入ってきた。七尾は大楽を救出すると、吉次を博多まで送り届けていた。

「誰なんです、あの乃美って男は？」

「聞いていたのか」

「先生のことを、死んで欲しいなどと」

「あれが主計を殺し、そして俺が一番の親友だと信じていた男だ」

姪浜に戻ったのは、それから三日後のことだった。

七尾は大楽を運ぶ為に大八車を手配していたが、「そんなもんに乗せられて、町衆の前に出られるかよ」と断った。結果、騎馬での帰還となった。

全身の痛みは、未だ癒《い》えない。身体のあちこちには、晒を巻いている状態だった。

道場に戻ると、平岡が待っていた。奥には布団が敷かれ、すぐに寝ろと言われた。

「心配いらねぇ。閻羅遮は不死身なんだよ」

大楽はそう言ったが、平岡は「旦那が、そう簡単にくたばらないってことは知っていますが、案外そういう奴に限って、傷が膿《う》んで死ぬんですよ」と、耳を貸さなかった。

そして、すぐに亀井の診察が始まった。

亀井は家老でもあるが、元々は医者なのだ。父の亀井聴因《かめいちょういん》は姪浜の村医であり、亀井自身も山脇東洋《やまわきとうよう》の学統を引き継ぐ、永富独嘯庵《ながとみどくしょうあん》に医学を学んでいる。

その亀井からの診察を受け、膏薬を塗り直し、晒も新しいものと替えられた。

亀井の見立てでは、完治まで時間がかかるが、十日もすれば動けるようにはなるだろう、との見解だった。

亀井が帰ると、義芸と伝三郎の親子、小暮に松寿院、そして姪浜の町衆。見舞いが入れ代わり立ち代わりに続き、大楽にとって最も顔を合わせたくない男が現れたのは、姪浜に戻った翌日の午後だった。

早良屋宗逸。今回の仕事《ヤマ》を持ち込んだ男である。

宗逸は見舞いの品とばかりに、各種の薬を持参していた。行きがけに、博多の薬種問屋へ立ち寄って、傷に効く薬を買い込んだそうだ。

「しかし、ようございました。こうして、ご無事だっただけで何よりでございます」

宗逸が軽く微笑《ほほえ》んで言った。拍子抜けだった。今回の仕事《ヤマ》は、宗逸が持ち込んだもの。その顔を潰したことになる。てっきり、罵詈雑言《ばりぞうごん》の限りを尽くされると覚悟していたのだ。

「怒ってねぇのかい？」

「怒るなど、そんなまさか。どうして、そんなことが出来ましょう。悪いのは萩尾様ではございません。襲った賊が悪いのですから」

「しかし、俺は早良屋さんの顔に泥をぬっちまった。全く、情けない限りだ」

「私のことなど、気になさらないでください。誰にでも失敗はあるものです。それに駒場屋さんは、傷一つ負っておりませんでした。それだけで、十分でございます」

「重要な商談だったのだろ？　俺が、それを潰してしまった。さぞかし、怒っているんだろうなぁ」

「確かに、大事な商談でございましたので、ご立腹ではございました。それに、どこかで噂を耳に入れたようで」

「噂？」

「ええ。萩尾様を襲ったのは、賊などではなく萩尾様を狙ったものではないかと。それは本当でございましょうか？」

ふと乃美の顔が浮かんだが、すぐに消えた。襲った奴らが、吉次の耳に入れた可能性もある。

「知らないな。ただ、恐らくそれは間違いではないよ。駒場屋さんが逃げても、奴らは追わずに俺だけに狙いを定めていた」

「やはり、そうですか……。それで、相手にお心当たりは？」

「早良屋さん、俺は玄海党を潰した男だぜ？　心当たりなんて、星の数ほどさ」

「愚問でございました。しかし今回の件で、私が萩尾様とお付き合いを改めることなどございません。これからも、何かとお手伝いをさせていただきます」

と、宗逸は恭しく平伏した。

そして辞去しようと立ち上がった宗逸に、大楽は「ちょいと」と声を掛けた。

「早良屋さん、あんたはどうして、俺なんかによくしてくれるんだ？　道場の普請だって、諸事の手配も随分と安くしてくれただろう？」

「どうして、そのようなことを訊かれるのです？」

ゆっくりと振り返った宗逸は、笑顔を崩してはいなかった。そうしたところが、如何《いか》にも商人である。

「単なる疑問だよ」

「左様でございますか。まぁ、商人としての勘でございます。萩尾様についていれば、いずれは儲けられるだろうと」

「おいおい。俺は権力を掴むつもりなんざないぜ？」

玄海党の首領《しゅりょう》の一角であった宍戸川多聞から、斯摩を牛耳る裏の首領《おかしら》になれ、と言われたのを思い出した。あの男は、首を斬られる直前にも言っていた。そうすることで、大事なものを守れると。当然、自分にはそんなつもりは毛頭ない。

「いいのですよ。これは、早良屋の身代を賭した博打なのですから。萩尾様は、どうぞ思うがままに動かれて結構でございます」

そう言い残して宗逸が去り、大楽は一人になった。布団に身体を横たえる。

まだ痛みは強い。だが、それが生きている証拠でもある。縫子を死なせた後も、同じようなことを思った気がする。

(また、何か起きそうだ)

その予感がある。臭いというべきか。どうも、何かがきな臭い。だからとて、それが何であるか、皆目見当がつかない。しかし乃美が現れたことが、何よりの証拠だった。わざわざ、あの男が会いに来る。それだけの理由があるのだ。

「よう、大将」

野太い声がした。視線を移すと、派手な着物を肩に引っ掛け、潮焼けした顔に笑顔を浮かべた、大柄の男が立っていた。

大江《おおえ》舷三郎《げんざぶろう》。姪浜の漁師衆を束ねる男で、今年の正月に父の繁治《しげじ》から、網元の地位を継いだばかりだった。この男も、玄海党を壊滅させることに大きく貢献し、斯摩藩から公式に苗字帯刀を許されている。

「なんだ、元気じゃねぇか。平岡さんからは、切り刻まれていると聞いていたんだがな」

「どうやら、悪運だけは強いようだ。だが、仕事《ヤマ》を踏み損ねた。信用も失っただろうよ」

「それがどうした。閻羅遮の大将にしちゃ、やけに弱気だねぇ。慰めてやろうか？」

舷三郎が、大楽の枕元に腰を下ろした。磯の香りが強い。漁から戻ってきたばかりなのだろう。

「ふん。俺にだって、弱音を吐きたい時もある」

「生きている。それでいいじゃねぇか。去年、あれだけ死人を俺たちは目にしたんだ。生きているだけで感謝しようぜ」

「そうさな」

「生きてりゃ、幾らでも挽回出来るんだ。何とでもなるんだ。死んじまったら、何にも出来ねぇんだよ」

大楽は、一つ頷いた。

生きている。そして、自分の傍には友と呼べる者がいる。今は、それでよしとしようと、大楽は思った。

三

久し振りの酒だった。

酔いが、傷だらけの身体に沁《し》みてくる。そんな心地さえあった。

あれから自由に歩けるまで回復した大楽は、一日の仕事終わりに寺源で少し早い夕餉を摂っていた。

酒、それと肴は鰤《ぶり》の兜《かぶと》を塩で焼いたもの。こうした荒々しい料理は、姪浜の漁師たちに教わったと、半助は言っていた。この店には、舵三郎らも通っていて、昔から伝わる料理の話などしていると聞いたことがある。

大楽は猪口《ちょこ》を片手に、無心に箸を動かしていた。

カマが持つ脂の旨味、頭部のふっくらとした肉、そして独特の味わいがある、目の周り。それらの味の良さを、塩が無限に引き出している。焼き加減、塩加減も絶妙。魚に関しては舌の肥えた漁師たちが通っているのも頷ける。

久し振りに働いた後の飯としては、文句のないご馳走である。

「どうでした？　鰤は」

骨だけになった鰤の皿を下げに現れた半助が、短く訊いた。

「言うことはねぇな」

「ありがとうございます。旦那がそう仰るのなら、店で出せますね」

「ああ、十分に銭を取れるぜ」

半助が、軽く目を伏せて板場に引っ込んだ。

傷のことには、何も触れなかった。こちらが話題にしない限り、半助は触れない。噂は耳にしているだろうし、未だ大楽の身体には晒が巻かれている。それでも何も言わないのが、半助という男だ。

大楽は、この男は板前として生を終えて欲しいと思っていた。かつては鬼猿と呼ばれ、筑西で恐れられた渡世人。右の目元から口の端まで伸びた傷も、その頃に受けたものだ。そんな男が長脇差《ながドス》を包丁に持ち替え、板前となった。ならば、死ぬまで堅気でいて欲しい。

そして、この傷を負わせた者について、平岡が何やら探っているという。余計なことは思いつつ、「やめろ」と命じても平岡は動くはずなので、敢えて何も言っていない。

（まぁ、いずれ何か動きがあるはずだな……）

襲撃者の心当たりが多過ぎる現状で、あれこれ考えても仕方がない。だから具体的な名前がわかるまで、この件について大楽は動くつもりも、考えるつもりもない。

「旦那様」

残った酒を舐めるように飲んでいると、弥平治が縄暖簾から顔を出した。

「道場にお客様が、お見えになっておりますよ」

「誰だよ。もう日暮れだぜ？」

「へぇ。初めてお見掛けするお顔でございます。今は平岡様がお相手されておりますが、旦那様にも来て欲しいということで」

「わかったよ」

大楽は、勘定を机に置くと立ち上がった。

日が暮れた時分に訪ねてくる。それだけで、色々と抱えていることがわかる。ただの用心棒の依頼ではあるまいと、大楽は思った。

その男は、波多江彦内《はたえひこない》と名乗った。

四十をいくつか過ぎたぐらいの、落ち着いた男である。月代は剃り込まれ、装いは華美でも上等な代物でもないが、きちんと着こなしている。大楽が現れた時の所作も、名乗りも礼を失するところは無い。つまり、人間として隙は無い。厳しい立場で、真っ当に生きている男、という印象を大楽は受けた。

客は彦内ともう一人、丈円《じょうえん》という坊主もいた。

年の頃は彦内と変わらないが、やや肥えていて、大楽に向ける笑みに媚びたものを感じた。それ故に、彦内に比べて俗っぽさがある。

その二人が、母屋の客間で平岡と向き合っていた。陽は既に暮れているので、行燈が部屋の隅に灯されている。

「それで、こんな時分に仕事の依頼かい？」

大楽は腰を下ろすなり訊いた。

「実は、私は怡土郡《いとぐん》外堂村の庄屋をしております」

「それで？」

外堂と聞いて、大楽は眉を顰《ひそ》めた。乃美が言っていた、許斐掃部と丑寅会。それが外堂宿を根城にしている。その宿場近くの村の庄屋が現れる。何かが動くと思っていたが、こんなにも早いとは思わなかった。

「筑西の状況は、萩尾様もお聞き及びかと存じます」

「まぁな。この身で存分に味わったばかりよ」

彦内は、一つ頷いた。襲われたということを、承知で訪ねてきたと見ていい。

「中でも、外堂一帯は酷い有様でございます。他とは違って、支配が確立されております」

「丑寅会だな？」

「ええ。彼らはご公儀から外堂一帯の治安維持を任せられている浪士と称しておりますが、要は盗賊が居着いたものでございます。かと言って、彼らは浪人であり武士でございますから、小知恵も利く。丑寅会は己の都合がいいような掟を作り、我々から税を取り立てるのでございます」

「抗ったら？」

「牢に入れられ、許斐掃部の前で裁きがあります。判決は打ち首と決まっておりますが」

「まるで、小さな藩《くに》か。それで、俺たちへの用件とは？」

「丑寅会を倒してもらいたいのです」

彦内が、静かに言った。その表情には、迷いなど見て取れない。覚悟を決めている者が持つ気高さすら感じる。

「こいつは驚いた。丑寅会を倒せとは」

「勿論、全て萩尾様に任せるわけではありません。我々も戦います。微力ではございますが、共に」

「なるほど」

「萩尾様は、丑寅会よりも大きく強い、玄海党に打ち勝ちましたからな。そんなお方ならば、丑寅会など容易《たやす》いだろうと思ったわけです」

今度は丈円が口を開いた。この坊主は、彦内に比べやや砕けた印象がある。

「確かに、玄海党は倒した。だが、あれは俺一人の力ではなかったし、一人で潰したとも思っちゃいねぇ。むしろ俺が、あの一件で何をしたよ？　と思っているぐらいさ」

「しかし閻羅遮と言えば、今や筑前で知らぬ者はおりませんよ」

「坊さん、そいつは言い過ぎってもんよ。それに、俺は切り刻まれたばかりだぜ？　それも外堂宿の近くで」

その問いに、彦内が「しかし、萩尾様は生きておられます」と答えた。

「生きている限り、敗北ではありません。私と丈円和尚、そしてあと数名いますが、我々は丑寅会から外堂を取り戻す為に、立ち上がりました。しかし、我々は弱い。戦う術も経験も持ち合わせていません。そこで、萩尾様におすがりしたのです」

「……なるほど。お前さんたちの話は承知した。だが、即答はしかねる。少し、この平岡と話をさせてくれ」

そう言うと、大楽はやや後ろで控える平岡を一瞥した。彦内が「当然」とばかりに頷いて応えた。

　客間を出た大楽は、濡れ縁に平岡と並んで立った。

　目の前には、猫の額ほどの庭がある。作庭したのは、舷三郎の父である繁治で、庭いじりが趣味なようだ。松やら何やら植えられていて、手入れは弥平治が行っている。庭を愛でる趣味は無いので、その辺は二人に任せていた。

「お前は反対だろ」

「わかりますか？」

「寺坂が生きていたら、当然反対するだろうと思ってね」

　その言葉に、平岡は何の反応も見せなかった。ただ、闇を見つめている。

　寺坂が死んで、その代わりを平岡がするようになって以降、考え方がどことなく似てきている。萩尾道場として考えた時、無茶を避けるような意見が増えてきたのだ。

　だが八幡一家の一件のように、時として冷酷な一手を打つこともある。だがそれは、つまるところ組織の損害を最小限に抑えるという観点からで、根底のところは同じである。

「乃美さんが、旦那を襲ったのは丑寅会かもしれないと教えてくれました」

「また余計なことを」

「旦那が養生している間に、ふらっと道場に立ち寄られたんですよ。そこで、話してくれました。あくまでも可能性の話なんですが」

「それで？」

「なので、丑寅会ってのを俺なりに調べてみましたよ。許斐って男を頂点に、浪人ばかり五十ほど集めた徒党で、更には申組《さるぐみ》と未組《ひつじぐみ》という、元々外堂宿を仕切っていたやくざを従えています」

「結構な大所帯だな」

「しかも、博多の商人とも繋がっているという話です。実際、誰とどんな目的で繋がっているかまではわかりませんが。しかし、公儀が奴らを野放しにしているのが不思議ですね。本来であれば、斯摩藩なり唐津藩なりに討伐の幕命が下ってもおかしくありません」

「そんな相手を、俺たちだけで相手はできんか」

「俺と旦那、大梶と七尾の四人。今回は以前のように後ろ盾はありません。萩尾道場だけで丑寅会とぶつかるのは、犬死になるだけですね。それに、どうも臭います。丑寅会と思われる連中に襲われた後に、その丑寅会を敵に回すような仕事《ヤマ》が舞い込む。まるで誰かが、旦那と許斐をぶつからせようとしているようにも感じます」

「乃美か？」

　その問いには、平岡は何も答えなかった。

　乃美が裏にいるという可能性は、頭の片隅にある。だが、乃美が裏で糸を引いていたら、自分が助かることはなかったはず。それは何度も考えることではあるが、黒幕を考えた時に必ず乃美の顔が浮かぶ。

「今回は断ろう。玄海党と違って、萩尾道場へ舞い込んだ依頼だ。俺の好き勝手では決められん。それに背後で誰が画《え》を描いているかわからん状況で、この仕事《ヤマ》を踏むのは危険過ぎる」

客間に戻ると、彦内が頭を下げる。丈円は、緊張した面持ちだった。

「それで？」

彦内の視線は強かった。正直、その眼光には自分ですらたじろぐものがある。それほど、今回の交渉に賭けているのだろう。

「悪いが、今回の依頼は受けられん」

大楽は、彦内の眼を見据えたまま言った。

「それは、何故にございましょう？」

丈円だった。

「見殺す気でございましょうか？　外堂と、筑西の民を。そもそも、あなたが玄海党を潰したから、こうなったのでございましょう？　血を流すだけ流して、その後始末もせずに、こんなところで用心棒稼業とは。無責任が過ぎますぞ。大体、あなたは閻羅遮なぞと呼ば」

「やめろ」

平岡の冷めた声が、丈円の言葉を遮った。

「俺が反対した。丑寅会の力を考えれば、それは当然の判断であろう。俺たちは四人だ。相手は少なく見積もっても五十を越える。それで、俺たちにどう戦えと？　いくらお前たちが加わるとして、相手は殺しの玄人だ」

「しかし、玄海党を……」

「本来であれば、福岡城代になり郡方の役人になり訴え出るべきものだ。どうして俺たちなんだ？」

「それは」

答えようとした丈円を、彦内は手で制した。

「筑西に関わる役人たちは、賄賂《わいろ》を貰い丑寅会の手先となり果てております。故に萩尾様におすがりをしようとしたのですが、確かに平岡様が仰る通りでございます。これはご公儀に訴え出るべきもので、萩尾様に頼るのは筋違いでございました」

「すまん」

大楽は、素直に頭を下げた。

丈円の言葉には、返す言葉が見つからなかった。福博と筑西の混乱は、自分が招いたものだという自覚はある。それを回避する為には、自分が玄海党の後釜に座るのが一番だったということもわかっている。しかし、それをしなかった。やりたくはなかったのだ。そのことを無責任と言われると、大楽は頭を垂れる他に術は無い。

「頼ってくれたのは嬉しい。だが、俺たちには立ち向かえるだけの力が無い」

丈円は怒りに震えた風に立ち上がったが、彦内は深々と頭を下げた。

二人が出ていき、平岡もその場を離れた。

大楽には、嫌な気分だけが残った。

四

報告を聞き終えた乃美蔵主は、もう下がれと言わんばかりに手で払う仕草を見せた。

斯摩城二の丸、大目付の御用部屋である。手下の目付からの報告は、博多御番の勤めぶりに関するものだった。

その博多御番である男の一人が、商人と組んで何か不正を企んでいるそうだ。その男も商人もいずれ斬首に処すつもりであるが、まずは企みの全容を解明することが急務である。その後、徹底的に不正の芽を摘む。そこまでの筋道はぼんやりと浮かんでいるが、まずは情報と証拠だ。手下の目付にも、そう命じたばかりであった。

目付が去ると、乃美は文机に向かった。

雨が降っている。昨日から降り出し、だらだらと今も止む気配は見えない。その雨音に耳を傾けつつ、乃美は一枚の報告書を手に取った。

机上には、方々に放った密偵からの書状やこれまでの調査を記した帳面が山積みされている。それを読み込むだけで一苦労だが、先程のように直接報告する者もいて、やるべきことは遅々として進まない。

玄海党事件の後、乃美は大目付に任じられた。あからさまな論功行賞で、門閥《もんばつ》の中には陰口を叩く者もいたが、乃美はその全てを無視して職務に精励することに努めた。

大目付という役目は、乃美が望むものではなかった。家老になるのは無理とはわかっていたが、中老ないし最低でも若年寄として、執政府入りをするものと思っていたし、そうあるべきだと考えていた。だから、大目付と堯雄に申し渡された時には、困惑もしたし腹立ちも覚えた。それを察してか、堯雄は「斯摩藩に於いて、大目付は側用人《そばようにん》と並ぶ、藩主直属の役目。その気になれば、執政府にも手を伸ばせる。俺たちこそが、執政府なのだと思え」と人事の意図を説明した。

乃美は、堯雄が敢えて言葉にしなかった意図をすぐに理解した。堯雄は自分の影の部分、汚れ仕事を担えと暗に命じたのだ。恐らく、藩内からこれまで以上の憎悪を集めることになるだろう。どうせ断る術もない。まずは大目付の職責を全うし、誰からも文句が出ない形で首席家老になってやろうと、その時に決めた。

そして今日《こんにち》まで、乃美は大目付として結果を残したという自負がある。玄海党に組した藩士、そして商人や庄屋を徹底的に摘発して首を刎ねた。それと同時に、宍戸川一派を拘束し、有能かつ従順な者は残し、それ以外は処刑、或いは追放した。武士の誉《ほま》れたる切腹は、例外なく許さなかった。

斯摩藩が福博よりも早く、玄海党事件の混乱から立ち直れたのは、こうした苛烈な処置を行ったからだと思っている。そのせいで、想像以上の怨嗟《えんさ》を浴びる事態となったが、一方で「自分を使ってくれ」と売り込んでくる者も増えた。野心と能力がある者が、麾《き》下《か》に集まりつつある。それらを目付として使っていて、この成果も彼らによるところが大きい。

勿論、仕事は玄海党に関するものだけではない。弛《ゆる》んだ藩内の綱紀粛正《こうきしゅくせい》を実施し、藩士の非違《ひい》を摘発。更には斯摩藩の諜報組織を立て直す為、かつて宍戸川の命で動いていた、灘山衆《なだやましゅう》と呼ばれる忍びたちを支配下に置いた。灘山衆からは相応の反発があると思われたが、意外と従順に従ってくれた。それは忍び特有の冷淡さが影響してのことだろう。ともかく、今は乃美の耳目として働いてくれる走狗《いぬ》となっている。

「さて……」

乃美は新たな報告書に移った。それは金子行蔵が何者かに殺された件だ。

金子は斯摩藩の郡奉行で、重臣の一人。その男が斬られたことは、少なからず藩内を揺るがせた。

そもそも金子は宍戸川派の人間だったが、大楽が斯摩に戻り、宍戸川の先が見えたとわかると、何の迷いもなく堯雄側へ鞍替えした。

梟雄《きょうゆう》とも呼べる男であるが、農政に於いては有能だった。堯雄は郷方の支配については金子の助言をよく聞き、そこに対して乃美が付け入る隙は無かった。

同じ派閥に属する同志であるが、闇討ちされたことに然《さ》したる怒りは湧かなかった。

むしろ、いずれは邪魔になるであろう男が消えた、と安堵したほどだ。

金子も首席家老の座を狙っているのは、手の者に探らせて掴んでいた。宍戸川から鞍替えしたのも、その為だという。その男が死んだのは、思わぬ僥倖と言える。

しかし大目付として、恩すら感じる下手人を追わねばならない。それは堯雄からも厳命されていることだった。堯雄としては、信頼する側近を失ったのだ。自分への敵対とすら感じているのだろう。

その金子を殺す理由がある者を、今は洗い出している最中だった。上役・同僚・友人・身内。その為に、灘山衆を何人か動かしている。

「乃美様」

襖の向こうから声がして、男が一人控えていた。

小姓かと思ったのは一瞬で、それが若衆髷《わかしゅまげ》に男装した娘だとすぐにわかった。

「小春《こはる》か」

乃美の問いに、小春と呼ばれた娘は「はっ」と短い返事をした。

白い肌と切れ長の眼をした、美しいと思えるこの娘は、椋梨《むくなし》小春という。玄海党事件で敵対した、椋梨喜蔵《むくなしきぞう》の姪で、歳は確か十六。優秀な女忍びではあるが、あの椋梨の姪という経歴が面白くて使っている。

そして、その小春には姪浜を探らせていた。自分の叔父を死に追いやった大楽に近付けさせる。そこに暗い悦びを感じなくもない。

「いくつかご報告がございます」

「話せ」

乃美が、帳面に目を落としたまま命じた。

「萩尾大楽を襲った者がわかりました」

「ほう。誰だ？」

「丑寅会にいる、小関という男の独断だそうです。許斐が命じて動いた形跡はございません」

「小関……。参謀の男だったか」

「その小関は襲撃に失敗し、外堂宿から姿を消しています。丑寅会は脱走として、行方《ゆくえ》を追っているようです」

「お前はどう見る？」

「功を焦ったのでしょう。小関は頭で働く男ですが、最近は大した功績を残していません」

目を伏せたままの小春が、言葉を続けた。

「それに、蜷川という男が目立っております。そのことで自分の地位が危ういと思ったのかもしれません。丑寅会では、実力が全てだと申します」

「組織としては、それは誤りではないのだがな」

更に小春は、丑寅会に幕府の役人が潜入していることも報告した。この役人たちは筑西の荒廃を憂い、福岡城代の命令ではなく、独自の判断で動いているという。

「報告はそれだけか？」

「萩尾大楽が、波多江彦内という外堂村の庄屋と会いました」

大楽の名を口にした小春の声には、何の抑揚も無かった。

「波多江彦内？　どんな男だ？」

「善良な庄屋との評判でございます。丑寅会に対しても毅然《きぜん》とした態度をとり、一目を置かれていたようで。ただ最近では、丈円という僧と組んで、丑寅会を排除しようと考えているようでございます」

「だが、丑寅会を追いやったとしても、空いた領分《シマ》に弁之助一家や鎮西組などという連中が入ってくるだけだろうに」

「その為に、萩尾大楽に頼ったのでしょう。丑寅会を倒し、代わりに萩尾道場に入ってもらおうと」

「確かに破落戸《ごろつき》どもに比べれば、大楽たちはマシであろうな。それで、返事は？」

「決裂したようです。彦内と丈円が、旅籠で断られたようなことを漏らしておりました」

平岡辺りの判断だろう。あの男は、大楽には勿体ない。平岡一人でも立派な親分になれる器量があるし、片腕として使ってもみたいとさえ感じさせるものがある。

「それで、大楽はどうだ？」

「どう、とは？」

「憎いか？　叔父を死に追いやった相手だ」

小春は、その問いに表情一つ変えず「何も」と答えた。

「ならばいい。それよりも、今日は屋敷には戻れんと、文六に伝えてくれないか」

「承知」

小春が消えるのも見届けずに、乃美は仕事に戻った。

ここ数日、乃美は屋敷に戻ってはいない。世間体の為だけに迎えた妻との関係は冷え切っていて、子供とも暫く顔を合わせていない。どうせ戻っても煩わしいと思うだけなのだ。そもそも家などどうでもいいとさえ思っている。家名を上げたいとも、無理に存続させたいとも考えていない。

自分には、野望だけがある。思うままに政事をしたい。そして、大楽には負けたくないという野望だけが。

その日は遅くまで執務に励み、城内に用意された宿所に戻ったのは、宿直《とのい》が九つ（午前〇時）の見回りを始めた頃だった。

役目の為に屋敷にすら戻らない乃美の為に、堯雄は特別に宿所を用意してくれたのだ。その他にも、風呂と三食の用意もある。

それだけ、あの若殿が自分を買っているのだろう。その期待に応えるほどの結果を残しているが、もしそうでなくなった場合、或いは敵となった時には、どうなるだろうと考えることがある。

（さて……）

敷かれた床に、乃美は身を横たえた。

雨音に耳を傾けつつ、頭は今後の動きを考える為に、独楽《こま》のように回っている。そのせいか、眠気は襲ってきそうにない。大目付になって以降、そういう日が増えたような気がする。

明日から、許斐と会う算段をつけなければならない。許斐と会って、談合すべきことがある。

その後は、どう動くべきか。ただ筑西を平穏にしても、自分には旨味は無い。堯雄に報告しても、「そうか」と言われるだけで、特に評価はされないだろう。筑西の混乱を鎮め、かつ斯摩に利をもたらす終結を目指す必要がある。その為の道筋は見えているが、問題はどう動くかだ。

差し当たり筑西には、今よりもなお乱れてもらわなければならない。乱れに乱れた先に、斯摩藩にとっての利がある。その為には、まず許斐に会う。そして丑寅会に潜入している幕府の役人たちを潰す必要がある。やることは多いと、乃美は思った。

第五章　会敵

一

釣り上げたのは、義芸の嫡男、伝三郎だった。

白銀に輝く魚体。その美しさに似合わぬ、獰猛な歯。

「おお、太刀魚《たちうお》だ」

と、大楽がタモで銀色の美しい魚体を浚《さら》いながら言った。

二尺三寸ぐらいはあるだろうか。初心者である伝三郎にしては、見事な釣果だ。

「歯には気を付けろよ。こいつに噛まれると、酷い傷を負うぞ」

「はい」と返事をした伝三郎は、タモから太刀魚を手繰《たぐ》り寄せると、仕掛けを外して魚籠に放り込んだ。

博多浦である。そこまで沖には乗り出していない。いつものように、小戸大神宮の浜から舟を出した。ただ今回は、船頭役の弥平治だけでなく、伝三郎も連れている。伝三郎は最近釣りを覚え、今日で三回目だった。

襲撃で受けた傷は、かなり良くなっていた。晒で巻いている箇所も減り、木剣を振っても、平気なぐらいにはなっている。

釣りも、用心棒の現場に戻る為の一つだ。傷を心配する七尾に言い聞かせて、伝三郎を連れ出したのだ。

伝三郎は、太刀魚が一匹と鯵が三匹。大楽は小さな鯵と鰯《いわし》が五匹ずつ。弥平治は竿を出さずに、船頭に徹している。

「大楽様、釣りは面白うございます」

伝三郎が白い歯を見せた。この男の笑顔には、陰というものがない。その剣と同じく、どこまでも真っ直ぐだ。まだまだ若いが、他者の痛みにも敏感で、寄り添う優しさもある。これほどの好男子は、中々にいない。

それ故に、大楽は大事に育てていた。義芸の子ということもあるが、この若者が、未来の萩尾家を背負って立つと信じているからだ。

「そうかい。そいつは良かった」

「もっと沖合に出れば、大物が釣れるのでしょうか？」

「おう。大物どころか鯨《くじら》もいるぜ」

「鯨でございますか」

「だが、気を付けろよ。海で気を抜けば、たちまち呑み込まれる。海は旨い肴を恵んでくれるが、それ以上に人間様の命を奪っている」

大楽の脳裏に、若き日に体験した冬の玄界灘の光景が蘇った。

十六の時。藩校の学友に、「浦の外に出ると、魚種も豊かだし、大物も釣れるぜ」と聞かされた。「そこを知らなきゃ、斯摩の釣り師とは言えんな」とも。

若かった大楽は、血潮が沸きたった。海は博多浦しか知らなかったのだ。大楽は、「玄界灘へ出てみたい」と、当時は親友と呼べた乃美に相談した。しかし乃美からは、「素人が出るような海ではない。ましてや、博多浦で使っている小舟では無理だ」と反対された。しかし、どうしても行きたかった大楽が、一人でも行くと告げると、乃美は仕方ないという表情で、付き合ってくれた。

二人で銭を出し合い、小呂島《おろのしま》に向かう、博多の船主に頼んだ。斯摩の者では断られると思ったからだ。そこでも船主に、「素人に耐えられる海じゃねぇですよ」と反対されたが、構わなかった。

乗り込んだのは、五百石ほどの弁才船《べざいせん》で、二人で払える額ではぎりぎりの大きさだった。

博多浦までは、いつもの海。しかし、浦の外に出ると、まず海の色が変わり、そして波の質が変わった。

季節は冬。玄界灘が、最も厳しい荒れを見せる季節だった。

まるで、黒い獣だった。玄界灘の水はどこまでも深い闇で、荒れ狂った波が牙を剥いていた。波濤《はとう》は弁才船を容赦なく揺らし、大楽も乃美も釣りどころではなかった。

あの海を目の当たりにして、自然の前では人間は無力だと大楽は痛感した。

「海は人を助けてはくれん。それどころか、贄がやってきたと喜んでいるぐらいさ。舟釣りはこの辺までにしておけ」

　船底が砂を噛んだ。

　上々の釣果を手に舟を降りると、平岡が待ち構えていた。

　松の幹に、腕を組んで背中を預けている。その光景が絵になる男であるが、表情は険しく剣呑な雰囲気を纏わせていた。

　大楽が釣りに呆けている間、平岡は決まって道場で留守を預かっている。そんな男が小戸まで出張ったとなると、余程なことが起こったのだろう。

「弥平治、後を頼む」

　大楽は振り向きもせずに言った。

「へぇ。魚は寺源で？」

「ああ。それと伝三郎に何匹か土産に持たせてやれ」

　大楽は二人と別れ、平岡へと歩み寄った。

「すみません、押しかけてしまって」

「いやいい。問題か？」

　大楽は、平岡と社殿の方に向かって歩き出した。

　小戸大神宮は、松林の中にある。社殿は小高い丘の頂上にあり、その登り口には神主たちが住む屋敷があるだけで、周囲に人気《ひとけ》は少ない。そうしたところに、大楽は小屋を借り、釣り用の小舟を係留していた。

「旦那を襲った連中がわかりました」

「そうかい」

大楽は、社殿へと延びる階段に腰掛けた。平岡は立ったままである。

「乃美さんの言う通り、やはり丑寅会でした。ですが組織としてではなく、小関右中という男の独断だそうで」

「小関？　知らん男だな」

「丑寅会の参謀を務める男です。狡知《こうち》に長《た》け、頭で勝負をするような男だそうで」

「しかし、そいつが俺を何故？」

「これは丑寅会の枝、中組の連中に聞いたのですが、旦那を殺すことで組織内での立場を守りたかったようですね。丑寅会は完全な実力主義。結果を残さなければ降格もあるらしく、小関はその候補だった。それを知った小関は焦り、その末の独断だったと、連中は見ているようです。何せ、旦那の命《タマ》を獲れば大いに名を轟《とどろ》かせられますし」

「まったくいい迷惑だ。それで小関は？」

「行方をくらましています。丑寅会は、脱走として追っているようです」

小関という男はともかく、これで丑寅会が自分を敵視していることはわかった。俺を殺すと、組織内での序列を維持できる。丑寅会にとって、自分の命にはそれほどの価値があるということだ。

しかし、どうして丑寅会がこの命に価値を見出すのか。丑寅会は、他の組織とも争っているというし、手っ取り早く功を挙げたいのなら、鎮西組や弁之助一家、鬼火党の連中を狙うはず。敢えて俺を狙うのは、誰かに命じられてのことかもしれない。

「それともう一つ」

そう続けた平岡の顔が、更に曇り憂鬱なものになっていた。

「波多江彦内が殺されました」

「なに？」

大楽は思わず立ち上がっていた。

平岡を睨みつける。当の平岡は、視線を落としたままだった。

「密偵の報告ですが、外堂宿に吊るされていたらしいです」

「いつのことだ？」

「二日前です。ですが、報せはつい半刻（一時間）ほど前にありました。全身には激しい打擲《ちょうちゃく》の痕《あと》があり、顔は変形して判別がつかないまでになっていたと。これは恐らくですが、俺たちに相談したのが明るみに出たのでしょう。或いは、何らかの見せしめか」

「……糞ったれ。俺だ。俺のせいだ」

大楽は怒りに任せて、拳を松の幹に打ちつけた。

「仕方ないですよ、旦那。仮に彦内の依頼を受けていたとしても、すぐには動けません。その間に、彦内は殺されていたでしょう」

どちらにせよ死んでいた。そう思えれば、どれだけ楽になるだろうか。

また一人、俺が殺した。丑寅会の力に怯懦《きょうだ》し、断った。それが原因である。

「旦那に、この件を伝えるかどうか迷いました。知れば、旦那は必ず動く。そして、俺たちはそれを止められません」

「なら、俺一人でいい。玄海党の時も、俺は一人で乗り込んだんだ。今回も俺は一人でやってやる。お前たちは関わるな」

「それが出来れば苦労はしませんよ。それに、旦那が一人で何かしようとすると、いつも死にかけているじゃありませんか。残島での一件も、先日だってそうです」

平岡は、軽い溜息と共に踵を返した。

大楽は再び階段に腰を下ろし、その背中を見送った。

また、人を殺した。いつもそうだ。誰かを死なせてから、俺は覚悟をする。死にゆく彦内は、さぞかし俺を憎んだことであろう。

二

払暁《ふつぎょう》前に、大楽は目を覚ました。

道場内は、まだ寝静まっている。今夜の宿直《とのい》は、大梶だった。道場に布団を敷き、そこで眠る。夜間に何かあれば、まずは宿直が駆け付けるという仕組みである。それを大楽を含めた四人が、交代でやっていた。

　大楽はそそくさと身支度を整え、月山堯顕を腰に帯びた。中庭から外に出て、道場の脇を通り過ぎる。大梶の大鼾《おおいびき》が外まで聞こえている。この様子だと、気取られずに出立出来そうだ。

「旦那様」

　ふと、暗がりから声を掛けられた。弥平治だった。

「驚かせるなよ。どうした？」

「夜明け前に、どこへお出掛けでございやしょう？」

「どこでもいいだろうよ。子供《ガキ》じゃねぇんだからよ」

「もしや、外堂村ではございやせんか？」

　弥平治が、軽く笑って言葉を続けた。

「平岡様から、頼まれたのです。旦那様が外堂へ行かれるであろうから、道案内でご一緒するように、と」

「……あの野郎。それで、爺さんは詳しいのかい？」

「まぁ、あっしも素っ堅気ってわけじゃございやせんから。若い頃は、無頼を気取ってあの辺りでよく遊んでいたのでございやすよ」

　弥平治が筋者《スジモノ》であることは、その物腰や纏っている空気から何となく察していた。

ただ詳しい経歴《マエ》については、津屋崎の漁師の生まれ以外には知らないし、本人にも紹介してくれた宗逸にも訊いていない。自分から話をしたくなった時に話せばいいと、大楽は思っていた。

「外堂宿は、昔から道を踏み外した連中の吹き溜まりでございやした。しかし、それこそ昔気質《むかしかたぎ》のやくざばかりで、素人に手を出せば笑われるってぐらいに、一本筋の通った気風でございやした」

「爺さんも、その一人ってわけかい」

すると、弥平治は「とんでもねぇ」と大仰に首を振った。

「そんな奴らは、もうくたばっておりやすよ。太く短く、そして美しくってのが、筑前やくざの生き様でさぁ。六十過ぎてまで生きているあっしは、半端も半端な半端者《チンピラ》でございやす」

「そんなもんかね」

「旦那様も、筑前やくざのようでございやすよ。太く短く、美しく」

大楽は、鼻を鳴らして肩を竦めた。俺は別にそんなことを望んじゃいない。余生はのんびり釣りでもして長生きをしたいのだ。それが許されるのであれば。

外堂村は、外堂宿とはやや離れていた。

姪浜宿と姪浜村のように、宿場と村が一つの町を形成しているかと思っていたが、外堂の村と宿場は、七町ほどはあるという。

弥平治の案内で村に入ると、百姓たちからの冷たい視線を浴びた。風体から丑寅会の浪人と思っているのか、或いは信頼できる庄屋を死に追いやった大悪人と思っているのか。どちらにせよ、この村にとって歓迎すべき存在とは言い難い。

まず大楽は、ここで彦内の墓に手を合わせて詫《わ》び、そして彼の無念を晴らすことで、許しを乞うつもりだった。

丑寅会が、どんな理由で自分を狙っているのか、そんなことは関係ない。俺は彦内への贖罪《しょくざい》の為に、丑寅会を潰すと決めた。

まず大楽は、弥平治と村にある唯一の寺を訪れた。庄屋の屋敷を直接訪ねようとも思ったが、それができるほどの肝を持っていない。

住持は、弥平治よりも年上の老爺だった。髷も蓄えた顎髭も白くなった住持に大楽が姓名を名乗ると、朗らかだった顔は一転して、渋いものに変わった。

「実は、拙僧《せっそう》も彦内さんの協力者の一人だったのでございます」

「和尚も？」

そう訊くと、住持は皺首《しわくび》を縦に振った。

「協力者と言っても、助言をする程度ではございますが。なので多少の事情は存じております」

「そうですか」

「彦内さんが、こう申しておりました。萩尾様におすがりしたが、断られてしまったと。

そして、それは仕方がないことだとも」

「ええ。俺が断ったのですよ。丑寅会の力は強く、萩尾道場だけでは戦えないと」

「彦内さんは、性急だったのかもしれません。急がれる理由は拙僧も身に沁みてわかってはおりますが、その結果が……。何度も止めたのですが、丈円という雲水が急かしておりましてな」

「丈円……ああ」

そこで初めて、彦内に付き従っていた、胡散臭《うさんくさ》い僧侶を思い出した。

「丈円は、近しい人を丑寅会に殺められた身。復讐心に燃えている心中は察して余りあるのではございますが」

「そういえば、その丈円という男も丑寅会に？」

「いえ、恐らく無事かと。あの男は、そもそもどこかの寺に属することなく筑前のあちこちを行脚《あんぎゃ》している身なれば、その所在は丑寅会でも掴んではおらぬでしょう」

もし丈円が無事であれば、聞きたいことが山のようにある。どこか気に喰わない男であったが、こうなれば奴も丑寅会打倒の為の同志ということになる。

「それで、今日はどのようなご用件で」

気を取り直し、住持が訊いた。

「彦内さんの墓にでも手を合わせようと思いましてね。その資格は無いと重々承知しているのですが」

「左様でしたか。彦内さんの墓は、当院にございます。ご案内いたしましょう」

それから大楽は、住持に導かれ彦内の墓へと向かった。

自然石を使った、立派な墓だった。波多江家は、戦国の御世には辺り一帯を治めていた豪族である。彦内もその流れをくむ一族で、庄屋という肩書を鑑みるに、幕府が開闢すると帰農して百姓となった口であろう。

住持と別れ一人になった大楽は、その墓の前に跪き、静かに手を合わせた。

謝罪以外に他の言葉は、出てこなかった。あの判断が、誤りだったとは思わない。萩尾道場全体のことを考えれば、当然の選択だったとは思う。しかし、彦内が助けを求めた直後に死んだという事実は確かなものだ。

もし助けを求めたのが萩尾道場でなければ、彦内は死ぬことはなかったのか。俺に関わったから死んだのだとしたら？　やはり、すまんという言葉しかない。

「萩尾大楽さま、でございますね」

やや離れたところから声を掛けられた。

大楽は立ち上がって目を向けると、大柄な女が立っていた。

太い一本眉に、厚い唇。顔立ちは美しいが、肩幅は広く上背もある。堂々とした風格を持つ女だった。

「あなたは？」

「千《せん》、と申します。ご住持から報せを受けて参りました。波多江彦内の妻にございます」

はっきりとした、強い意志を感じさせる声だった。その千が頭を下げたので、大楽もそれに倣《なら》った。

「あなたが、彦内さんの」

「夫から、ある程度のご事情は聞かされておりました。なので、萩尾さまがお越しになられたとお聞きして、驚いております」

「俺に手を合わせる資格はないと、重々わかってはいます」

大楽は、目を伏せた。千は首を振って、顔を上げるように促した。

「よいのです。夫も喜んでいると思います」

「喜ぶ？　いや、その逆でしょう。お千さんも、俺を罵ってよいのです」

「いえ、わたしは何も申しません。当然思うところはございますが、夫から『もし私に何かあっても、萩尾様をお恨みしてはならぬ』と、きつく申しつけられておりますので」

彦内のことは、殆ど知らないと言っていい。会ったのも一度だけだ。それでも、その人柄は何となく伝わるものがあった。

あの男は、正真正銘の善人である。そして、情け深い。助けなかった相手に対し、「恨んではならぬ」と言い残せるのも、彦内の人柄だからだ。

「それに夫の死は、きっと萩尾さまとは関係ございません。以前から、丑寅会には目をつけられておりました。犬や猫の骸《むくろ》を屋敷に投げ入れられ、『殺す』や『夜道に気を付けろ』など脅迫めいた投げ文が届くなど、嫌がらせを受けておりました」

千はその理由を、彦内が毅然とした態度で丑寅会と接していたからだと、説明した。外堂村は、公儀に年貢を納めている。許斐は、それとは別に丑寅会にも年貢を納めろと強要したという。その要求に、彦内は「自分たちは公儀、大樹公の民。米は売れても、年貢として納めることはできません」ときっぱり断った。

許斐は「それもそうだ」と素直に引き下がり、それ以降は彦内に一目を置いていたが、丑寅会打倒の為に暗躍していると知って、いよいよ始末する決断を下したそうだ。

「それで、これからは？」

大楽は言葉に迷い、無神経な質問をしてしまった。

愛する男を失ったばかりの女に、これからのことなど考える余裕はない。まずは失ったことを受け入れる時間が必要だというのに。

「丑寅会と戦います。夫の遺志を継いで」

「戦うって、あんた」

大楽は、思わず一歩踏み出していた。しかし、千は動じない。真っ直ぐな視線を、大楽に投げかけている。そこには彦内にも劣らない、強い光があった。

「わたしが、庄屋になることが決まりました。そもそも夫は入り婿で、波多江はわたしの実家。それに、村の百姓たちの総意でもあります」

「お千さん、そいつは無理だ。彦内さんがどうなったか、あんただって」

「勿論、同じ轍《てつ》は踏みません」

千は、大楽の言葉を遮った。

「ですが、諦めもしません。村の衆を守る。安心した暮らしを保障することは、庄屋たる者の責任です。それに、このまま丑寅会に支配され、怯えながら暮らすなど、何の為に生まれたのか、わからないではありませんか」

大楽を見つめる瞳には、揺るぎなくそして気高い決意があった。

自分にはそれがなかった。二の足を踏んでしまった。玄海党との戦いの記憶が遠くなり、臆病になってしまっていた。

「お千さん。笑ってもいいし、罵ってもいい。遅すぎると、俺をぶん殴ってもいい。だが、言わせてくれ。あんたの戦い、俺に肩代わりさせてくれねぇか？」

千が、眉間に皺を寄せる。

わかっている。もう遅い。何を今更、と思うだろう。だが、これだけは言わねばならない。

「俺は丑寅会に命を狙われている。理由はわからんがね。だが少なくとも、奴らと殺《や》り合う理由がある。あんたが矢面に立たなくても、それで済むんだ」

「しかし、わたしは庄屋です。それに萩尾さまは丑寅会と戦えぬと仰られたではありませんか」

「そんな自分を恥じている。そもそも筑西がこんな状況になっちまった責任の一端は、俺にもある。だから、俺に戦わせてくれ。彦内さんの代わりに。あんたの……いや外堂村の用心棒として戦わせてくれ。銭なんかいらねぇ。あんたの代わりに戦いたいんだ」

大楽は、したたかに頭を下げた。

千が許さなくても、丑寅会と戦う。それは決めている。だが、彦内と残された者の為にも戦いたかった。

ふっ、と千の口から息が漏れた。溜息かどうか、わからない。やはり駄目か、と思った刹那、「わかりました」と続けた。

「ですが、報酬を渡さないというのはいけません。お代はいかほどでしょうか？」

大楽は、もう一度頭を下げて言った。

「村の旨い米や青物でいいですよ。うちの道場は、大飯喰らいばかりなので」

三

「そいつは無茶ですよ、旦那様」

千と別れた大楽は、外で待っていた弥平治に丑寅会へ挨拶に行くと告げた。

「相手は、ご公儀だの結社だのお題目をならべておりやすが、所詮はならず者の破落戸《ごろつき》でございやす。しかも、旦那の命を狙っているんですから、むざむざ死にに行くようなものじゃありやせんか」

「怖いなら、俺は一人で行くさ。まぁ、その方がいざという時に動きやすくもあるし、年寄りの冷や水はいけねぇ」

と、帰るように促すと、弥平治は大楽の袖を掴んで首を振った。

「なら、あっしもお供しやすよ。旦那様を一人置いて帰ったとなりゃ、平岡様にあっしが膾切りにされまさぁ。それにあっしは半端者ではございやすが、昔は一本独鈷《いっぽんどっこ》で無宿渡世を貫いた身の上。旦那様には及びませんが、それなりの度胸はございやすよ」

弥平治が口を尖らせるので、大楽は同行を許した。この老爺も、昔は相当な修羅場《しゅらじょう》を経験しているというなら、共に行く危険は覚悟の上であろう。

大楽は、吉次を護衛した時のように、外堂宿の入り口で銭を払い、首からぶら下げる木札を貰った。

いくら幕府の目が行き届かないとはいえ、こんなことが罷《まか》り通っている現状に、怒りを禁じ得ない。それと同時に、玄海党を潰した後のことも考えなかったことに、深い後悔を覚えた。

玄海党がいなくなれば、あとは公儀と斯摩藩が上手く収めるだろうと思っていた。それが甘い見通しであったことは、この現状が物語っている。

（さて、今回はどうするかな）

浪人たちの視線を感じながら、大楽は宿場へと歩みを進めた。

丑寅会との争いが、どうなるかわからない。だが、今回ばかりは勝った後のことまで考える責任がある。丑寅会を潰し、許斐を排除する。その後、千にどうぞというわけにはいかない。

「旦那、あっちが安楽町《あんらくちょう》でございやす」

宿場の大通りから、右に折れた町筋を弥平治は指で示した。

「あっしが現役の頃は無かったのですが、言わば博多の柳町《やなぎまち》のようなものですよ。女郎屋が集まる傾城街《けいせいまち》でございまさぁ」

時刻は昼下がり。籠の中の鳥が、一夜の飼い主に向けて囀《さえず》りだすには、まだ早い時分である。それでも、安楽町に流れる男たちの姿は多い。弥平治によれば、風呂屋が開いていて、そこでは湯女《ゆな》が相手をしてくれるらしい。なんだかんだと言って、外堂宿は男たちの欲望の町。そこで落とす銭が、丑寅会を支えている。

その安楽町の方から、浪人の一団が現れた。

三人。いや、四人はいるだろうか。その一団にいる先頭の男が、大楽を見て不敵に微笑した。

役者のような、整った顔立ち。藍鉄《あいてつ》の着流しに、黒の長羽織を肩に引っ掛けている。どこかで見た顔だ、と大楽が思った時、その男が声を掛けた。

「へぇ、これは驚いた。まさか萩尾さんと、こんなところで会えるとは」

大楽は、目を見開いた。以前に入門を志願し、その剣に血腥《ちなまぐさ》いものを感じた故に断った、蜷川乾介だったのだ。

乾介の取り巻きが、「萩尾？」「あの閻羅遮か？」と口々に言い、騒然とした。中には慌てて刀に手を伸ばす者もいたが、乾介が片手を挙げてそれを抑えた。

「勝手に仕掛けるんじゃねぇよ。こちら様は、大事な御仁《ごじん》だ。会にとっても俺にとっても」

そう言うと、取り巻きたちが一歩引いた。乾介が言うなら、仕方ない。そんな気配がある。この短期間で、よく躾《しつ》けたものだ。

「蜷川、今はここにいるのかい？」

大楽は、敢えて乾介の言葉には触れずに訊いた。

「俺のような男が生きられる場所は、そう多くはないんで」

「それで色町の用心棒というわけか。まぁ、お前さんには似合いの稼業《シノギ》かもしれねぇな」

「今は丑寅会で、色々とやっていますよ。あれやこれやと」

「色々ね。お前の剣には血が臭った。お似合いだな」

乾介が大楽を見据えたまま、軽く笑った。だがそれは表情だけで、目は笑っていない。

気が付けば、周囲の往来は絶えていた。揉め事には関わりたくないと、安楽町に向かう男たちは、そそくさと店を決めるなり、踵を返すなりしているのだろう。

「萩尾さんは、俺に喧嘩を売るつもりですかね？」

「いや、正直な感想さ」

「まぁ、それは俺も否定はしませんよ。それで、今日はどうして外堂へ？　女ですか？」

「散歩だよ」

「あんたらしいですね。どうです？　散歩ついでに、うちの総長と会いませんか？」

総長。それは許斐掃部のことだ。丑寅会のことについては、おおよそのことは頭に入っている。

「そいつが、お前の飼い主かい？」

「やっぱり、喧嘩したいんですか？　萩尾さんは」

「別に、俺は喧嘩を吹っ掛けちゃいねぇよ。この口の悪さは、生まれ持ったもんだ。それに腹を立て、辛抱出来ずに殴りかかるか、堪えるか。それを選択するのはお前さんだ」

「俺は殴りませんよ」

「斬るからか」

大楽は肩を竦め、「だから人斬りは困る」と呟いた。

「それで、どうします？」

乾介はその問いと共に、取り巻きに目くばせをした。大楽と弥平治を取り囲む。断るという選択肢は無さそうだ。

「仕方ねぇな。総長様が俺に会いたいんなら、会ってやるよ。お前の顔も立つだろうしな」

喧嘩をする前に、挨拶を入れる。「お前を倒すのは、この俺だ」と。それは大楽の流儀である。

思えば、玄海党事件の時もそうだった。博多に戻ったその日に、須崎屋六右衛門に会った。襲われたが難を逃れ、そして玄海党に勝った。今回も、その験《げん》を担いで許斐に挨拶をしてやろう。

元からそのつもりだったので、乾介と出会ったのは勿怪《もっけ》の幸いだった。

乾介に先導され、大楽は丑寅会の屯所へ向かった。

弥平治は宿場に残している。銭を渡し、酒でも飲んで待っていろと命じた。弥平治は当然ながら拒否したが、乾介の「いい女がいる見世《みせ》に案内するぜ」の一言で、簡単に何も言わなくなった。思わず叱り飛ばそうかとも考えたが、今はそれでいい。

大通りを途中で折れ、細い路地は坂道へと変わった。その道筋は曲がりくねった隘路《あいろ》となっている。

（こいつは、攻め難いな）

しかも、左右は傾斜のある雑木林だ。もし丑寅会と喧嘩をするなら、屯所に討ち入るというのは避けるべきだろう。勿論、こちらの兵隊は自分一人。それで討ち入るもくそもない。

坂道を登り切った先に、丑寅会の屯所はあった。

大層な長屋門に、厳つい門番の警備までついている。まるで藩庁のようだ。幕府はこんな輩の存在を黙認しているのかと思うと、気でも狂ったのかと勘ぐりたくもなる。

その門番たちは、乾介に頭を下げた。大楽も、気楽に「よっ」と片手を挙げたが、何の反応も無い。

「おっと、刀を預かるなんて言わんでくれよ」

屋敷に入る式台を前にして、大楽は乾介に言った。

「不安ですか？」

「おいおい、俺はこう見えても小心者なんだ。最後はこいつで暴れられると思えるからこそ、総長様に会おうっていう気になったんだ」

「いいですよ。もとより、預かる気も無かったんで」

大楽は、客間に通された。障子が開かれ、枯山水の見事な庭園が広がっている。刈り込まれた松と、美しい砂敷の紋様。破落戸《ごろつき》のくせに、庭はよく手入れされていた。

乾介が、「少し待っていてください」と言って消えてから暫く経ったのち、大柄な男が現れた。身形《みなり》は小ざっぱりとしていて、潮焼けした赤ら顔に笑顔を湛えていた。

「閻羅遮の、萩尾大楽さんだね？」

男は大楽の対面に座るなり、頭を下げた。

「俺は丑寅会総長、許斐掃部。あんたにはずっと会いたいと思っていたよ」

「そいつは嬉しいが、どうして」

「ふふ。俺が丑寅会を率いて、ここまでの身代となれたのは、あんたが玄海党を潰してくれたお陰だよ。その混乱に乗じて、俺たちゃ領分《シマ》を広げられたわけだしな。閻羅遮には感謝してもしきれねぇ」

許斐は砕けた口調で言うと、懐から黒光りする扇子を取り出した。鉄扇であろうか。ずっしりとした重量感が目に見えて伝わる。

その鉄扇を弄びつつ、許斐は「しかもだ」と言葉を続けた。

「全部、弟さんの為に始めたんだろ？　たった一人で、玄海党相手の大喧嘩《でいり》とは、痺れるねぇ。大した漢《タマ》だよ、あんたは。正直、憧れてさえいるんだ」

「そんな奴を、お前さんは殺そうとしたんじゃねぇのか？　おかげで、俺はあちこち傷だらけだ」

「それについて、まず謝らなきゃいけなかったな」

と、許斐が外に向かって一声を上げると、若く前髪付きの小姓が現れた。やはり許斐は、こんな田舎でお大名ごっこでもしているようだ。

その許斐は、小姓に向かって「連れてこい」と命じた。

「あんたを襲ったことについては、詫びても詫びきれん。俺の指図じゃないんだが、総長としての責任はある。すまなかった」

許斐が頭を下げると同時に、乾介を先頭に数名の浪人が、荒縄で戒められた男を引き連れてきた。

男は下帯一つの姿で、激しく打擲された痕跡がある。顔は腫れ上がっていて、大楽を見て笑った口は洞穴のようで、歯の一本も無かった。

大楽は顔を顰めると、露骨に溜息を吐いた。

「小関右中。あんたを襲った下手人だ」

「あんたが、こいつにやらせたんじゃねぇのかい？」

「まさか、あんたは憧れの男だぜ？　もし殺《や》るにしても、こいつの細い腕には頼まん」

「てめぇ自身の手で俺を斬るってわけか」

大楽の一言に、許斐は鉄扇を広げて爆笑した。

「閻羅遮さんは、本当に面白いな。まぁ、こいつにも理由ってもんがあってな。そこの蜷川が立て続けに功績を挙げて、会内で従う者も増えてきたことに、危機感を覚えたんだと。何せ、丑寅会は結果が全てだ。能力さえあれば、成り上がれる仕組みだからよ。そこで一発逆転、大手柄を狙ったわけさ」

「で、どうして俺を殺せば大手柄なんだ？　つまり、丑寅会が俺を敵だと見ているからじゃねぇのかい？」

「おいおい、一般論だよ。閻羅遮と言えば、この筑前で知らぬ者はいねぇ。敵にしろ味方にしろ、あんたは大物なんだ。その大物の命《タマ》を殺《と》れば、名を売れて一目置かれるってもんだろ。まぁ、こいつの独断については責める気はねぇ。周りを出し抜く野心ってぇのは大事だからよ。だが、小関は失敗した。それがいけねぇ」

と、許斐は乾介に向かって頷いた。

その刹那。乾介の腰から、午後の日差しを浴びた閃光が走った。

小関の首が舞い、鮮血が噴き上がった。大楽は、眉を顰めて小さく首を振った。

「波多江彦内が、あんたを頼ったことは知っている。その彦内が死んで、あんたが外堂に現れた目的も、何となく察しがつく」

許斐は大楽を見据えた。鋭い眼光は、ひとかどの男が持つ、強烈な圧があった。勿論、大楽も睨み返す。

「あんたは俺の恩人だ。憧れてさえいる。だから、今日は見逃してやる。帰って喧嘩支度でもするんだな」

「いいのかい？」

「どうせ、俺が勝つ。そして名を挙げる」

「俺を狙う理由は、それかよ」

大楽は吐き捨てるように言って、立ち上がった。許斐は鉄扇で肩を叩いている。そして小関の骸は、乾介の差配でそそくさと片付けられていた。

「俺には夢がある」

客間を出ようとした大楽に、許斐が言った。

「お大名か？」

「こんな泰平の世で、そこまでなれるとは思ってはおらんさ。だが、筑西の統治を任されるぐらいにはなりてぇ。筑西は福岡とは離れている。故に丑寅会に一切を任せるって具合にな」

「意外と夢が小さくて笑っちまうな。せめて、筑前一国と言えよ」

「俺は謙虚なのさ」

大楽は、何も答えずに部屋を出た。先程の小姓が、宿場の外まで送ると告げた。

四

その日、乾介が屯所内に与えられた御用部屋に入ると、四人の手下が待っていた。

「目付役」

と、口々に頭を下げる。

その中には、丸田の姿もあった。人の良さそうな笑みで、乾介を見つめている。

乾介は、丑寅会で目付役という役職に就くことになった。

金子に始まり、丑寅会を目の敵にする商人や目明しの暗殺を、立て続けに成功させた。

更には弁之助一家が、丑寅会の領分《シマ》を荒らした際は、たった一人で六名を斬り捨てた。

その功績で乾介は幹部として認められ、目付役の地位を与えられたのだ。

丑寅会は幹部になると、宿場内に役宅を持つことが認められる。当然ながら乾介も役宅を持ち、身の回りの世話をするという名目で、朔子も同行することが許された。それは、朔子が自由になったことを意味した。

役宅への引っ越しを終えた乾介は、「もう自由なんだ。故郷《くに》に帰るなり、どこぞに消えるなりしろよ」と言ったが、朔子は首を振って拒否した。もう自分には、帰る場所がないのだと言う。そうして乾介は、朔子と暮らすことになった。

「慣れねぇんだよな、全く」

と、乾介はぼやきつつ、四人の前に腰を下ろした。

乾介の御用部屋は、かつて小関が使っていた場所である。小関の私物だった、書物や帳面などの類は全て焼き捨てられ、今は文机があるだけの広々としたものだ。

丸田は「縁起が悪いっていうもんですよ。他の部屋にしましょうや」と言っていたが、乾介はそんなことなど気にしない。差料の井上真改ですら、死んだ始末屋のお下がりなのだ。

「それで、今日は何をしましょうか？」

丸田が訊いた。四人の手下の中で、丸田が筆頭格である。最年長ということもあるが、他の三人に比べ気心が知れている。手下の一人として、唯一自分で選んだのが丸田だった。他の三人は、頭が良くて人殺しにも慣れていて、命令に従順な者、という条件で許斐に選んでもらった。

「宿場をぐるりと回って、外堂村を覗く予定だ」

「外堂村というと、彦内のところの」

「あの辺で、馬鹿な浪士どもが度々暴れていると報告があった。行かねぇわけにゃいけねぇだろ」

目付役の職務は、丑寅会の浪士たちを監視し、非違があればそれを糺《ただ》す役目である。「そんな面倒な役目なんて御免ですよ」と断ったが、やってみるとこれが中々に面白い。幹部会議で今後の戦略を練り、組織の枢機に加わって運営する経験は、初めてのことだった。

散々《さんざ》っぱら「大楽を斬る以外のことには協力しない」と言っていたが、最近では居心地がいいとさえ思っている。これが許斐という男の、懐の深さなのか。

その四人を引き連れ、屯所と宿場を繋ぐ細い坂道を下った。

目付役としての日々の仕事は、特に決まっていない。浪士絡みの事件があれば駆けつけるし、許斐から直々の特命を受けることもある。だが何もなければ、自由に歩き回るぐらいしかやることはない。

だがこれが、浪士たちにとっての抑止になっている。自分の姿を見ただけで、浪士たちが居住まいを正す。露骨《ろこつ》に舌打ちする者もいて、嫌われているのはわかるが、それもまた乾介にとっては新鮮で、楽しいとさえ思えるから不思議だった。

これが、権力に酔うという感覚なのだろう。乾介は始末屋として、権力に酔った者を斬ってきた。だから、この先に待っているのが危うい結末しかないのもわかるが、どうせ大楽を斬れば江戸へ戻る身。酔えるうちに酔っておこうと、今は思っている。

宿場へと降り、安楽町に入った。夜は賑わう傾城街も、まだ昼にもなっていない時分では、火が消えたように静かだった。

あの萩尾大楽と再会したのも、この辺りだった。

まさか、大楽と外堂宿で顔を合わせることになるとは、思いもしなかった。大楽の豪胆さに、斬る気も失せるほどだった。

(あの場所で襲っていたら、どうなっただろうな)

あの日以降、乾介はそんなことを繰り返し考える。どう動けば、大楽を斬れるのか？　幾通りもの可能性を浮かべては消していく。

大楽は強い。剣は萩尾流という、自分の名を冠したふざけたものだが、あの強さは本物だ。凄腕の剣客でもある。

だが、大楽の本当の強さは他にある。これは小関の襲撃に加わった者たちの証言でもあるが、大楽の強さは剣ではなく、「死なない強さ」なのだ。

どんな窮地にあっても、あの男は死なない。最後まで諦めず、暴れるだけ暴れる。小関の襲撃を撥ね返したのもそうであるし、玄海党事件でもそんなことが幾度もあったと、元玄海党の浪士から聞いた。

だからあの時に斬りかかっていれば、自分とて深手を負っていたであろうし、大勢の死者を出したかもしれない。

宿場内を一回りした乾介は、その足で外堂村へと向かった。

今のところ、領分《シマ》は平穏そのものだ。乱暴狼藉、些細な揉め事ひとつとしてない。許斐は今、会内の綱紀粛正に励んでいる最中だった。筑西を治めるには、領民の支持が必要だと気付いたのだろう。

だが、それに暴れ者のままでは、福岡城代に睨まれ、いずれは潰されるのは決まっている。それに対し、「所詮、自分たちは破落戸《ごろつき》の風来坊。好き勝手生きて何が悪い」と、浪士の中には不満を抱いている者もいて、いずれは血が流れる事態になるだろうと、乾介は見ている。

その時に、自分はどう動くのか。それを考えるのも、また面白いと感じるようになった。

外堂村は、三方を丘陵に囲まれた小さな農村だった。その村の庄屋だった男が、丑寅会に反抗しようとして死んだ。波多江彦内という男で、彦内も金子と繋がっていた。

彦内を殺したのは自分ではないが、拷問の場には許斐と共に同席した。どんな責め苦を与えても、同志の名前や計画は吐かなかった。萩尾道場を訪ねたことを聞いても、死んだ弟と知り合いで挨拶をしただけという、確認のしようもない巧妙な嘘で切り抜けていた。

「彦内の家族を押さえ、脅して口を割らせればいい。或いは、吐くまで村の百姓を一人ずつ斬っていけば」

浪士の一人がそう提案したが、返事は許斐の拳骨だった。

「斯様《かよう》な真似が出来るか、痴れ者《し》め」

許斐は悪党であるし、破落戸《ごろつき》なのは間違いない。暴力と謀略で成り上がった男なのだが、それでもこの男なりの美学を持っている。それが許斐の器であり、浪士たちが惹かれる部分なのだろう。その美学を甘いとも思うが、この男が行きつく先を乾介は見てみたいとも思うようになっていた。

その彦内の死後、庄屋の地位を継いだのは、妻の千だった。目を引くほどの大柄で、体躯に似合うだけの肝もある。穏やかな優男だった彦内とは、凸凹ながらお似合いだったという。

千は必ず、彦内の仇討ちをする。その声は幹部の間でも挙がっていたが、今のところは表立った動きは見られない。許婓からは「目を離すな」とだけ命じられている。

「てめぇ、ふざけたことを抜かしていると、叩《たた》っ斬るぞ」

そうした声が聞こえたのは、村の中央にある広場からだった。乾介が丸田と顔を見合わせて駆け付けると、千が三人の浪人と向かい合っていた。

三人は千を取り囲んで大声で喚いているが、千は浪人を睨みつけたまま動じない。他にも百姓衆が集まっているが、遠巻きにして見ているだけだ。

「うちの者《もん》ですよ。確か、杉下に大牧に池。どれも血の気が多い、急進派ですねぇ」

そっと丸田が耳打ちした。急進派というのは、許婓の綱紀粛正に反対している連中のことだ。これら急進派はひとりふたりと集まり、少しずつ派閥と化している。

「おいおい、騒がしいな。揉め事か？」

乾介が現れると、三人は露骨に舌打ちをした。

「誰かと思えば、外堂村の女庄屋さんじゃないですか。うちの人間が、何かやらかしましたかね？」

乾介は、千と三人の間に割って入り、四人の部下が三人を更に引き離した。こうした動きを乾介は指図してはいないが、言わずとも動けるのは流石といったところだ。

「村の娘を手籠《てご》めにしたのです。まだ十三と十一の姉妹をです。どうやら二人で水汲みをしていたところに、この三人が遭遇し、村外れの観音堂に連れ込んだのです」

「へぇ。そりゃ酷いな。それで、二人は？」

「今はわたしの屋敷で手当てをしております。なにぶん、無理やりでございましたので」

乾介は、三人を一瞥した。

「申し開きは？」

「申し開きだと？　そんなものがあるかよ」

三人のうちの一人が吼《ほ》えた。

「娘を手籠めにして何が悪い。俺たちは、欲しいものを奪い、面白おかしく生きる為に丑寅会に入ったんだ」

「だが、総長は浪士に乱暴狼藉は慎めと通達していたはずだ。年端《としは》もいかぬ娘を手籠めにすることは、それに相反することだと思うが」

「綱紀粛正だろ？　俺たちはそんなものには反対なんだ。それに今更、そんなことを言いだして何になる。俺たち丑寅会は、どう足掻《あが》いたって破落戸《ごろつき》じゃねぇか。これまで散々他人様を殺し奪ってきた連中が、どの口で乱暴狼藉はするなと言うんだ。反吐《へど》が出るぜ」

他の二人が賛同する。急進派の主張そのものだ。

「ならば、丑寅会なんぞ辞めちまえばいい。脱走は罪だが、正当な理由があれば離れることは出来るはずだ」

「蜷川、お前のような新参にゃ言われたくねぇな。俺たちゃな、総長がやくざ者の下で用心棒をしていた頃からの付き合いなんだ。そんなお前に何がわかる」

「わかんねぇな。それに、昔話なんぞ興味もねぇよ」

許斐が男坂の丹十《たんじゅう》というやくざの下で用心棒をしていて、後継者争いの混乱に乗じて丑寅会を立ち上げたという話は聞いている。この三人は、その頃からの付き合いなのだろう。だが、そんなことなど目付役の役目には関わりない。

「だけど、教えてくれよ。綱紀粛正に反対なら、これからどうするつもりなんだい？」

「どうするって、そりゃ」

三人が顔を見合わせる。何かあるはずだと、乾介の勘が囁いた。

「総長を始末して、取って代わるか？　いや、それはねぇな。お前たちじゃ、総長の器じゃねぇ。なら、幹部か？　或いは、弁之助一家か？　鬼火党か？　鎮西組か？」

「野郎」

三人が腰の一刀に手を伸ばそうとした時には、乾介の井上真改は、三筋の光芒《こうぼう》を描いていた。

三人がほぼ同時に、血飛沫《ちしぶき》を上げて斃《たお》れた。もっと話を聞きたいとは思っていたが、相手は抜こうとしていた。その殺気は凄まじく、井上真改が敏感に反応してしまっていた。

「あなたも、他の浪士と同じでございますね。結局は人を殺すことしかできない」

千だった。目の前で三人が死んでも、動じてはいない。それどころか、こちらを見つめる瞳には、強い力がある。その力とは、夫を殺した丑寅会への憎悪以外のなにものででもないように感じた。

「俺がこの三人と違うとでも思ったか？　目付役の役目を負ってはいるが、根は同じ。それも、人を殺すしか能のない男だ」

「それで、この件はどうするつもりでございますか？」

「報告次第によっちゃ、黙ってはおけないということかい？　まぁ、安心しろ。この村には何の咎もねぇよ。三人を斬ったのは俺であるし、総長にはそう報告しておく。それと、手籠めにされた姉妹には、見舞金が贈られるだろうよ」

「そんなもの、受け取れません」

「貰えるものは貰っとけ。今の丑寅会は、お前さんたちの人気が欲しくて必死だからな」

それから三人の骸の引き取りを指図した乾介が、更に周辺を見回って役宅に戻ったのは、外堂宿が茜色に染まった頃合いだった。

役宅と言っても、大した屋敷ではない。宿場外れにある、百姓家だ。この家も、あの小関が使っていた。

その役宅からは、醤油と出汁が混じった、旨そうな香りが漂っている。朔子が夕餉の支度をしているのだろう。程よい疲れの中、かつて姉が夕餉を拵えて待っていた、遠き日の思い出が脳裏に蘇った。

五

「同志を三人も斬り捨てたそうだな」

許斐は腕を組み、乾介を見据えた。

外堂村でひと悶着が起きた日の、翌日のことである。屯所に出仕すると、顔を青くした丸田が駆け付け、すぐに総長の御用部屋へ出頭するように告げた。そして、「恐らく、昨日の一件ですよ」と教えてくれた。

呼び出しがあるのは、当然のことと予測はしていた。だが、叱責を受ける謂《いわ》れはない。斬った理由も説明出来る。それでも納得しないというなら、許斐はそれまでの男だ。

「ええ、斬りましたよ。総長は他行していると聞いたので、報告だけをさせましたが」

「三人は、丑寅会創設以来の同志だった」

「ですが、あの三人は急進派でもありました。それは総長もご存知でしたでしょう?」

「言い聞かせれば、改心したかもしれない。だが斬れば、それも出来ない」

「斬られそうになったからです。斬る前に斬らねば、俺が死んじまいますよ。それに、あの三人は総長の命令を破り、狼藉を働きました。それだけでも処罰対象でしょう」

「蜷川君。いや、もう幹部なのだ。これからは、もう少し砕けた物言いをしようか」

許斐は、いつもの鉄扇を取り出した。それで肩を叩きだす。それは許斐が不機嫌になった時の癖だと、丸田から聞かされたことがあった。

「蜷川、お前の判断は正しい。それに、役目への精励《せいれい》っぷりは、他の浪士も見習うべきものがある。だが、これでは嫌われ者になる。お前は組織を支える幹部であり、これからの飛躍には欠かせない存在になりつつあるのだ。そんな人材が、同志たちに嫌われては、色々と差し障りが出よう」

「ですが、総長。俺は目付役なんですよ。そういう奴は仲間に嫌われると、相場が決まっている。組織には、嫌われ役が必要だと言いますしね。ついでに急進派の始末は、俺に任せてください。俺は大楽を斬っちまえば江戸に戻る身ですから。ここで嫌われても、別に痛くも痒くもない」

「確かにそうではあるが」

　許斐は深い溜息を吐いた。この男には器があるが、戦略を組み立てる頭が無い。非情な決断は出来るが、あくまでお膳立てでは側近たちで、許斐自身は、頭で考えるより情に流されるところがある。それを上手く導いていたのが小関だったのかもしれないが、あの男は許斐によって処刑されてしまった。新たな参謀を見つけることが、この男の飛躍を左右することになるはずだ。

「朧は全部絞り出しますよ。総長は、ただ見ていればいいし、全部俺がやったことにすりゃいい」

　外堂村の一件についてはそれで終わったが、また一つ仕事を仰せつかった。二日後、斯摩から大事な来客があるというので同席しろというのだ。
面倒であるが、総長の命令である。一応は「何で俺が?」と訊くと、「相手さんのご指名らしい。どうも、お前のことを知っているようだ」と、許斐は説明した。その男の名を聞いたが、すぐにはピンと来なかった。

二日後、そろそろと丸田が呼びに現れたのは、乾介が亀穴《かめあな》の万蔵《まんぞう》と、法文寺《ほうもんじ》の定五郎《じょうごろう》に会っていた時だった。

二人はかつて、外堂を仕切っていた男坂の丹十の若衆頭を務めていたやくざで、今は丑寅会の下で、申組と未組を率いる親分となっている。

丑寅会は士分である者しか参加を許されないので、彼らは丑寅会とは言えない。だが、外堂の盛り場や賭場は、実質的に彼らに任されていて、その上で上納金《アガリ》を納めている。

この日二人を訪ねたのは、情報《タレ》を集める為だった。万蔵も定五郎も、丑寅会や許斐を良くは思っていない。何せ、許斐は元々彼らの親分が雇った用心棒に過ぎなかったのだ。それが今では立場が逆転し、金蔓《かねづる》になり下がっている。急進派の中には、そんな二人と結びつこうとする輩がいるかもしれないと踏んだのだ。

二人を役宅に呼びつけて話を聞いたが、思ったような成果は無かった。ただ二人が口を割らないだけかもしれないし、急進派との結びつきが本当に無いのかもしれない。知らぬ存ぜぬを繰り返す状況で、丸田が現れた。

乾介は丸田の言葉に頷くと、二人を帰して宿場の入り口へと向かった。

そこでは、武家の主従が待っていた。主は鞍上にあり、家人は騎馬の口取りをしている。

「久し振りだな。あの時は佐々木だったが、今は蜷川か」

鞍上の男は、そう言うと冷笑を浮かべた。そうしたつもりはないのかもしれないが、この男の陰気な顔立ちが、ただの笑みに皮肉が籠ったように見えてしまう。

「あんただったのか」

その男は、斯摩藩大目付の乃美蔵主だった。確か、丑寅会に身を寄せる前に前原宿で会ったことがある。ここに来て、大勢の顔と名前を覚える羽目になったので、すっかりと忘れていた。

「そうだ。蜷川という漢が丑寅会に参加し、それなりに出世していると聞いてな。しかも、あの萩尾道場の入門試験に落ちたと言うじゃないか。是非とも会いたいと思ってね。蜷川があの時のお前だと知った時は驚いたよ」

「あんた、萩尾さんと知り合いなのかい？」

「知り合いというか、お互いに憎しみ合う間柄だ。いつかは殺し合う羽目になるだろう」

「だから、俺に同席しろと」

「そんなところだ」

そう言って、乃美は下馬をした。家人が馬を預かり、丸田が厩《うまや》へと案内した。

乃美の家人は、恐ろしいほどに無口だったが、「耳が聞こえないのだ」と乃美が説明した。

耳が聞こえない代わりに、他の神経が研ぎ澄まされているのだろう。その家人にはどこにも隙は無かった。

乾介は、乃美を連れて屯所へと導いた。

会談の場所は、客間ではなく庭園内にある離れだった。屋根は茅葺《かやぶき》で、以前は茶室だったものを離れとして改装した場所だった。

その離れの入り口で、許斐が待っていた。乃美の姿を認めると、深々と頭を下げた。許斐の他には、小姓の小僧たちがやや離れて控えている。

「お前に侘《わ》びを解する高尚な趣味があったとはな」

お互いに名乗り合って離れに入ると、乃美が口を開いた。お互い初対面なはずだが、この男の皮肉には容赦はない。

「いやぁ、俺にはさっぱりだよ。この離れだって、どうせ茶室は使わぬと改装したんだが、俺は何も指図はしちゃいない。任せた奴が、こんな風にしてしまっただけだ」

「いや、見事な草庵《そうあん》だ。余生はこのような草庵で、のんびりとしたいものだ」

離れは五畳ほどの一間だった。床の間には、掛け軸と一輪の花が生けられている。そして大きな円窓からは、枯山水の景色が午後の陽光を燦々《さんさん》と浴びている様《さま》が見えた。風流趣味に興味がない乾介ですら、この離れが持つ風情は理解出来る。

「そいつは残念だ。この離れを改装した奴は、今頃はゆっくりと死出の山を越えているよ」

「小関あたりかな?」

「乃美さん、あんた物知りだね」

「他にも色々と、丑寅会については調べ尽くしている。最初は他の凡俗な破落戸《ごろつき》どもと変わらんと思ったが、正直なところ驚きを禁じ得ない。城下町のような外堂宿といい、通行税といい、この屯所といい、これではまるで、藩《くに》ではないかとな」

「そう言ってくれるのはありがたいが、俺たちはまだまだ破落戸《ごろつき》だよ。そこにいる蛤川を中心に、色々と変えていこうとはしているが、中々に改革は進まん」

「私に会おうと決めたのも、その変える為か？」

「それもある。俺とあんたが手を組めば、何だって出来るからな。だが乃美さんは、あの萩尾大楽の盟友でありながらも仇敵であり、そして斯摩藩では重要な地位にある。そっちの方が、理由としては正しいな」

　乃美はその発言には返事をせず、出されていた茶に手を伸ばした。

「金子を斬ったのは、お前たちか？」

　唐突過ぎる質問だった。乃美は平然と、茶を啜っている。

「許斐、お前がその若いのに、斬らせでもしたか？」

「おっと、乃美さんよ。あんたの用件ってぇのは、お調べかい？」

「金子の件は私の職掌《しょくしょう》ではあるが、ここは斯摩藩の外。お前を調べる権利は私には無い」

「へぇ、きっちりしているんだな。しかし生憎《あいにく》だが、金子って奴を、俺は知らんよ」

　乃美が「そうか」と、湯飲みを置いた。そして乾介を一瞥し、「そう言うなら、まぁいい」

と言葉を続ける。

「証拠があるわけでもないからな。ただ金子が死んだことで、私は少し安堵したよ」

「どうして？」

「あの男は、農政に関しては右に出る者がいないくらいの人材でな。我が殿はその点を高く評価し、側近の一人として迎えようとしていた」

「あんたにとっては、政敵だったというわけか」

「まだ決定的に対立していたというわけではなかった。いずれはそうなるだろうと覚悟し、排除する時のことを思えば憂鬱だった。恐らく、凄まじい謀略の応酬になったであろうからな。それ故に、どこかの誰かが斬ってくれたのは好都合だった」

「手間が省けたというわけか。こいつはいい」

許斐は破顔し、右手で膝を打った。

「では、乃美さん。萩尾はどうだ？　閻羅遮がいなくなれば、あんたにとって都合がいいか？」

「勿論だ。あの男は私の宿敵だ。だが、許斐。お前では無理だな」

許斐が真顔になった。だがそれは一瞬だけで、すぐに笑みを浮かべると懐から鉄扇を取り出した。

「俺たちが組めば可能だよ」

「あいつを始末するだけなら、私一人だけでいい」

許斐が取り出した鉄扇で、肩を軽く叩き始めた。不機嫌の合図らしいが、表情は相変わらず微笑んだままだ。

「俺には夢があるんだ。筑西を統一し、ご公儀にその支配を任されるようになりたいという夢がね」

「その為の綱紀粛正か。青い夢だな。子供ではあるまいし」

「当然、俺だってそんな大それた夢が叶うなんぞ思っていないさ。叶わないならせめて、筑西の裏を仕切るようにはなりたい」

「その為には、萩尾が邪魔か」

「乃美さん、俺と手を組まないか？　あんたは俺たちをさりげなく保護し、俺はあんたにとって邪魔な存在を殺《け》す。お互いに損は無いと思うぜ？」

乃美は許斐を見据え、「検討しよう」と返事をした。

「数名の斯摩商人が、丑寅会に銭を流している。その銭の出どころを追うと、博多に繋がった。更にその先もあるようだが、博多の湊《みなと》から東に繋がるようだったので、追うのを止めた。黒幕はわからないが、何者かが丑寅会を急激に大きくしようとしている意志は感じる」

許斐は口を開かない。鉄扇を弄びつつ、乃美を見据えている。

「許斐、自分たちが萩尾の当て馬にされていることに気付けよ。銭を出している連中は、玄海党の恩恵を受けていた、萩尾を憎んでいる商人どもだ。そんな奴らの道具に、お前たちはなり果てている」

「忠告か？」

「武士のくせに、商人の手先になっているのが見ていられなくてな。だが、これも時代なのかもしれない。これからは、銭を持つ者が天下を握る。身分があっても銭がなければ、何もできない。そのうち武士が、商人の前にひれ伏すようになる」

「あんたと時世を論ずるつもりはないよ。それに、俺たちにはこれがある」

と、傍らに置いていた刀を叩いた。

確かに、武士には剣がある。いざとなれば首を刎ねることが出来る。だが、出来るのはそれだけだ。米も作れなければ、経済を回すことも出来ない。結局は人殺ししか出来ない武士というものは、ろくでなし以外の何物でもない。

「忠告ついでに、もう一つ。公儀の隠密が浪士として会内に紛れ込んでいる」

「隠密だと？　ご公儀が俺たちを潰そうと」

「そいつは早合点だ。少なくとも、福岡城代は今のところは、筑西まで手を伸ばす余裕は無い。福博の治安回復だけで精一杯だ」

「なら、どこから」

「どんなところにも、正義を信じる青い奴はいるんだよ。筑西の荒れを見て見ぬ振りをするのは、武士の義が立たぬとな。案外、そいつが急進派を煽っているかもしれんぞ」

許斐は頷き、脇に置いていた袱紗《ふくさ》の包みを差し出した。乃美が目を落とし、袱紗を指先で解いた。

　小判の切り餅が三つ。乃美は何の反応も見せずに、袱紗を戻して懐に入れた。

「今後、斯摩領内には一切手を出すな。もし騒動を起こせば、我らも対策を講じるしかない。それさえ守ってもらえば、お前と手を組む道もあるだろう」

「萩尾は?」

「領外であれば一向に構わん」

　乃美が去ると、許斐は乾介に「仕事だ」と告げた。

「何です? あの乃美って男を斬りますか?」

「ふふ。冗談が上手くなったな。だが、違う。ちょっと、博多へ行ってくれないか?」

「博多か。久し振りに行くのも悪くないな。それで何を?」

「萩尾道場との喧嘩支度よ。奴らも色々と動いているらしいからな。こっちも準備を急ぐ必要がある」

「具体的には?」

「銭と物資、そして人員の補充。助っ人たちが来る手筈《てはず》になっている」

　それが、乃美が言っていた銭の流れからのものだろうか。乃美は博多の湊から東に繋がっていると言っていた。大坂、いや恐らく江戸であろう。玄海党事件の戦端は、江戸で開かれていた。何かあの地に、大楽を巡る陰謀があるのかもしれない。

「それで、乃美が言っていた走狗《いぬ》はどうします? 急進派を指嗾《しそう》しているというなら、捨てておけないでしょう」

「それもお前にやってもらう」

「他に動ける奴はいないんですかね。幹部たちの中に、暇してる奴はいるでしょ」

「あいつらは、腕っぷしと度胸だけしかない。お前は思った以上に頭が切れる」

「そいつはどうも」

立ち上がり、離れを出ようとした乾介を許斐が呼び止めた。

「頼りにしているぞ」

乾介は、返事の代わりに鼻を鳴らした。

第六章　六人の用心棒

一

丈円が接触を図ってきた。

筑西の天領を抜け出した丈円は、今宿の谷《たに》という場所にある薬師堂に身を寄せているという。

大楽は一人で、丈円と会うことにした。平岡も同行するだろうと思っていたが、あの男は朝から姿を消している。だから弥平治に、戻ったら行き先だけを伝えるように命じた。

谷は今宿から南、鐘撞山《かねつきやま》の裾野にある集落である。長閑《のどか》な風景が広がり、薬師堂はその背後、奥まった隘路を進んだ山中にある。

鬱蒼としていて、人気《ひとけ》がない。潜伏には最適な場所だ。

「よくぞおいでくださいました」

大楽が現れた時、丈円は薬師堂の中で書き物をしていた。

薬師堂は小さなお堂ではあるが、人ひとりが暮らすには十分な広さがある。ただ黴臭《かびくさ》く、長居をしたい場所ではない。

「酷い身形《ナリ》だな」

大楽は濡れ縁に腰掛けて言うと、丈円が筆を止めて苦笑いを浮かべた。

手入れをする余裕がなかったのか、丈円の髪も髭も伸び、纏っている袈裟と白衣は、垢と泥などで薄汚れている。

「彦内殿だけでなく、拙僧にも追っ手が向けられましてね。あちこちを転々とし、やっとのことで、三日前に斯摩領内に入れたのですよ」

「へぇ、だが丑寅会に追われてんなら、弁之助一家や鎮西組の領分《シマ》にでも逃げ込めばよかったじゃねぇか。敵の敵はなんとやら、と言うだろ？」

「悪党を倒すのに、悪党の手を借りる奴がどこにいましょうか？　その者たちも、丑寅会と同じでございますぞ」

「へぇ、自分たちだけがよければいいんだろうと思っていたぜ。それで、俺を呼び出した用件というのは？」

「萩尾様が、丑寅会を倒す為に立ち上がられたと聞きました。まずは、その真偽を確かめとうございます」

「立ち上がるってほどじゃねぇが、その通りだ。で、そいつは誰に聞いた？」

「丑寅会の内部には、拙僧らが送り込んだ同志がいますのでな。その者からの報告では、あなた様が許斐掃部に会われ、戦われることを決めたと伺いました」

千が丈円に言ったのでは？　と思ったが、そうでなくて大楽は安堵した。

丑寅会に抗おうとした彦内が殺され、その跡目を気が強い女房が継いだ。丑寅会の目は、否が応でも千に向いているはず。そんな状況で不用意に動けば、千の身が危うい事態になる。しかし、丈円の口から千の名が出なかったところを見ると、この男とは繋がっていないようだ。

「そうだよ。俺は丑寅会と喧嘩をすることにした。それに売ってきたのは向こうだしな」

「左様でございますか。しかしながら……ならばどうしてあの時、彦内殿の頼みを聞いてくださらなかったのでしょうか？」

その質問が来るとはわかっていた。あの時に引き受けていれば、と今でも思うし、今後も影のようについてまわることになるだろう。いくら丑寅会を潰したとしても、気持ちが晴れることはないし、晴れてもいけない。

「それについては、今でも悔いている。理由は色々とあるが、結局は恐れたんだよ。それしか言葉はねぇ」

「閻羅遮ともあろう者が、恐れなど」

「俺だって、ただの人ってことだ。相手とこっちじゃ数が違《ちげ》ぇ。しかも門人たちは、俺が命じれば喜んで死地に身を投じるような連中だ。俺の判断が、仲間の生き死にに関わるなら、簡単には引き受けられねぇさ」

「ですが、今は心変わりをしたと」

「そうさな。あの時の判断も悔いてはいるが、間違ってはいねぇと思っているよ。それでも丑寅会との喧嘩を決めたのは、もう後悔はしたくねぇからだ。言わば、彦内さんへの贖罪だな。それ以外に理由は無い」

そう説明すると、丈円はやや眉を顰ませて頷いた。納得はしていないようだが、この件について丈円の理解を得ようとは思っていない。丈円が罵りたくなる気持ちもわかるし、俺ならぶん殴っている。

「後悔ばかりの人生だ。それで、弟も殺してしまったわけだしな……」

「正直、萩尾様には思うところはございます。しかし、玄海党を倒したあなた様ほど頼もしい味方はございません。故に、拙僧は頼ると決めたのでございます」

「頼る？」

「私たちの盟主になってもらえませぬか？」

盟主と聞いて、今度は大楽が怪訝な表情を作る番だった。

「盟主ねぇ。つまり彦内さんの代わりに、お前たちの頭領になれってわけか」

「如何にも。私ども一派、と言っても今は五名のみでございますが、少数ながらも外堂の為に戦っております。そこに頭領として萩尾様を推戴《すいたい》出来れば、領民たちも勇気づき、流れも変わってくるかと」

「胡散臭いな……」

そもそも盟主だの頭領だの、そんな組織に縛られるのは柄ではない。だが喧嘩の最中に、丈円たちに余計な動きをされるのも困るというもの。

「いいぜ。引き受けてやろう」

その答えに、丈円の表情が一瞬明るくなった。

「ああ。だが、条件がある。俺の命令は絶対だ。その約束が出来ないのならば、俺は盟主とやらにならん」

「それは……」

と丈円が言い淀んだが、すぐに気を取り直して頷いた。

「わかりました。それはお約束いたしますし、他の同志にも言い含めておきます」

丈円の返事を聞いて、大楽は大きく頷いた。

「では、早速命令だ。一つは、俺たちが筑西に入った時に拠点となる場所を作ること。これは外堂から離れておらず、かつ人目につきにくいところがいい」

「おお、それは大事なことでございますな。拙僧が責任をもってお引き受けいたしましょう。して、もう一つは」

「動くな、だ。丈円、お前以外の同志は俺の指示があるまで、決して動くな。お前も、拠点を作る以外のことはしなくていい」

その言葉に、丈円は「動くなとは。それは如何なるご存念か」と声を荒らげた。

「丑寅会との喧嘩は、俺なりに色々と計算して動いている。だから、勝手に動かれると困るんだ。何か頼みたいことがあれば、あんたを通して伝えるよ」

丈円は更に何か言いたそうであったが、大楽は聞く耳を持たなかった。丈円もだが、同志とかいう連中を、大楽はあてにしていない。それでも盟主になったのは、変に動いて邪魔をされても困るのと、支配下に置けば動きをある程度は制限出来ると思ったからだ。

「嫌なら、盟主を降りるだけだ」

大楽は丈円に告げると、腰を上げた。

「最後に今一つ。萩尾様は、どのような手立てで丑寅会と戦われるのでしょうか?」

「手立て? そんなもんねぇよ。この二本の腕《かいな》でやるしかねぇな」

「確か玄海党事件の時には、ご公儀と組んで戦われたと」

「あの時は、公儀にも見返りがあったからな。今回は無理だ。福岡城代が福博の治安回復を優先して動こうとしない。今回は徒手空拳だ。諦めろ」

実は二日前、大楽は福岡城下まで足を伸ばして、筑西を管轄する代官と面会していた。「筑西の荒れをどうするつもりか?」と尋ねたが、具体的な返事はなく、「いずれは解決するつもりだが、ご城代が……」と答えるだけだった。大楽は更に踏み込んで「俺が喧嘩を吹っ掛けて荒らしてもいいのかい?」と訊くと、「萩尾様であれば、この荒れを解決出来ましょう。是非ともお任せしたい」と言い出す始末であった。

玄海党と共に戦った、諸士監察方《しょしかんさつがた》の蜂屋弾正《はちやだんじょう》の爺さんや、奈良原了介《ならはらりょうすけ》がいれば福岡城代を動かせるかもしれないが、役目を終えた二人は江戸に戻っている。

丈円を残して薬師堂を出ると、平岡が待っていた。

「来てくれたのか」

「まぁ、用件が済みましたので」

二人で、鐘撞山を下り始めた。

「それで、丈円はなんと？」

「盟主になってくれとさ」

「……それで？」

「受けたさ。奴らに勝手な動きをされたら困るのでね。その上で、動くなと命令したよ」

平岡は笑うかと思ったが、何も言わず鋭い目つきで大楽を一瞥した。

「反対か？」

「いや、別に。いいと思います」

「顔には不満だと書いてあるがな」

「人を疑うのは、俺の性分みたいなもんなので」

「お前がそんな男で、俺は助かっているよ。俺は疑うことを知らない性分なんでね」

大楽の冗談に、平岡がやっと笑った。冗談で笑うというのは、この男にしては珍しい。

「大梶も七尾も、承知しました」

「承知？」

「丑寅会と戦うことに。昨夜、一人ずつ呼んで伝えたんですよ。事情も含めて。すると、二人は二つ返事で引き受けてくれました」

「ありがたいことだが、今回は死ぬかもしれん。無理強いはしてないだろうな？」

「無論です。考えてもいいと言ったのですが、旦那の為に働きたいと。玄海党事件では、あの二人は何の役にも立てなかったと思っているようですし」

「これで四人か。あいつらには申し訳ないが、ありがたい」

大楽たちは鐘撞山を下り切ると、今宿へと足を向けた。そこで馬を借りて姪浜まで戻るつもりである。

「ですが、足りませんね。戦は数ですから」

「亀井に頼めば、家人を貸してくれるだろうが、今回の件は萩尾家とは関わりがねぇことだしな。同じように、舩三郎にも手伝わせるつもりはねぇ。早良屋に頼んで、腕っこきの使い手を雇うしかねぇだろうが」

「腕っこきは結構ですが、雇い入れた者が丑寅会の手先だったら笑えませんよ」

「その危険性もあるか……。加えるにしても、よく知る者でなければならんな」

今宿が見えてきた。姪浜と斯摩城下との間にあるからか、規模はそこまで大きくはない。だが、この宿場には旨い店が多い。福博の分限者や食通が、わざわざ足を伸ばすほどであり、今宿内の料亭や食堂などを評価した番付まであるぐらいだ。中でも〔鶴子屋《つるこや》〕という饅頭屋を、大楽は気に入っていた。この店のみたらし団子が絶品で、甘党の平岡に、いつか食べさせてやりたいと思っていたのだ。

「どうだ？　飯でも食っていくか。旨い饅頭屋もあるぞ」

「旦那、乃美さんに相談するのはどうですか？」

大楽の誘いを無視し、平岡が突拍子もないことを言いだした。

「乃美だと？　どうして奴が出てくる」

「乃美さんなら、旦那に協力すると思いますよ。それなりの見返りがあるのなら」

「見返りか。外堂を救ったところで、乃美が喜ぶような見返りがあるとは……」

そこまで言って、大楽は思わず足を止めた。

あった。乃美が乗るであろう、見返りが。平岡が無言で頷く。頭に浮かんだ答えは、恐らく同じだろう。

「博多御番。その手があったな」

博多御番とは、斯摩藩が公儀から与えられた役目である。役人の人員不足から、博多の治安維持まで手が回らない為に、その役割を斯摩藩が請け負っているのだ。

その費えは自腹であるが、九州でも屈指の湊であり、物流の拠点である博多を押さえていることは、大きな見返りがあった。それは、博多商人たちから便宜を図る為に贈られる賄賂である。

それ故に、斯摩藩は喜んで博多御番を受けていた。そして玄海党事件後、乃美は汚職に手を染めていた重臣や役人を排斥し、賄賂の納め先を博多御番頭に一元化することで、藩庫に入るような仕組みを構築した。当然、乃美には強烈な憎悪が向かったが、それでも藩の財政は上向きとなった。

その博多御番の役目を、筑西でもと考えている。筑西には大きな湊はないが、広大で豊穣な平野がある。それが少しでも斯摩藩の蔵に入るとなれば、乃美も無視は出来ないだろう。

先日面会した代官も、萩尾道場が解決することを歓迎していた。ならば、それが斯摩藩であってもいいはず。解決の糸口を萩尾道場が開き、萩尾家の看板を使って斯摩藩が介入することも不可能じゃない。

「筑西の地を餌に、乃美をこちら側につける。画餅《がべい》かもしれんが、その先は乃美次第。我々はその糸口を与えるだけか」

「そういうことです。旦那さえよけりゃ」

「糞ったれ。あいつにだけは頼りたくはなかったが……」

三日後、乃美が道場に姿を現した。

供は文六一人で、大楽は二人を道場の母屋にある一室へと案内した。自分の他には、平岡と大梶・七尾の全員が揃っている。

「また、守れもしない仕事を請け負ったようだな」

乃美は腰を下ろすなり、早速皮肉を浴びせた。

乃美に話を持ち掛けたのは平岡で、返答は暫く考えさせてくれということだった。

「嬉しそうだな」

「わかるか？　お前が自分の無能を自覚し、俺に泣きついた。これ以上の愉悦はない」

憎まれ口を叩く乃美を、七尾が鋭い視線で睨みつけていた。一方の大梶は笑みを崩さず、平岡はいつものように平然としていた。

「それで返事を聞かせてもらおうか？」

「閻羅遮が、俺に借りを作る。しかも、そう簡単には返せない借りだ。となれば、引き受けない手はない」

「おい、お前への見返りは用意したんだ。借りなどは無いはずだ」

「筑西の支配権か。そう簡単に公儀が手放すとも思えんが、掛け合ってみる価値はある。我が殿も乗り気だ」

大楽は、久し振りに堯雄の端整な顔立ちを思い出した。

あの男は斯摩の力を伸ばすのに躍起である。その背景には、実家である一橋家の意向があり、その先には田沼意次との対決が待っているのだろうが、今回はその野心を利用できる。

「それと平岡から話は聞いた。決して裏切らない、優秀な人材をお前たちに貸してやろう」

と、乃美は部屋の隅で控える文六を一瞥した。

「文六か」

「文六は耳が聞こえん。だが剣の腕前は、門人たちと大差はないはずだ。お前もそのぐらいは察しているだろう」

「こいつなら、歓迎だ。むしろ嬉しいぐらいさ。なぁ、『よろしくな』」

最後の言葉は文六に向け、口を大きく動かし、ゆっくりと言った。

文六は慌てて平伏する。それを大楽は笑って止めた。

「乃美、俺は前々から文六はお前には勿体ないと思っていたんだ。そんな男を付けてくれることに感謝するよ」

「文六は俺にとって、最も信頼出来る家人だ。絶対に死なせるなよ」

「お前が誰かを信頼するとは驚いた。いいだろう。何なら用心棒として育ててやろうか？お前も藩内に敵は多かろう」

乃美は鼻を鳴らすと、「もう一つ」と言葉を重ねた。

「お前たちが何をしているか、俺も知る必要がある」

「どうして？」

大楽は猜疑《さいぎ》の目を向けた。

「今回は俺なりに動くつもりでな。筑西の支配権を得る為だが、それが結果的にお前たちの為になる」

「お前を信じろと言うのか？」

「信じなくても、疑ってもいい。だが、俺は俺に利がある限り協力する」

「利が無いと判断すれば？」

「言わずもがなだ」

乃美ほどに信用出来ない男もいなければ、信用出来る男もいない。要は、利があると思わせれば、この男は有力な協力者であり続ける。

「それで――」

乃美の言葉を遮るように、平岡が庭に目を向けた。微細な気配。大楽が感じ取れたのは、その直後だった。

庭に、地味な着物姿の娘が控えていた。歳は十五か十六。色白で美しい顔立ちだが、鋭い切れ長の眼は年相応の若さを感じさせない。

「流石に平岡なら気付けたか」

「この娘は？」

「俺は、大目付となって灘山衆を支配下に置いた。この娘は、小春と言ってその忍びだよ」

「つまり、お前の目と耳ということだな」

「そうだ。だが、密偵として自由に使っていい。殺しも出来る」

大楽は小春を一瞥した。小春は強い眼差しを、大楽に向けている。

「萩尾、お前に貸してはやるが手は出すなよ。この娘は、椋梨喜蔵の姪だ」

「……とんだ嫌がらせだな」

あの男は、寺坂を撃ち殺し、縫子が死ぬ切っ掛けを作った男だ。あの男だけはこの手で斬ると決めていたが、最後は鄭行龍との乱戦に巻き込まれ、その手下に殺されている。

「いいのか？」

大楽が小春に向かって確かめると、椋梨の姪ははっきりとした声で「構いません」と言った。

そんな小春に、七尾が見惚《みと》れていた。七尾はまだ若い。小春にそうした感情を抱くのも無理はないことだ。

「これで六人ですな、先生」

大梶の一言に、大楽は頷いた。

六人。丑寅会は、末端を含め百人を超える。死ぬかもしれないが、少なくとも意味ある死となる。そして、最初に死ぬのは、この俺だ。

「すまんが、お前たちの命は俺が預かる」

大楽が言うと、全員が頷いた。ただ一人、乃美を除いて。

二

百目蝋燭《ひゃくめろうそく》の下、男が吊るされていた。

屯所内にある土蔵である。薄暗く湿っていて、黴臭い。その上、汗と血臭が入り交じり、これ以上ない不快な空間である。

下帯一つの剥き出しの身体は、笞打《ちだ》によって皮膚が裂け、傷だらけになっている。また顔も幾度も殴られたのか、腫れ上がっていて鼻や口からも血を流していた。

男は村富重太郎《むらとみじゅうたろう》という。丑寅会の浪士であるが、公儀が潜入させた密偵という嫌疑があった。その報告を受けた乾介が、丸田たちと村富を訪ねると、何かを察したのか逃げようとした。それで十分だった。

尋問は続いていた。数名の浪士が、代わる代わる笞《むち》を打っている。潜入した目的や仲間の存在を訊いているが、公儀の走狗《いぬ》は知らぬ存ぜぬ、自分は密偵ではないと、口を割らないでいる。

「思いの外、しぶといですな」

丸田が言った。この男は陽気な性質《タチ》で、こうした汚れ役は苦手だと思ったが、「わしとて、安楽な人生は歩んでおりませぬよ」と引き受け、平然とこなしている。

乾介が博多から戻って二日が経っていた。博多では、丑寅会の後ろ盾となっている商人から銭を貰い、更には十名の人員の補充を受けた。

この男たちというのが、不気味な連中だった。

月代を綺麗に剃り込んだ、主持ち風の武士団で、全員が陽に焼けて肌は浅黒い。立ち振る舞いから、相当な使い手であるのはわかるが、極端に無口だった。挨拶程度は交わすが、それ以外は何も話そうとしない。話し掛けると嫌々口を開くものの、酷い薩摩訛りで、何を言っているのか殆ど聞き取れない有様だった。その上、大の大人がいつも固まって行動している。今は屯所の一角で生活をしているが、乾介が傍を通ると、それまでの談笑を止め、じっとこちらを覗《うかが》う視線を投げかけてくるのだ。

「何者なんです？　あの連中は」

乾介は許斐に訊いたが、「あいつは、お前と似たようなもんだが、後ろについているものが別格だ。好きなようにさせとけ」と言うだけだった。

薩摩であり別格と聞いて、浮かぶものもあるが、自分には関わりないことだと、乾介はそれ以上の詮索はしなかった。

目の前では、拷問が続いていた。

水を浴びせられ、傷には塩が塗られ、絶え間なく責められているが、村富は何も吐こうとしない。

「逆さに吊るせ」

乾介が丸田に告げた。

「それと誰か、五寸釘と蝋燭も持ってこい」

「何をなされるので？」

乾介が軽く溜息を吐いて、憂鬱そうな視線を丸田に向けた。

「俺がかつて世話になった元締めの食客に、拷問が得意な野郎がいてね。『こいつは効くぜ』と教えてもらったことがあるんだ」

「それを試されるのですな」

「上手く行くかわからんが、いつまでもこんな場所にはいたくねぇからな」

あれは十七か八の頃だった。その男は、嬉々として拷問を繰り返し、どうやれば人の精神《こころ》が壊れるか、そしてどこまでなら保てるのか試していた。そんなことをしていた男自身が、既に壊れていたのだと、今になってわかる。その男は程なく病を得て、仲間たちに看取られて死んだ。拷問と殺人を繰り返した屑《くず》野郎にしては、人間らしい最期だった。

それから証言を聞き出した乾介は、その足で許斐の御用部屋へと向かった。

途中、薩摩武士団が住まう長屋の前を通った。庭先でたむろしている。奇声を上げて木剣を振る者、碁を打っている者、煙管を吸っている者など様々だ。

だが乾介の姿を認めると、その手を止めて黙り込み、こちらに目を向けてくる。指示には従順で、反抗する態度は見せない。かといって、親しく交わろうともしない。

(まったく、気味の悪い連中だ)

そう思いつつ、乾介は密偵が自白した言葉を脳内で反芻した。

村富は、福岡城から派遣された役人で、この男を含め走狗《いぬ》は三匹。それ以外にも、あと何人か同じように潜入している者がいるそうだが、それはあの男もわからないという。早速名前が挙がった二人も、そのうち捕縛されるだろう。今は丸田たちが急行している。その二人のうちの一人が、許斐の傍近く仕える小姓だったことには驚かされた。

「おっと」

御用部屋に入ると、許斐は乃美と面会している最中だった。

「取り込み中なら、改めますよ」

「いや、構わん。お前も同席しろ」

許斐の言葉に反応した乃美が、乾介を一瞥した。相変わらず、陰鬱な空気を纏わせている。

「お前が、走狗《いぬ》の尋問をしているそうだな」

「そうですよ。で、やっとこさ終わりました」

「それで？」

乃美の質問を受け、乾介は許斐に視線を投げかけた。許斐は無言で頷く。答えてもいい、という合図だった。

「乃美さんの読み通り、村富は公儀が潜り込ませた役人でした。奴が言うには、他に数名いるみたいですが、全員までは把握してないようですね。まぁ、走狗《いぬ》に全てを明かす飼い主はいないでしょうし、当然と言えば当然」

そう聞いて、乃美は冷笑を浮かべた。自分の読み通りとでも思ったのか。会内に密偵が潜入していると知らせてくれたのは、この男なのだ。

「ただ二人の名前は割れました。これは今、丸田たちが身柄《ガラ》を押さえに向かっています」

「やっぱりか。あの野郎、ご公儀が動いているなんて言わなかったぞ」

許斐が言うあの野郎とは、筑西を担当する代官のことだ。賄賂と女を送り込むことで、こちら側に寝返らせている。

「しかし、福岡城の動きが解《げ》せん。密偵を送り込んでいるというのに、萩尾の協力要請を突っぱねたらしいじゃないか。俺たちを潰したいなら手を組むはずだがな」

「その理由は簡単だ」

乃美が口を開いた。

「これ以上、萩尾に功名を挙げて欲しくないからだ。本来なら自分たちで取り締まらねばならなかった玄海党を、萩尾は一人で潰した。いや厳密には背後に田沼意次がいて、他にも仲間もいて一人ではなかったが、世間はそうは見ていない。谷中で用心棒をしている素浪人が、颯爽《さっそう》と現れて巨悪を倒したと思っている。これでは、公儀直参の面目というものは丸潰れだ。その上で今度はお前たちを潰したとなれば、萩尾の勇名は不動のものとなる。幾ら手を組んだとしてもな。それを阻止する為には、お前たちを自力で討伐する必要があるのだ」

「ならば、ご公儀はいずれ攻めてくると」

「当たり前だ。丑寅会のような浪人集団を黙認するはずがなかろう。いずれ必ず、討伐の軍勢を差し向けるはずだ。それを避ける道は二つ」

許斐が身を乗り出す。それを見て、乃美は鼻を鳴らした。

「一つは丑寅会を解散させる。その上でお前さんは地下に潜り、筑西の裏を支配すればいい。闇の中で蠢いている限り、公儀は手を出さん」

「もう一つは？」

「恭順。お前は首を刎ねられるだろうがな」

「馬鹿らしい」

許斐が吐き捨てるように言った。

「ならば、お前には滅びしか待っておらん。それが嫌なら、公儀の軍を迎え撃ち、撃退するしかないな。そののち上洛して帝を担ぎ出し、錦の御旗を掲げれば勝ち筋はあろうよ」

「それは楽しそうだ。だが、後のことは閻羅遮の首を獲ってから考えるさ」

「やはり、萩尾と戦うつもりか？」

「勿論だ。あの男の首を獲れば、俺の名は売れるだろうからな。筑西など一呑み出来るほどに」

「強いぞ、奴は」

「だからこそ、やり合う価値がある」

「六人だ。萩尾を含め。少数ではあるが、どれも精鋭と言えるだろう。気を抜かぬことだな」

乃美はそう告げると、「話は終わりだ」と言わんばかりに腰を上げた。

「送ろう。一人では心配であろう」

と、言った許斐に、乃美は頷きで応えた。そのまま部屋を出ようとした乃美を、乾介は呼び止めた。

「乃美さん、あんたはどうして俺たちに協力してくれるんだい？」

乃美は振り向かず、「この地が乱れれば乱れるほど、斯摩にも私にも都合がいい。それだけだ」とだけ答え、そのまま消えた。

「許斐さん、あの男は信用しない方がいい」

「わかっているさ、そんなこと。あんな野郎、この世で一番信用出来ねえよ。だが、あの男とは手を組んでいた方がいい。乃美と萩尾は親友ではあったが、乃美は自らの野望の為に、萩尾の弟を殺している。そして、萩尾はそんな乃美を憎んでいる」

「敵の敵は味方ってわけか。とりあえず、走狗《いぬ》の調べは続けますよ」

　許斐の返事を待たず、乾介は部屋を出た。

　それから御用部屋に戻ると、丸田の報告を受けた。村富が自白した二人の密偵は、既に姿を消していた。今は単なる脱走者として追う手筈をしている。

「わかっていると思うが、この件は口外するなよ」

「勿論。手の者にも緘口令《かんこうれい》を敷いていますよ」

　公儀の走狗《いぬ》が紛れ込んでいることは、今のところ限られた者しか知らない。もし漏れば、浪士たちの間に動揺が走る。公儀が丑寅会を敵視しているということは、言わば幕敵。大楽との喧嘩を前に、多くの脱走者を出す危険性があると許斐に言われていた。

　それから暫く考え事をして、屯所を出たのは暮れ六つ（午後六時）の鐘を聞いた頃だった。

　平の浪士と違い、幹部に明確な時間の制約はない。役目を果たし、成果を出していれば何も言わない。それが許斐の組織運営だった。

役宅では、朔子が夕餉を拵えて待っていた。

屯所から解放された朔子は、日に日に明るくなっていた。肌の色艶もよくなり、幾分か肥えたようにも見える。

そんな朔子を美しいとは思うが、今もなお手を出していない。朔子からも何も言わない。乾介にとっては、心地よい関係になっていた。

「朔子、外堂を出る気は無いか？」

夕餉を終えた乾介は、盃を傾けつつ訊いた。

「それは、わたしに役宅を出ていけということでしょうか？」

朔子が怪訝な表情で、銚子を差し出した。乾介は盃を置くと、首を振った。

「もうすぐ、ここは大きな喧嘩に巻き込まれる。俺たちが勝つかどうかわからんが、遅かれ早かれ、丑寅会は潰されるはずだ」

朔子は黙ったままだった。乾介は言葉を続けた。

「その時、お前は丑寅会の一味として罰せられる可能性がある。そうでなくとも、外堂にいる限り、どんな目に遭うかわかったものではない」

「だから、出て行けと」

「お前の為だ。俺は自分の役目を果たせば、江戸に帰る。もし俺が生き残れば、お前を江戸に連れて帰ることも考えた。しかし、俺とて明日の命もわからん身だ。もしものことを考えれば、外堂を離れた方がいい。勿論、お前が落ち着く先も考えている」

この宿場にいる限り、危険は付きまとう。そうならない為に、朔子を逃がす必要があった。

「わたしの為なのですね」

「そうだ。俺はお前を死なせたくない。生まれて初めて、そう思える女《ひと》に出会えた。だからだ」

朔子の瞳から、一粒の涙がぽろりと零れた。それを拭いもせず、乾介を見据えたまま「かしこまりました」と答えた。

「それで、わたしはどこへ？」

「姪浜。そこには、この筑前で唯一信用するに値する男がいる。そいつにお前を託す」

そして、その男を斬ってお前を迎えに行く。もし俺が斬られて死ねば、お前はそのまま世話を受け、姪浜で平穏に暮らせばいい。あの閻羅遮という男は、きっとお前を無下に扱うことはない。そんな男だと、俺は踏んだ。

三

次の日、乾介は夜明け前に外堂宿を出た。不寝番で宿場の木戸門を警備する浪士には、「役目だ」とだけ伝えた。浪士たちはそれ以上の追及はしない。変に関わって、目を付けられることを恐れているのだ。

（まぁ、俺はそんな仕事熱心な男ではないが……）

始めは面白がっていたこの仕事にも、最近では飽きつつあった。組織運営は確かに面白いものがあったが、やはり自分は勤め人には向いていない。それに乃美の話を聞くに、丑寅会の先行きがもう見えてきたような気がしたのだ。いずれ丑寅会は滅びる。そうなる前に、とっとと大楽を始末して江戸へ帰るのがよさそうだった。

乾介は、唐津街道を東へと向かった。行先は、許斐にも丸田にも明かしていない。言えば止められるだろうし、内通を疑われる。そんな面倒は御免だった。

姪浜に入ったのは昼を少し過ぎたぐらいだった。

これから、どうやって大楽に会おうか。道場に乗り込むという手もあるが、敵の本丸に乗り込むのは、流石に不用意過ぎる。

（だとすれば、あの店しかねぇな）

乾介は、寺源とかいう大楽の店を訪ねた。

時刻は昼を少し過ぎた辺り。店を開けるには早く、仕込みに追われている頃であろう。乾介はそんなことお構いなしに、店の中に入った。

「すみません、まだ仕込み中で」

応対に現れた女が、申し訳なさそうな表情で言った。年増の小女。この女には見覚えがある。

「わかっているが、少し無理を頼みたい」

そう言うと、奥から板前が現れた。右の目元から口にかけて傷を持つ、あの男だ。「どうした」と短く訊き、小女が手短に説明した。

「ご無理を頼みたいとは、どういうことでしょうか」

板前が、乾介の目の前に立った。それだけで、気圧される雰囲気が伝わる。板前に転身する前は、堅気ではなかったと、すぐにわかった。そして、人を殺したこともあるだろう。人殺しが持つ、一種独特の翳りを纏っている。

「ここは萩尾さんの店なんだろ？」

「ええ、左様でございますが」

「その萩尾さんに会いたい。この店に呼んでくれないか？」

男は「それなら」と、口頭で道場までの道順を説明した。

「道場の場所なら知っているが、行けない事情があるんだ。だから、この店を貸して欲しい」

「萩尾の旦那は、俺の恩人でしてね。大切なお人なのですよ」

「心配するな。別に萩尾さんをどうこうする話ではない。少なくとも今回は」

男の視線が、乾介に注がれた。乾介も、敢えて視線を逸らさなかった。睨み合う。何かを探り、測っているような印象である。そして男は、小女に向かって「お呼びしろ」と命じた。

「申し訳ないな。なるべく早く済ませるよ」

乾介は、片手を挙げると奥の席に座った。

「よう」

懐手の浪人が、店に現れた。

萩尾大楽。野性味あふれる顔立ちに苦笑いを浮かべ、店の者達に軽く頭を下げた。

「すまねぇな、俺の知り合いが迷惑をかけちまった」

「迷惑というほどではございやせん。店の者《もん》は奥におりますんで、何かあれば呼んでください」

男は小女に目くばせをして、店の奥にある板場へと引っ込んでいった。

「それでだ」

大楽が、こちらを向いた。顔は笑っているが、目の奥は笑ってはいない。堅気ではない、向こう側に立った男が持つ、特有の笑みを見せた。

「達者だったかい？」

「お陰様で、まだ生き永らえていますよ」

「そいつはよかった。大した出世をしたって耳にした。お前さんの腕さえあれば、それぐらいは不思議じゃねぇだろうがな。それで、俺に用件とはなんだい？」

乾介が頷くと、大楽は乾介の真向かいの席に座った。

「萩尾さん、あんたは本気なのかい？」

「何が？」

「丑寅会との大喧嘩《でいり》ですよ。こっちは今、その準備で大忙しさ」

浪士たちの多くが連日剣の稽古をしていた。他にも大楽たちをどう迎え撃つべきか、幹部連中が話し合いを重ねていて、博多から武具の類が届く手筈にもなっている。丑寅会は、着々と戦支度が整いつつあった。

「なるほど。お前さんは、俺たちの動きを探りに来たってわけか」

「だからって、馬鹿正直に訪ねる奴はいませんよ。それに密偵なんざ、俺の役目じゃねぇ」

「なら俺を始末しに来たのか？　そっちはお前にはお似合いのように思えるがな」

「それはあり得る。ですが、今日だけは勘弁しますよ。俺の頼みを聞いてくれたら」

「頼みだって？」

大楽が居住まいを正した。

「女を一人、預かってもらいたい」

大楽の表情は変わらない。ただ、ずっとこちらを見据えている。

「お前の女か？」

「いや、違う。だが大切だとは思える。その辺の機微《きび》を理解してもらおうとは思わない」

大楽が腕を組み、大きく息を吐いた。そして、「で？」と短く言った。

「このまま外堂にいれば、身が危うい。いずれは公儀の手も伸びるだろうし、あんたが丑寅会を潰せば、外堂の民衆によって意趣返しに遭わないとも限らん」

「丑寅会の女なのか？」

「親の借金が原因で、丑寅会に協力させられていた。飯の世話や慰み物としてな。彼女は被害者なんだよ。だが世間ではそうは見ない。だから、頼みます」

「お前にとっては、それほどの存在なんだな」

「俺の死んだ姉に似ているんですよ。どうしようもなく似ている。姉は俺の母親代わりでね。恩を返す前に殺されてしまった。だから、その女にだけは生き延びてもらいたい」

乾介は説明しながらも、不思議な気分に襲われていた。

この男の前なら、自分の気持ちをすらすらと話せてしまう。この感覚は、初めてのことだ。

大楽の人となりを調べた時、多くの人間がこの男の器量に言及する。どんな人間でも懐に入れてしまい、好きにさせてしまう。自分はそんな大楽が、どうにも癪に障る。だが、それと信頼出来るかどうかは別である。朔子の預け先として思案した時、真っ先に大楽の顔が浮かんだのがいい証拠だ。

「そんな大事な女《ひと》を、敵である俺に頼むのか？」

「俺は江戸の人間でね。こっちには知人が少ないし、友と呼べる人間もいない」

「すると、俺は友か？」

「少なくとも、俺はそう思っていますよ」

乾介が即答すると、大楽が噴き出した。そして「友か。友ね……」と、独り言のように呟いた。

「いいだろう。そこまで言われりゃ、断りようがない。それで、その女をいつまで預かればいい？」

「俺が迎えに行くまで。もし迎えに来られない場合は、姪浜で暮らしが立ちゆくように計らってくれないか。愛想はそこそこだが、真面目な女だ」

「その点は心配してくれなくてもいい。働き口は色々とある」

それから、どうやって朔子を送り届けるかの話をした。正直、その方法を悩んでいたが、大楽は前原宿にある旅籠の名を挙げ、「そこに預けてもらえりゃ、おっつけ迎えに行く」と言った。

これで、ひとまず憂いは無くなった。朔子の処遇が、悩みの種だったのだ。大楽ならば、一度交わした約束を反故にはしない。それがこの男の弱点であり、魅力でもあると見ている。

「萩尾さん、お礼に一ついいことを教えてあげますよ」

「なんだい？」

「俺は江戸で始末屋をしていてね。あんたを殺せと命じられてやってきた」

「やっぱりね。そんな気がしたよ」

「俺の雇い主はわからねぇ。だが大きな力を持っていることは確かだ」

「……」

「俺の元締めは、殺しに関して依頼者の指図は受けない主義だ。しかし、今回は違う。あれこれと口出しを受けて従っている。普段なら絶対に断るはずだが、それをしなかった。となると、その相手は公儀か……或いは武揚会。公儀なら、わざわざ俺たちに頼むことをせず、自前の刺客を使うであろう。つまり、武揚会しかない」

大楽は、何やら考え込む表情をしていた。思い当たる節でもあるのだろうか。

乾介は更に、最近になって薩摩藩士が加わったことも告げた。つまり、それだけ動かせる力がある男が背後にいるということだ。

「じゃ、俺はこれで。ちゃんとお礼をしたんだ。朔子は頼みますよ」

こちらの手の内を明かす。始末屋としてご法度であるし、丑寅会にとっても裏切り者だ。しかし、朔子の身の安全に比べれば、そんなことはどうでもいい。朔子が生きている。たとえ、自分が死んだとしても、朔子だけは生きている。そう思えるだけで十分だ。

乾介は片手を挙げ、寺源を出た。すると、そこに平岡が待っていた。

「平岡さんじゃないか」

「悪いが、斬らせてもらう」

「剣呑だなぁ。俺はあんたの大将と話をしていただけだぜ？」

「だが、お前は丑寅会だ。しかも、恐らく一番の使い手」

「だから、斬るっていうのか」

「そういうことだ」

お互い見つめ合ったまま、地擦りでゆっくりと円を描くように動き四歩ほどの距離を取った。

周囲に野次馬はいなかった。萩尾道場の連中が、押し留めているのだ。ここは平岡と自分を、決闘でぶつけるつもりなのだろう。

「やめろ、平岡」

大楽が外に出てきた。

「やめるんだ。こいつは一人で乗り込んできたんだぞ」

「やめません。悪いですが、今回ばかりは勘弁してください」

平岡が、乾介から視線を逸らさずに答える。そこには揺るがない決意が滲んでいて、大楽は次の言葉を出せずに押し黙った。

「そうですよ、萩尾さん。俺としても、難敵は早めに始末しておきたいと思っていましてね。恐らく、平岡さんも同じ考えじゃないですか?」

平岡の口元が緩んだ。同意している証拠だ。そうなれば、後は誰も邪魔はしない。

対峙となった。向かい合い、ほぼ同時に刀を抜いた。

お互いに正眼。剣客のような対峙だと、乾介は噴き出しそうになった。俺もお前も、そんな真っ当な剣を使ってこなかったはずだ。

暗がりに潜み、息を殺し、獲物が近づくのをじっと待ち、不意を突いて飛び出して、斬り捨てる。おおよそ剣客とは言い難い、邪剣ばかりを奮《ふる》っていたというのに。そんな俺たちが、相正眼での対峙。らしくない。

不意に、平岡の殺気が全身に覆い被さってきた。瘴気《しょうき》、と呼ぶべきだろうか。或いは圧。

それは、妙な息苦しさを伴っていている。

乾介は、丹田に気を集中させた。そうでもしないと、この男の前で立っていられないと思ったからだ。平岡は正眼に構えていて、殺気を隠していない。何が何でも斬る。そんな固い決意が、滲み出ているのだ。

微動だにしない、平岡の剣先。一方、井上真改は微かに揺れていた。それはまで、化生《けしょう》を前にして恐れおののいているようにも感じる。

（これが、俺と平岡との差か）

そんなことは、わかっていた。わかっていてもなお、立ち合いたくなるものが、平岡にはあった。

風が鳴っていた。どんよりとした、曇り空の下である。風には、幾分かの冷気も含まれていたが、身体は驚くほど熱くなっている。

汗が流れ落ちていた。驚いた。秋も暮れようかというのに、頭の先から汗をかいていた。

一方の平岡は、両の肩が微かに上下していた。乾介も、口を開けて呼吸をした。

どれだけ時が過ぎたかわからない。長いようにも、短いようにも思える。

また、風が鳴った。雲の間から、光が差す。その光が、平岡の刀身に鮮やかに反射した。

踏み出していた。これも、同時だった。斬撃を繰り出し、刃が交錯《こうさく》する。手応えは無かった。振り返る。平岡は跳躍していた。頭上から刃が迫り、乾介は相打ちを覚悟して斬り上げた。

これも手応えがなく、気が付けば位置が入れ替わっていた。

「勝負はお預けだな」

乾介が言った。二の腕に浅い傷を受けた平岡は、ただ無言で頷いた。


「惜しかったな」

乾介は、不意に声を掛けられた。

声がした方に目を向けると、松林の中に百姓姿の小男が立っていた。名草の与市だった。

姪浜宿と今宿を結ぶ、海沿いの道。両脇を松原が覆う、生《いき》の松原という場所である。陽が暮れかかったこの時分、他に行き交う人の姿は無い。ただ、風に揺れる松と波の音が聞こえるだけだ。

「紙一重だったじゃねぇか」

「見ていたのか」

「おうよ。お前が萩尾に会うってなりゃ、俺もじっとはしてられねぇしな」

「許斐に告げ口でもするか？」

与市とは、金子の暗殺の際は一緒に働いたが、それ以降は組むことはなかった。許斐の話では、筑西の破落戸《ごろつき》どもの動きを探ることを任されていたという。

「おいおい。俺は丑寅会に飼われているわけじゃねぇよ。上の命令で仕方がなく従っているだけさ」

「へぇ『丑寅会には不満はねぇ、許斐は大した器』だと言っていたような気がするがな」

「あれは奴らを欺《あざむ》く為よ。誰が筑前のくそ田舎の破落戸《ごろつき》なんぞに従うかってんだ。それこそ、お前だって目付役なんて御大層な役職貰って、幹部気取りじゃねぇか」

「何事も経験だ。で、やはり俺には向かないと思ったね。俺は始末屋でしかない。さっきの立ち合いで思い知ったよ」

「平岡が教えてくれたってわけか」

乾介は返事もせずに、「それで、何の用だ？」と訊いた。

「お前に会わせたい男がいる。この先で待っているからついて来い」

乾介は、与市と共に松林の中に入った。

微かに道はあり、それは海へと続いている。そして、松林を抜けた先に海が広がり、その傍には長い間風雨に晒され、半壊した石積みがあった。

その男は、壊れ落ちた石の一つに腰掛けていた。

四十そこそこの、穏やかそうな男だった。地味だが上等な着物を纏った出で立ちで、見かけから判断すると商人。顔には特に特徴らしいものはなく、見てくれで判断すれば、どこからどう見ても堅気だった。

その男は乾介を見て一つ頷き、傍に転がる一抱えある石を指で示した。「ここに座れ」

と言っているのだろう。

与市を残し、乾介は促されるままに腰を下ろした。目の前には、夕陽に染まる博多浦が広がっている。

「この海を見ていると、この世はつくづく諸行無常だと感じ入ります」

男が語りだした。

「去年までは、玄海党がこの海を我が物顔で駆け回っていたのですから。それに、我々が座っているこの石は、はるか昔に蒙古《もうこ》が我が国に攻め寄せた折に、国土を守る為に築かれた石塁《せきるい》と言われております。今では朽《く》ちて、このようになっておりますが。まさに、諸行無常……」

そこで言葉を切った男は、その目を乾介に向けた。

「誰だ、お前は。という顔をしておりますな、蜷川様」

「ならば名乗れよ。お前だけ俺を知っていて、俺はお前を知らないのは気持ち悪いんでね」

「私は磯十郎《いそじゅうろう》と申しますが、こちらでは早良屋宗逸と名を改めております。ですので、ここでは宗逸とお呼びください」

磯十郎という名にも、早良屋という屋号にも聞き覚えがない。乾介は、「それで?」と先を促した。

「私はある人に仕えておりましてね。それで私の主人が、五目の犬政さんに殺しを依頼したのです。つまり、あなたが請け負っている殺しの後見役と思っていただきたい」

「面倒な説明だな」

　と悪態をつきながらも、正直驚いた。この稼業で、依頼人やその関係者が出向くなどそうそうあるものではない。

「私の主人は、あらゆる手段を使って萩尾大楽を亡き者にしようとしております」

「丑寅会、そして薩摩武士団もその口か」

「よくご存じで。丑寅会も薩摩も、主人の手筈でございます。ああ、小関右中という男を動かしたのも、私でございますよ。閻羅遮を討つ好機を与えて差し上げたのですが、まぁ結果は御覧の通りでございましたが」

「誘う相手を見誤ったな」

「あの男には、そこまで期待はしておりませんでしたが、思いの外に追い詰めたので良しとしております。他にもいくつか手を打ってはおりますが、蜷川様が知る必要はなきこと」

　様々な陰謀が動いている。それは十分に感じられたし、大楽はどれだけ憎まれているのだ？　とも思う。そして、依頼人が様々な手筈を整えられる力を持つ存在であることも、何となく察していた。

「それで、俺に何の用だ？　萩尾を仕留められないから、叱りにでも来たか？」

「いやはや、それはよいのです。急《せ》いているのならば、丑寅会に合流はさせませぬ。主人は丑寅会に萩尾を倒させ、玄海党の後釜にと考えていたのです。その為に、蜷川様を合流させ成長を促したのではございますが、ここ最近の許斐掃部を見ておりますと、どうも不安になってきましてね」

「不安？」

「ええ。正々堂々と萩尾を殺すことにこだわっているそうで。私どもとしては、萩尾の首を挙げてくればいいので、別に騙し討ちでも寝込みを襲ってもいいのです。丑寅会が萩尾を殺したという事実さえあれば」

「それなら、人選を誤ったな。許斐は萩尾に憧れている。正面からぶつかり、命《タマ》を獲ることで越えられると思っているからな」

宗逸は苦笑して頷いた。

「喧嘩の支度は抜かりなくやっているそうですが、主人は恐らくその事態を望んでいないでしょう」

「じゃ、許斐を斬るかい？」

「斬っても、後釜はおりません。鎮西組も鬼火党も、弁之助一家もやくざの域を越えず、到底任せられる器ではない」

「確かに許斐には、将器はあるよ。萩尾さえ越えられればな」

「その為に、蜷川様に励んでもらいたいのです」

「お前さんも励めよ。今の身分でも、やれることはあるだろう？」

「勿論でございます。ですが、今日の本題は――」

「俺に発破《はっぱ》をかけに来たわけか」

宗逸は頷くと、「つまるところ」と答えた。

「まぁ、請け負った仕事さ。それにお前の主人は、犬政の親分ですら意見出来ない大物なんだろ? こちとら、言われるがままにやるしかねぇよ」

「主人は、蜷川様を高く買っております。いずれは、直属にしたいとも」

乾介は肩を竦めると、おもむろに立ち上がった。止めない辺り、話は終わったのだろう。

背を向け立ち去ろうとしたが、思い直して足を止めた。

「宗逸さんよ。あんたの主人とやらは誰なんだい?」

「それを訊くのは、始末屋のご法度だと聞いたことがございますが」

「武揚会」

宗逸は返事をしなかった。乾介は、「益屋淡雲か」と告げてその場を離れた。

淡雲は武揚会では大物で、玄海党壊滅の功労者の一人だとされている。事件後は、嘉穂屋の領分《シマ》と利権を奪い取り、更には事件で命を落とした佐多弁蔵の領分《シマ》にも食い込んでいるという噂だ。

そして、今回はかつての仲間を殺さんとしている。全く、ろくでもない野郎だと乾介は思った。

第七章　外道宿の決斗

一

大楽が朝起きると、台所で朔子が朝餉を拵えていた。

味噌と葱《ねぎ》のいい香りがしている。根深汁だろうか。傍で弥平治が、飯炊きに精を出していた。

朔子は二日前に、弥平治が前原宿から連れてきた乾介の女だった。無口で薄幸の印象が強い女であるが、受け答えは意外としっかりしていた。

自分と乾介が対立していて、いずれは殺し合う仲であることを、朔子は知っていた。しかし「あの人が信じた人なら」と、萩尾道場の厄介になることを承知してくれたのだ。

そして今は、弥平治と共に道場の雑事を手伝ってくれている。七尾や大梶は、弥平治が作る飯よりも旨いと喜んでいるが、平岡だけは猜疑の視線を向けることを止めなかった。

平岡には、叱られ呆れられた。自分を狙う刺客の女を、身近に引き込んだのだ。平岡がそうなるのも無理はないが、乾介の切実な頼みを断る術を、大楽は持ち合わせていなかった。それに、もう後悔したくはないのだ。彦内のように、助けられる者は助けてやりたい。

だからとて、朔子を無条件で信用しているわけではなかった。弥平治を含めて全員に、おかしな素振《そぶ》りを見せたら報告するように命じている。

「旨そうだ」

大楽が言うと、朔子が軽く目を伏せた。

陰のある女だった。どこか縫子と似ているところもある。

「これからは暫く食べられないのが残念だな」

朔子は、今日から義芸の屋敷で世話になることになっていた。というのも、これから暫く萩尾道場は弥平治を残して留守にするし、二人にしておくというのは乾介に悪い。

そこで、伝三郎が手を挙げてくれたのだ。義芸も働き手が増えるならと了承していて、今回の件が無事に片付けば、安富家で雇ってもいいと言っている。

「でもまぁ、食いに行けばいいか。爺さんの不味い飯を食い飽きたらな」

朔子の隣で火吹きの竹筒を握っていた弥平治が、盛大に咳込んだ。そして、憎まれ口を叩いている。「あっしがいなければ、旦那は犬の餌のような飯しか作らない」だのなんだの。朔子もそれには笑っていて、大楽は暫しの平穏を感じていた。

平岡が小春の帰還を告げに現れたのは、朔子の根深汁を全員で味わってから四半刻(三十分)後のことだった。

七尾の嬉々とした声が聞こえる。小春は美人の類であり、一目で惚れたのだろう。それは若者の特権で、とやかく言うつもりはない。

大楽は居室で仰臥していて、そこに平岡が「帰ってきました」と告げた。

小春は密偵として、筑西へ潜入させていた。丑寅会を攻める拠点を作るよう命じていた丈円と、繋ぎをつけたかったのだ。それに丑寅会の構えも、知っておきたかった。

「お前も同席しろよ」

大楽の言葉に平岡が首を振り、「文六たちの稽古を見ますので。旦那は小春と、ちゃんと始末をつけてください」と足早に立ち去った。

小春たちが合流して、五日が経っている。文六は七尾たちと稽古に明け暮れ、言葉は交わせないものの、口の動きや身振り手振りで打ち解けている。

ただ、小春との関係は微妙なものがあった。命令には従順だ。この五日の間に、いくつかの命令をこなし、武芸の腕前を確かめる為に手合わせにも応じてくれた。実戦には慣れている。人を殺した経験もあるだろうというのが、自分と平岡の見解だった。だが問題は、小春の心のありようである。

小春は大楽にとって憎き仇である、椋梨喜蔵の姪。椋梨の手によって、弟の主計と寺坂が殺され、縫子は市丸と共に攫われて、命を落とす原因を作った。一方、大楽は椋梨に直接手を下してはいないものの、死に追い込んだことには間違いない。

自分としては、小春に含むところは無い。憎いのは椋梨であって、小春ではない。だがまだ十六の娘が割り切るのは難しいだろうし、そこにある想いを受け止めることが年長者の役割だと思っている。なので丑寅会との決戦の前に、一度は腹を割って話す必要があるとは、平岡と話していた。

その小春が、大楽の居室に現れた。

恰好は菜売り女の行商風で、実際にどこぞから手に入れや菜を入れた籠を傍に置いている。

「丈円どのと連絡は取れました。今は、宮地岳《みやじだけ》の中腹にある山寺で、萩尾さまたちを迎える準備をなさっております」

「武具の調達は?」

「それも抜かりなく。乃美さまが手配し、寺に運び込んでおります」

「そうか。それで丈円に変わった様子はなかったかな?」

「さて……。あの方とお会いするのは今回が初めてですので。しかし、僧侶に似合わず多弁ではございました」

「そうか。相変わらずってわけか」

丈円については、中々に信用しきれないところがある。それはやはり、彦内と共に反丑寅会の中心で動いていながらも、追捕《ついぶ》の手を逃れているところが原因だった。

丈円は口こそ達者だが、追っ手を撒けるような身のこなしがあるようには見えない。

だがそれでも、今は重要な協力者だ。疑うのはいいが、わざわざ敵に回す必要もない。

大事なのは気を抜かないことだ。

「お前には、改めて話しておくことがある」

大楽が居住まいを正すと、小春は冷たい視線を向け、「叔父のことですね」と言った。

「そうだ。お前の心持ち次第では、これからの扱いが変わる」

「わたしが、萩尾さまを恨んでいるのか？ と、問いたいのでございますか？」

気が強い娘だと、大楽は苦笑しそうになった。その気性は、椋梨とは全く似ていない。

「叔父はあの通りの人でしたし、同じ灘山衆にも一族にも煙たがられる存在でございました。わたしの父、つまり実の兄ですら、死んだとわかって安堵したと言っていたほどでございます」

「お前は？」

真っ直ぐに向けていた視線を、小春は僅かに伏せた。初めて見せる、年頃の娘らしい感情の揺れだった。

「本当のことを話して欲しい。命令ではなく、俺の頼みだ」

「わたしには……優しい叔父でした」

小春が、ぽつりと漏らした。ゆっくりと言葉を探しているような気配もある。

「叱られたことはありませんし、菓子や玩具をよく買い与えてくれました。叔父は妻帯しておりませんでしたので、わたしを実の娘のように可愛がってくれていたのだと思います」

「そうか」

大楽は、深い溜息を吐いた。もし小春が自分を仇だと思うなら、ここで下ろしても構わなかった。乃美がなんと言おうと。

「ですが、それはわたしの私事でございます。わたしは忍びであり、灘山衆の矜持を持って乃美さまの命をお受けしました。叔父のことなど構わず、わたしを駒としてお使いください」

「いいんだな？」

小春が頷いた。固い決意は伝わっている。ここで拒否するなどあり得ない。十六の娘の矜持に応えなければ、閻羅遮の名が廃る。

「ならば、駒ではなく仲間としてお前を迎えよう。皆を道場に呼べ。これより、出陣前の軍議だ」

全員が道場に集まっていた。

大楽が現れると、軽く頭を下げる。六人。これっぽっちの人数で、丑寅会と戦うことになる。

「小春がある程度のことを掴んで帰ってきた。まずは説明してもらおう」

大楽に促され、小春が丑寅会の陣容を説明した。

まず丑寅会と言っても、中核となる浪士は五十名前後。それが最近では、弁之助一家や鎮西組との小競り合いで、人数を幾人か減らしている。そして、その下には中組や未組というやくざを従えてはいるが、元々は許斐を使っていた組織の残党なので、忠誠心は低い。それに最近では、綱紀粛正の為に厳しい取り締まりをしたせいか、浪士たちの士気も軒並み高いわけでもない。つまり戦い方によっては、十分に付け入る隙があるということだ。

「注意すべきは蜷川乾介。それに、総長の許斐掃部も使い手だといいます」

小春がその二人のあとに、凄腕と思われる男の名を二つほど挙げた。

「七尾、蜷川が現れたら俺か旦那に任せろ」

平岡が言った。

「どうして。私だって」

「数年後ならいざしらず、今のお前では無理なことは、一度真剣で立ち合った俺が一番わかる。間違っても、女の前でいい恰好などしようと思うな」

「女の前って、平岡さん」

そのやり取りを聞いていた小春が、冷めた目で眺めていた。どうやら色恋には興味が無いらしい。

「まだあります」

小春は、他にもいくつかの報告をした。中でも場がざわついたのは、丑寅会が博多から武器の類を運び込み、その中には火縄銃もあるということだった。丑寅会の中には、猟師崩れの鉄砲撃ちもいるらしく、飛び道具には気をつけなければならない。

軍議を終え、大楽は改めて五人の顔を見た。

平岡、大梶、七尾、文六、小春。覚悟を決めた顔をしている。今回は、自分の一存で始めた大喧嘩《でいり》。誰一人死なせたくはない。

「弥平治」

大楽が叫ぶと、老爺が駆け足で道場へ飛び込んできた。そして、その後を追うように朔子の姿もあった。

「爺さん、暫くは帰れん。その間の留守は任せたぞ」

「へぇ」

大楽はそれから朔子を一瞥した。暗い眼差しをこちらに向けている。言葉は出なかった。乾介とは、恐らく雌雄《しゆう》を決することになる。その場合は、どちらかが死ぬ。もし俺が生き残った時には、「すまん」と言う他に術はない。

「行ってくる」

大楽は、それだけを告げた。

二

行く手を塞がれた。

唐津街道を進み、今宿を抜けて今津を右手にした野道である。地名としては北原《きたばる》というが、集落までは遠い。

路傍に廃屋があり、その中からぞろりと浪人たちが現れた。

まだ斯摩藩領である。正直、こんなところで襲われるとは思わなかったが、何事も想定通りになど行くはずもない。

大楽は片手を挙げて、進む足を止めた。

この男たちは、丑寅会の浪士であろう。十人はいる。どれも荒くれた身形《みなり》の破落戸《ごろつき》浪人である。

一方こちらは、その半分だ。小春は先行させ、丈円のところに行かせている。

「早速の歓迎というわけですな」

大梶が、大楽を押しのけて前に出た。平岡もそれに続き、七尾と文六は大楽の横に並ぶ。

「萩尾大楽か？」

浪人たちの頭目と思われる男が叫んだ。

「おう」

大楽が答えると、浪人たちは薄ら笑いを浮かべ、そして抜きながら駆け出した。

平岡と大梶が、まずは飛び出していた。すれ違い様に、斬り倒す。流石は萩尾道場の古参。平岡の鋭い斬撃と大梶の豪快な斬撃は、十名の圧力に対しての壁となっている。

平岡と大梶の脇をすり抜けるように、浪人たちが斬り込んできた。七尾と文六も既に抜き、敵と斬り合っている。最後に、大楽も月山堯顕を抜いた。

向かってきた斬撃を払い、蹴倒す。振り向いて、後ろにいた浪人を袈裟がけに斬り下げた。

その横で、七尾が切り結んでいる。何度かの斬撃を弾いたのち、胴を抜いた。

七尾は恐らく、これが初めての人斬りだ。これでもう後戻りは出来ない。そうはさせたくなかったが、全て覚悟の上だろう。

一方の文六は、落ち着いていた。一人また一人と斬っている。無言のまま淡々と剣を振るう姿は、剣客としては異彩を放っている。

ただ、常に大楽の傍にいる。文六からは事前に、「自分は耳が利かないので、細かい命令は届かない。だから、近くで守ります」と筆談で伝えられていたのだ。恐らく、乃美の傍にいる時もそうやって守っているのだろう。用心棒としての素質は十分にある。

大楽は、そうやって全員の剣を眺めるぐらいの余裕はあった。他の四人がよく働いているのもあるが、浪人の腕前が然程《さほど》でもないというのもある。

気が付くと、その殆どを斬り伏せていた。逃げた者もいるが、それは追わなかった。

「全員、無事か？」

平岡と大梶、そして七尾の返事があり、文六は頷いた。路傍には、六つの骸が転がっている。その他、平岡が生け捕りにした若い浪人が一人、気を失って転がっている。

「我々の力を削ぐためでしょうか」

大梶が刀の血糊《ちのり》を、拭いながら言った。大梶の実戦は久々に見たが、相変わらずの糞度胸の剣だ。

「さて、どうかな。まだ息のある者に訊いてみろ」

「わかりました」

大楽は、両肩を大きく上下させる七尾に目をやった。平岡と何やら会話をしている。

「斬ったか」という平岡の声が聞こえ、そして頬を張られていた。活を入れたのだろう。七尾は、入門当初から平岡につけていた。ある種の師弟関係があり、ここは任せて問題はないだろう。

「先生、こいつらは丑寅会ではないようですね」

話を聞き終えた大梶が、報告に現れた。

「元々は福岡でふらついていた奴らで、銭を掴まされて襲うように頼まれたらしいですよ」

「丑寅会ではないとすると……心当たりが多過ぎてわからん」

「なのに先生は、筑前を離れようとしないのが不思議だ。どうやら依頼人は商人のようですよ。名前は名乗らず、それでいて普通の男だったようで」

「普通の男、ねぇ」

商人と言って、ピンとくる顔は無い。玄海党の残党、或いは丑寅会の後ろ盾になっている商人の可能性もある。どちらにせよ、そこの詮索をするのは今ではない。

「さて、このまま街道を進んでも、間断なく襲われるだけだ」

「それでは、どうしますか？」

「山野《さんや》、そして闇を味方につけるとしよう」

と、大楽は背後に聳《そび》える山を見上げた。

◆　◆

「総長、萩尾の野郎が動きましたぜ」

その報告を許斐掃部にしてきたのは、名草の与市だった。

昨夜から降り出した雨が、止む気配がない朝のこと。掃部が起床したところに、小姓がこの小男を連れて現れた。

与市は乾介と共に、益屋淡雲から押し付けられた男である。有能で使い勝手もいい密偵であるが、その分こちらの情報が淡雲に筒抜けになっているのだろうとは思う。乾介はともかく、この男を同志に加えることには流石に悩んだ。途中で殺せばいいとも考えたが、それを惜しいと思うほどによく働いてくれている。

それに与市を殺したところで、淡雲は新たな密偵を送り込むだけだ。そして何より、今の状況で淡雲との関係を切ることは得策ではない。敵対したと思われれば、筑前と江戸という距離など物ともせずに潰そうとするであろう。筑西から成り上がるのに淡雲の力は必要だった。

「萩尾道場は、爺さんを残してもぬけの殻でしてね。慌てて追うと、北原という集落の近くで、浪人たちが仏になっておりました。話を聞くに、それらは萩尾たちの仕業なのだとか」

「うちの浪士ではないだろうな？」

斯摩藩領でのいざこざは、丑寅会全体で禁止していた。斯摩藩領は荒らさない。それは乃美と協力関係を築く為の盟約でもある。

丑寅会が筑西で優位に立つ為には、淡雲という後ろ盾は勿論、斯摩藩との関係も重要である。乃美は斯摩藩主・渋川堯雄の懐刀と言われ、大きな影響力を持っている。この男を味方につけることも、丑寅会が生き残る為に必要だった。

「銭で雇われた浪人どものようで。調べをしていた役人に銭を掴ませて聞きやしたが、生き残りがそう白状しているそうですよ。依頼人の名前までは聞き出せやせんでしたが、恐らく萩尾を憎む玄海党の残党でしょう」

「しかし、萩尾はそうは思ってはおるまいな」

丑寅会からの刺客と思っているはず。どうせなら、口火は自分で切りたかった。それが出来なかったことに、多少の歯痒さを覚える。

「それで、萩尾は今？」

「姿を消しやした。街道筋から外れちまったようですね。ですが、向かう先は決まっております」

「奴のところか」

与市が頷いたので、掃部は下がるように手で払った。

大きな息を吐いた。そして、再び身を横たえる。小姓たちは、命じるまでは動かない。

掃部の小姓たちは、死んだ浪士の息子や孤児たちで構成されている。傍に置いて養育することで、いずれは側近として組織を動かす要《かなめ》にしようと思ったのだ。その甲斐あってか、それなりに成長している。

（いよいよ、始まったか）

萩尾大楽との勝負。ここで首を獲れるかどうかが、丑寅会と自分の飛躍を左右する。

これまでに色んな勝負をしてきた。その都度、掃部は勝利してきた。中には死が目の前に迫るほど困難なものがあったが、最後は自分が勝った。

相手は六人。そう言って侮る浪士もいるが、それが命取りになるのだと、掃部は幹部を通じて何度も訓告している。閻羅遮は、玄海党に立ち向かい、勝利した男。舐めて掛かれば、自分たちもその二の舞にならないとも限らない。玄海党を作り上げた須崎屋六右衛門も宍戸川多聞も、まさか自分たちが敗れるなど、考えてもいなかったはずだ。

（さて、どうするかな……）

二日前、また乃美が現れた。そして、一つの朗報と一つの凶報をもたらしてくれた。

朗報は、丈円という彦内の側近だった男の所在。丈円は反丑寅会の盟主に、大楽を担いだというのだ。今は宮地岳にある寺に身を潜めているらしく、大楽もそちらに向かうのでは？と、掃部は見ている。

そして凶報は、弁之助一家が鎮西組・鬼火党と連合するかもしれない、という噂だった。乃美によれば、萩尾道場との抗争を聞きつけた弁之助一家が音頭を取り、どさくさ紛れに丑寅会を潰してしまおうという腹積もりらしい。早速、そちらにも人をやったが、三つの組織の頭領が会ったということは事実だった。

大楽を討つ好機であり、丑寅会としては存亡の危機でもある。だから、面白い。だからこそ、この暗い世界で生きることを止められない。

（俺はいつも、勝利してきた。どんな危機が迫っても、打ち勝ってきたではないか）

全身が震えるのを、歯を食いしばることで抑えた。これは武者震いだとも、言い聞かせた。

元々掃部は、矢島五兵衛《やじまごへえ》という名前で、肥後の宇土藩《うとはん》に仕えていた。そこでは身分の低い下士であったが、和田新陰流《わだしんかげりゅう》の使い手として、そこそこ名の知れた存在だった。若き掃部は、己の出世を夢見ていた。いつかは、藩《くに》を動かす男になりたい。その為に剣術だけでなく、学問にも励んでいた。

その掃部の運命が急転したのは、二十三の夏だった。酒の席で、掃部は上役と言い争いとなり、酔った勢いで斬り殺してしまったのだ。

十四年も前。今となっては、どんな理由で喧嘩になったのかも覚えていない。ただ、その夜は虫の居所が悪く、上役のことは前から気に喰わなかった。

掃部はその場から逃亡し、屋敷に戻って家族に別れを告げた。妻子も老いた母親もいたが、元来そこまで深い情愛は抱いてはいなかった。出世の足枷《あしかせ》と思ったこともあったくらいだ。それから藩庁から派遣された五人の追っ手を斬り、掃部は脱藩した。

それからは流浪の日々だった。まず、許斐掃部と名を改めた。この名前に深い意味はなく、名を変えようと思った時によいものが浮かばず、追い剥ぎ目当てに襲った柳河《やながわ》藩士の名を拝借したのだ。

掃部は追い剥ぎや人殺しを繰り返しながら、久留米《くるめ》・秋月《あきづき》・日田《ひた》・小倉《こくら》と渡り歩き、三十を手前にして博多へ流れ着いた。もうその頃には、死によってしか救われない、立派な悪党になり果てていた。

当時の博多は玄海党の天下であり、剣の腕前はあれど、どこで雇われても用心棒か始末屋ぐらいで、掃部が組織内で成り上がる余地は無かった。

そんな時に、外堂で一家を構える男坂の丹十に、「うちに来ないか?」と誘われた。博多で世話になっていた男の客が、丹十だったのだ。

丹十は掃部に、破格の報酬を提示した。報酬は銭だけでなく、住まいと女、そして権力。しかも仕事内容は、これまでのように用心棒や始末屋ではなく、丹十を守る護衛団を作り上げ、指揮してくれというものだった。

やくざを守る為の武士団。言わば旗本である。武士のくせに情けない、と感じる気概は既に無く、ただ面白いと思った。

掃部はまず、これは？と思った浪人に声を掛けた。幸い、丹十は精鋭を揃えるだけの資金は十分に用意してくれた。

次いで掃部は、福岡城下にある剣術道場で人材を集めた。そこには腕に覚えはあるが、禄高が低く貧乏を強いられている若者が多かったのだ。

彼らの多くが福岡城に勤める役人か部屋住みたちで、掃部は銭と女を使って懐柔し、貧乏侍という身分から解放させてやった。

十三名が集まり、借金や上納金《アガリ》の取り立てという、簡単な仕事から始まった。丹十の背後に、屈強な浪人衆が従う。それだけで、相手は従順に支払った。中には頑固者もいたが、そういう連中は掃部の説得で考えを改めてくれた。

最初の大きな仕事《ヤマ》は、領分《シマ》を巡って対立していた親分の暗殺だった。その二か月前に、相手の子分から丹十の舎弟が殺されるという事件があり、これはその報復《カエシ》でもあった。

掃部が自ら浪人衆を率い、夜陰に紛れて敵の屋敷を包囲、襲撃した。

動くものは女だろうが子供だろうが、誰彼構わず斬り尽くした。更に刎ねた首を集めて縄で結い、干し柿のように吊るした。

丹十からの「敵対者が俺の名前を耳にしただけでも、小便を漏らすような報復《カエシ》をしろ」という注文を見事に遂行したのだ。

人間の首で作った干し柿の噂は、周囲の対立組織を震え上がらせただけでなく、掃部の悪名を一気に知らしめる結果となった。

だが、その悪名は掃部にとって吉となった。恐れられることで仕事がやりやすくなっただけでなく、悪党として優秀な人材を集める結果となったのだ。

十三名だった浪人衆は、瞬く間に三十名ほどの集団となった。その頃から掃部は、指揮系統と集団戦術を身につけた軍団へと成長させることに躍起となり、丹十に頼んで屋敷と土地を借り受け、組織文化を浪人たちに叩き込んだ。

そうなると、組織に名が必要となる。丹十に命名を依頼し、掃部たちは丑寅会と呼ばれるようになった。丑寅は即ち鬼門。丹十にとって鬼門を守る意味がある。

名を得た掃部は、男坂一家の伸長と共に売り出した存在となったが、玄海党事件が起こる二年前に事態が急変した。丹十が死んだのだ。

急速に伸びた組織の首領《しゅりょう》は、卒中を起こし、三日三晩鼾をかき続けた結果、後継者を定めずに消えた。有力な若衆頭は五人いて、たちまち後継者争いに発展した。

掃部は好機が訪れるのを、密かに待った。手下たちに後継者争いに関わるなと厳命し、沈黙を守った。そうなると、後継者候補の中から、一人また一人と掃部に近づく者が現れた。それでも掃部は動かず、跡目争いが激化。外堂の民衆にまで被害が出た時を見計らって、掃部は決起した。

悪党から領民を守り、天領の治安を回復するという大義を掲げ、後継者候補たちを潰していった。中には丑寅会の傘下に入る者もいて、亀穴の万蔵と法文寺の定五郎の二人がそうだ。

名実ともに丹十の後継者となった掃部は、玄海党の須崎屋と誼《よしみ》を通じ、支配体制を確立させていった。

丑寅会を武士のみとし、旧男坂一家の連中を串組・未組という傘下組織として分けたのは、これまで抑え込んでいた武士の誇りが蘇ったからだ。丑寅会は天領を守ることを大義にして、浪士と呼ばれる手下たちにも武士らしさを求めた。中には反抗する者もいたが、そうした不満分子は容赦なく排除した。

暫くして玄海党が潰れると、掃部は権力の空白に乗じて領分《シマ》を広げることに成功。更には、玄海党に雇われていた浪人たちを手下に組み込むことで、勢力を更に増大させた。頭数は必要だった。結果として浪士の質は低下したが、精鋭は保持されたままであるし、多くの者を率いる立場は悪い気分ではなかった。

その点で、大楽には感謝している。この男がいなければ、今のような身代にはなれなかった。感謝だけではない。男としても、憧れている。たった一人で、玄海党に立ち向かい、江戸から舞い戻って潰した男。男の中の男。自分が女であれば、喜んで閨《ねや》に誘っただろうし、大楽が首領《おかしら》になっていれば、轡《くつわ》を取って付き従っていただろう。

しかし大楽は、玉座に就くことはしなかった。玄海党の権力《チカラ》・利権《カネ》・領分《シマ》の全てを手に入れる資格があったというのに。大楽の無欲さ、独自の美学などは到底理解出来るところではないが、だからこそ憧れを抱いてしまった。

その男を殺す。殺して超える。その機会が目の前にある。やるしかない。ここでやらねば、俺は負け犬で終わる。

掃部は身を起こすと、「至急、幹部を呼べ」と声を上げた。

掃部は、幹部一同を広間に集めた。

古参を含め八名。その中には、乾介の姿もある。

「これより、萩尾大楽を討つべく宮地岳へ向かう」

掃部は言った。居並ぶ幹部たちが一様に厳しい表情をしているが、乾介のみが我関せずと言わんばかりに腕を組んで目を閉じている。

「だが、ここで懸念がある。主力を宮地岳へ向かわせれば、外堂が手薄になる。弁之助一家らが連合し、押し寄せるかもしれないという不穏な状況だ。全浪士を投入するわけにもいかん」

「すると二手に分けるということですかな?」

幹部が訊いた。

「そうだ。宮地岳は、平手源左衛門《ひらてげんざえもん》。お前に任せる。精鋭を指揮し、大楽を攻めよ」

「承知」

髭面の平手が頷く。この男は古参の浪士で、博多で始末屋をしていたのを引き抜いたのだ。かつては須崎屋の下でも働いたことがあるという。今は番頭《ばんがしら》という、浪士たちのまとめ役を任せていた。

　豪胆で熊のような体格をしているが、その性格は冷酷無比。どんな殺しでも迷いなくやってのける。丑寅会には欠かせない人材だ。

「総長、薩摩者はどうしましょうか？」

　別の幹部だった。若槻逸斎《わかつきいっさい》という、小関の後を継いで参謀の地位にある男だ。

「逸斎、お前はどうしたらいいと思う？」

「動かさぬ方が得策でしょう。あの者らを使えば、いらぬ義理を噛むことになります。そうなれば、今後我々の動きに制約が掛かることでしょう。まずは我らのみで当たる。薩摩者は切り札として温存しておきましょう」

　若槻の進言は、もっともだった。異論もない。薩摩者は軽々に使うつもりはなく、いよいよという時に切る手札だと思っている。

「留守の指揮は、私が執る。申組と未組も居残りだ」

「俺は？」

　乾介が目を開き、腕組みを解いた。

「平手さんの下かい？」

「お前は、屯所に残り逸斎と共に私の補佐をしてくれ」

「補佐？　補佐と言ったのか？　大楽を斬る好機に、どうして俺を使わない？」

「お前は第二陣だ。平手に不測の事態があった場合の備えと考えてくれ」

「俺は丑寅会の為に来たんじゃねぇよ。萩尾を斬りに来たんだ。それとも、参謀殿のご進言通り、いらぬ義理を噛まぬ為に俺を使わないつもりか？」

乾介は腕が立つ上に、頭も切れる。まず有能と呼べるが、扱いづらくもある人材だった。あの淡雲が送り込んだ故に無下にも扱えず、惚れた女を餌にして目付役の席を用意して身内に引き込んだ。一時は従順な姿勢を見せて役目に精励していたが、最近はそれにも飽きてきたようだ。

（やはり、この男も根無し草か）

とすると、薩摩者同様の扱いをするか、どこかで殺してしまうか。ともかくそれは、萩尾道場との抗争が勝利に傾いてからだ。

「そもそも、大楽が宮地岳に身を潜めているという情報《タレ》も、やくざ者どもが弁之助一家と連合するかもしれないという情報《タレ》も、乃美からのもんだろ？　あいつを信用出来るのかよ。乃美は萩尾とは親友だぜ？　幾ら弟を死に追いやったとはいえ」

「蜷川、まぁそう言うな。これは命令だ」

「許斐さんよ。俺はな」

乾介は身を乗り出し、更に言い募ろうとしたが、それを掃部は片手で制した。

「『命令に従う義理はない』などとは言わんでくれよ」

と、掃部は周囲を見渡した。乾介以外の幹部が頷く。それは、命令があればいつでも殺せるという合図だった。

「もはや、方針に変更はない。そして、萩尾大楽の首を挙げるまでは私の命令は絶対だ。いいな？」

掃部は立ち上がり、腰の一刀を掲げた。それに幹部たちは続くが、乾介だけは座ったままだ。

掃部はそんな拗ね者には構わず、刀を軽く抜くと一同を見渡して打ち合わせた。

金打《きんちょう》。萩尾大楽との戦が、今始まった。

三

丈円が待つという宮地岳の寺は、趣《おもむき》のある山寺だった。

山門や本堂、鐘楼《しょうろう》などは歴史を感じさせるものであったが、規模という点では然程でもない伽藍《がらん》である。これならば、全体に目を行き届かせやすい。

境内に足を踏み入れた大楽は、丈円の歓待を受けるよりも先に、四人に指示を出した。

平岡と文六は周辺の確認。大梶と七尾には、境内の警備。四人は解き放たれた猟犬のように、一斉に散った。

「よくぞ。よくぞ、来てくださいました」

それから大楽は、丈円の大仰な喜びようを一人で受けることとなった。

上機嫌というよりは、感無量という感じもある。涙ぐみ、そしてしきりに頭を下げる。

大袈裟過ぎる所作を、大楽は冷ややかな感情で受け止めた。

この男は、どうにも信用ならない。おしゃべりで、どこか熱っぽく、そして夢想家な気質がある。本当は小春に身辺を洗わせたいが、今は丈円だけに張り付かせておく余裕もなく、精々気を抜かないぐらいしか対策はない。

「小春殿もお待ちしておりますよ」

庫裏に案内され、その一間で小春は待っていた。さっきまで外堂を探っていたのか、百姓風の恰好をしている。

大楽は平然とした顔で、一間から去ろうとしない丈円に、二人にするよう頼んだ。丈円は不満気ではあったが、盟主の命令ということにした。

「ご苦労だったな。それで手筈は?」

大楽の質問に、小春は間髪容れずに頷き「滞《とどこお》りなく」と返した。

小春は丑寅会を探る他に、乃美が仕込んだ謀略のいくつかを後押しするという役目を負っていた。その全容を大楽は知らないし、乃美の手下である小春も教えてはくれない。しかし小春が、「必ずや、萩尾さまをお助けするものになります」と言うので、大楽は信じることにした。

「丑寅会の内情も、より詳しくわかりました」

小春が言葉を続けた。

「許斐は今日にも、手勢の一部をこちらに差し向けるようにでございます。率いるのは、平手源左衛門という幹部だとか」

平手という名前には聞き覚えがある。確か小春が注意すべき浪士として、名を挙げていたはずだ。

「数はどれくらいだ？」

「二十余名。丑寅会の約半数」

「結構釣り出せたな。上手くやれば、丑寅会の力を大きく減らせる」

今回の目的は、丑寅会の数を出来るだけ減らすことであった。こちらは六人だけというのに、丑寅会は五十名前後いる。ただでさえ、城を攻めるには守る軍よりも倍以上の兵数を要するというのに、こちらは五十に対して六なのだ。屯所を攻める前に、出来るだけ数を減らす。それが、第一の目的だった。

その為に、乃美を通じて居場所を知らせてやった。丈円も了承済みのことで、自分たちが到着する前に攻め寄せないか、不安で仕方なかったであろう。

「とはいえ、二十二と六か。骨が折れるな」

「そこは仕方がございません。ですが、出来る限りの備えはしております」

そこに平岡が入ってきた。小春を一度だけ見て、また目を伏せた。

「どうだ平岡、周囲は問題ないか？」

「背後は絶壁となっていますが、左右は緩やかな傾斜ですね。逃げられないこともありませんので、人の配置を考える必要があります」

「実際に歩いて決めるしかないな」

二人が頷く。

「今回は、相手をどれだけ減らせるかが重要になる。逃げたら追うな、とはいかん」

「覚悟はしております」

小春が言い、平岡も頷きで続いた。

中途半端な対応では、こちらの命が危うい。これは殺し合いであると、腹を括《くく》る必要がある。その悪名は、全て自分が背負うつもりでもいる。

「先生」

七尾が一間に飛び込んできた。

報告よりも先に、小春を一瞥する。当の小春はツンとして、七尾には目もくれない。若い男のすることだと、大楽は何も言わずに「どうした？」と訊いた。

「大梶さんが、浪人らしい姿を見かけたらしいです」

「もう来たか？」

「いや。それが一人だけで、どうも物見のようです」

「それで、今は？」

「少し覗いて退散していきました」

大楽は「よし」と膝を叩いた。平岡が小春に「そろそろ準備を。七尾も一緒にやれ」と命じた。

◆　　◆

平手源左衛門には、危機感があった。

それは、蜷川乾介という存在である。

江戸から送られてきた、凄腕の殺し屋。客分かと思っていたら、次々と功績を上げて目付役にまで任じられた。

目付役は幹部の中では最も地位は低いが、それでも浪士の非違を監視するという役目柄、権限は大きい。元々は最古参の男が就いていたが、老齢を理由に身を引くと、暫く空位だった。

そこに、あの男が就いた。いつも気取った態度を取っているが、あれで許斐に気に入られている。いずれは番頭の地位を望むかもしれない。言わば、足元を脅かす存在だった。

源左衛門は、生まれながらの浪人だった。生きる為に入った博多の暗い世界で、人を斬りに斬って名を上げ、許斐と出会ってからは家人のように仕えてきた。丑寅会の先鋒として、幾度も死線を越えて、やっと掴んだのが今の地位である。

（それが、あの若造に……）

そもそも、最初から気に喰わなかった。

合流当初に、乾介は腕試しをした。その時倒したのは、全て自分が目を掛けていた、いわば弟子のような存在だったのだ。その三人が敗れた後、源左衛門は許斐に乾介との立ち合いを求めたが、遺恨に繋がると許可されなかった。

剣で劣っているとは思わない。技量も才能も経験もある。しかし、そうしたものを全て無にしてしまうものも、源左衛門は知っていた。老いである。

今年で四十三。今はまだいいが、これから老いが猛烈な速さで、動きを鈍らせていく。二年、三年後には乾介には敵わなくなるであろう。そうなる前に、自分の地位を不動のものにしたかった。

(今なら小関の気持ちがわかる)

あの参謀も好きではなかったが、今は同じ感情を共有する同志のように思えるから不思議だった。だが、自分は小関ほど愚かではない。武士らしく武功を以て地位を守る。

既に日暮れは迫っている。

源左衛門は林の中に身を潜め、斜面を登った先にある寺を眺めていた。

物見の報告によれば、確かに大楽たちは寺に入っていて、丈円とかいう坊主と談笑している姿を確かめている。

あとはどう攻めるかだ。警戒はしているだろうが、こちらの存在には気付いてはいない。もし気付いていれば、多勢に無勢と逃げるはずだ。仮に逃げないのであれば、討ち取る好機であり、こちらとしては好都合。

「番頭、そろそろ」

側近としている浪士が、傍に寄った。

襲うのは闇夜もいいが、同士討ちが心配だった。なので、襲うなら今。

「大軍に用兵はないという。全員で斬り込んで押し切るぞ」

源左衛門は片手を挙げると、林から抜け出て斜面を登り山門へと近づいた。

山門が開いていた。あたかも、中に入ってこいと言わんばかりである。

「ほう、空城《くうじょう》の計《けい》というやつか」

敢えて陣地に敵を招き入れることで、敵の警戒心を誘う計略だ。古今《ここん》の武将たちは、「何か仕組まれているに違いない」と兵を引いて勝利を逃してきた。

さて、この場合はどうだろうか。何か罠《わな》の類はあるのか。あっても、相手は六人。丈円を入れても七人であり、絶対的な不利であることは変わらない。となれば、やはり我々を追い返す為の策。

そもそも、撤退という選択肢はない。不穏だったので攻めずに戻ったと、報告できるはずもなく、そんなことをした日には、あの若造に笑われる。

「突入だ」

源左衛門は、腰の大刀を抜いて翳した。

浪士たちが咆哮し、そのまま境内に雪崩《なだ》れ込んでいく。源左衛門は、ゆっくりとその後に続いた。

しかし、拍子抜けするほどに静かだった。

誰もいない。周囲を見回しても、気配も感じない。源左衛門は率いていた浪士全員を境内に引き入れると、それを四名の小隊に分けた。

「逃げたかもしれん。くまなく探せよ」

と命じた刹那、頭上から空を切り裂く鋭い音が鳴った。

傍にいた側近の喉に、矢が突き刺さっていた。

「しまった」

本堂、鐘楼、経蔵、山門。その上に、矢をつがえる人影が見えた。

誘い込まれたのだ。まさか相手が、最初からそのつもりだとは思わなかった。

矢が四方から、間断なく射掛けられていた。その鏃《やじり》は、無慈悲に手下たちに襲い掛かる。恐慌状態だった。

源左衛門は降り注ぐ矢を、刀で払うことで必死だった。指揮など出来る状態ではない。どうやれば、この窮地から逆撃を与えられるか。それだけだった。

「油だ」

本堂へ上がろうとした手下が叫んでいた。

油に足を取られ、滑ったところに矢が射込まれる。慌てて数名が山門の方へ逃げようとしたが、そこには男が二人立っていた。

筋骨逞しい男と、すらっとした男。源左衛門には、その二人が誰なのかすぐにわかった。萩尾大楽。そして、平岡九十郎。

二人は阿吽《あうん》のように立ち塞がり、浪士たちは剣の餌食となった。

矢が頬を掠める。動いている手下は、随分と少なくなった。一人、また一人と射殺されていく。

もうどうしようもない。二十一名の手下を死なせた。仮に大楽を討ち取ったとしても、この責任は重い。

「閻羅遮」

叫んだ。そして山門へと駆ける。その時、背中を何かが貫いた。次は足。

「猪口才《ちょこざい》な」

射手《いて》を睨もうと、振り向いた。眩い光が、目の前まで迫っていた。

◆　◆

許斐が吼え、愛用の鉄扇を叩きつけていた。

翌朝。宮地岳で、平手を含む二十二名、全員の敗死を知らされたのである。

居並ぶ幹部たちも、敗戦の報告に全員が騒然としていた。

許斐が怒気に震え、双眼を真っ赤にさせていた。その怒りの凄まじさに、報告に現れた密偵が、慌てて平伏し身を竦めている。

そうした光景を、乾介は冷めた目で眺めていた。「だから、言わんこっちゃない」という台詞以外に言葉が見つからない。

「全滅だと言うのか……」

「はっ……。それが寺には射殺された骸が多く、どうやら萩尾一党は平手殿を待ち構え、境内奥に引き込んだところで襲ったのでしょう」

「平手は？」

「背中と足、そして眉間に矢を受け……」

許斐は大きく息を吐き、黙り込んだ。

「それで、萩尾は今どこにおる？」

代わるように参謀の逸斎が訊いた。

「それが、寺から姿を消しておりまして。必死に捜索してはいるのですが……」

「探せ」

許斐が、喘ぐように言った。そして「探せ」と今度は吼える。それで密偵は慌てて出ていった。

一間に、沈黙の時が訪れた。

手痛い敗戦で、丑寅会の浪士が半分に減った。ここで大楽の首を獲ったとしても、弁之助一家などの敵対勢力からの攻勢を受けるのは必至になる。たとえ申組や未組がまだいるとしても、やつらは嫌々従っているに過ぎず、こちらの力が半減したと知れば、どんな動きに出るか知れたものではない。

一転して窮地となったことが、この重苦しい雰囲気を生み出していた。

「だから言ったんだよ、俺は」

乾介は、その静寂を鼻で笑った。

「俺を連れて行かせないからこうなる」

「何だと？」

「平手ではなく、俺に指図をさせていれば、無惨な敗退はしなかっただろうな、ということですよ」

その言葉に、幹部連中が色を為す。「貴様」「何という口を」と。だが許斐は、それを鉄扇を開くことで制した。

「皆の衆、そう怒りなさんな。俺に一計がある」

「聞かせろ」

「今から、姪浜に乗り込むんですよ。実際に乗り込まなくてもいい。『出てこなければ、町衆を撫で切りする』と吹聴し、東に向かう素振《そぶ》りを見せればいい。奴は情の深い男だ。きっと自ら姿を現すはず」

許斐が少し考える表情をした。だが異論を唱えたのは逸斎だった。

「総長、姪浜は斯摩藩領。斯摩を侵すなというのは、乃美殿との盟約のはず」

「参謀殿、今の状況を見てみろよ。丈円の居場所を知らせたのは乃美だ。そのせいで、多くの浪士を失った。それだけじゃねぇぞ、弁之助一家たちの連合を知らせて、俺たちの動きを鈍くしたのも乃美。全部奴が画《え》を描いた謀事《はかりごと》だぜ？　あんたは、そんな男の言葉にまだ従おうってのかい」

乾介は許斐に目をやった。鉄扇を開き、掌で弄んでいる。

「この様子だと、萩尾は乃美と組んで、謀略の糸を張り巡らせているだろうな。と、なると早々に見つけ出すことは不可能。もしかすれば、弁之助一家たちとも組んでいる可能性もある。こうなりゃ時間との勝負だ。時が過ぎれば過ぎるほど、俺たちは不利になる。許斐さん、ここが腹の決めどころだぜ？」

許斐は小さく頷くと、鉄扇を乾介に向けた。

「蜷川、その策をやってみよ。ただし、手勢は己が手下のみだ。ここの守りも必要だからな」

「勿論。それで十分ですよ」

それから、許斐が細かく指示を出し始めた。

大楽が屯所を突いてきた場合に、どう動くか。そして人の問題。許斐によれば、賊である磐井の一味とも手を結び、こちらに向かっているという。

散会となり、乾介は一間を出た。そこでは丸田たちが待ち構えていた。

丸田が心配そうに、「目付役。それで、如何なりましたか？」と訊いてきた。

「許可が下りた。早速、始めるぞ。『出てこなければ、姪浜の町衆を皆殺しにする』と書付を貼りつつ、東へ向かう。必ず奴は現れるぞ」

我ながら悪辣《あくらつ》な策だが、ここまで追い込まれれば、この他に術はない。ただこれは、許斐の為ではない。大楽を斬る為だ。丑寅会の先は既に見えている。

四

大楽は小屋の前に立ち、周辺を警戒していた。

相変わらず、傍には文六が付き従っている。

外堂宿から、然程離れていない森の中。この辺りは幕府の御用林となっていて、盗伐や下草刈を厳しく禁じている。その為に外堂村や周辺の集落に、御林守《おはやしもり》を命じていて、昨日からねぐらにしている小屋は、その御林守が何らかの理由で日暮れを迎えた時に使う為のものだった。

「寒いな」

大楽が文六に言うと、この耳が利かぬ若者は静かに頷いた。

北風が吹いていた。それは冬の香りを含んでいて、身体から熱を奪っていく。両手がかじかむ。それを必死に擦って、息を吐きかけた。

宮地岳の寺で、差し向けられた浪士たちを皆殺しにしたのは昨日のことだった。それから山を下り、ここへと移動した。丈円が同志の屋敷を提供すると言ったが、それでは目立つと拒否した。関わる人間は少ない方がいい。

「宮地岳では、よくやってくれた。嫌な仕事だったと思うが、助かったよ」

文六が首を振る。大楽は肩を叩いて、一つ笑って見せた。

文六の剣は思った以上だ。実戦にも慣れている。力強い助っ人であるが、乃美の大事な家人である手前、難しい局面には立たせたくはない。それは小春とて同じであるし、まだ先のある七尾もそうだ。

「先生、代わります」

七尾が小屋から出てきた。歩哨《ほしょう》は順番に代わるようにしている。

大楽は文六の袖を引っ張ったが、七尾と一緒に残ると身振りで知らせてくれた。文六は二十三で、七尾は二十一。歳は近く気が合うのだろう。二人は友のような関係になっている。まるで昔の自分と乃美のように。

小屋に戻ると、温かさが身を包んだ。

土間の中央には大きな囲炉裏があり、そこでは火が熾《おこ》せる。それが何よりも助かった。また四方を囲まれているので、火の灯りが漏れる心配もない。

その囲炉裏の傍で、丈円が大梶相手に何かを話していた。平岡は壁に背を預け、刀を抱くようにして目を閉じている。小春は丑寅会を探る為に、外に出ていた。

「おう、丈円さん。機嫌がいいようだな」

大楽が言うと、丈円は笑顔で首を縦に振った。

「それはそうでございます。このように丑寅会を追い詰めているのですから。夢にまで見たことですよ」

「俺は、あんたがいつ裏切るかと冷や冷やしたんだがね」

「何ということを。いや、わかっておりましたよ。萩尾様たちが拙僧を信用してはいないことを。しかし、拙僧はそれでも耐え忍び……」

「すまなかったよ。そして、あんたには感謝している。本当に助かった」

乃美の策により、丈円は疑似餌《ぎじえ》にされた。そのことについて、丈円は反発すると思ったが、すんなりと受け入れた。「拙僧は実際に刃を交えるわけではないのです。これぐらいの危険など何程でもありません」と、胸を叩いた。またその態度から「内通者なのでは？」と訝しんだが、丈円は最後まで裏切らなかった。

饒舌で胡散臭い坊主は、徹頭徹尾この萩尾大楽を信じ、丑寅会壊滅の為に不安と戦った。結果として、不屈の闘士だった。そうした男を疑ったことには、素直に頭を下げるしかない。

「どうぞ」

大梶が、焼いた餅を差し出した。

食料は僅かしか用意していない。そもそも長期戦は想定しなかった。

大楽はゆっくりと噛みながら、この戦いの行方と落としどころ、そして丑寅会の背後にいるであろう黒幕の存在を考えた。

乾介が朔子の保護と引き換えに報せてくれた、黒幕の存在。それは江戸で大きな力を握る、武揚会であろうと。

武揚会、と考えた時、一人の男の顔が浮かんだ。その男以外に、浮かぶものが無かったとも言える。

ただ俺を狙う理由がわからない。玄海党を潰す為に手を組んだ相手だ。仲間とも同志とも呼べないが、斯摩に引っ込んだ俺を襲う理由が、どこにあるのか。

「先生、小春殿が戻りましたよ」

七尾が小屋の戸を開いたので、大楽は考えるのを止めた。

小春は男装をしていた。髪も若衆髷に結いなおし、小振りながら大小を差している。涼し気な女武芸者という印象だった。

その小春は七尾を押しのけ、大楽の前で膝をついた。

「蜷川たちが、東へ向かっております」

「やはり、これは本当だったか」

と、大楽は懐から辻々に張り付けられていた書付を取り出した。

それは〔萩尾大楽に告ぐ〕と始まり、素直に出てこなければ姪浜の町衆を撫で切りにすると記されている。安っぽい挑発だが、自分の性格を考えた上での一計なのだろう。

「丈円どのの同志にも会いました」

「おお、丸田は無事でしたか」

丈円が嬉々として声を上げた。丑寅会に潜入した同志というのは、丸田伴野という男だった。

肥後熊本藩を致仕して浪人となり、行き倒れていたところを彦内に救われ、その同志に加わったという。小春の話では、乾介の傍近くにいるという。また、この男の人相は全員に伝えていて、乱戦の中でも斬るなと厳命している。

「ええ。その丸田どのが、仰っておりました。これは萩尾様を誘い出す為の策であり、蜷川が『必ず萩尾は止めに現れるだろう』と言っていたと」

「それで、どうします？」

平岡が訊いた。

「小春、この件を乃美に伝えたか？」

「仰せの通り、手の者に託しました」

「ならば、このまま捨てておこう。もし蜷川が姪浜に向かったとしても、乃美が上手く処理するだろうし、亀井もいれば早船の舩三郎もいる。心配はない」

平岡が静かに頷く。この男も同じ考えであることは、大楽の迷いを払拭してくれた。

「待ってください。あの乃美さんなんですよね？」

そう言ったのは、立ったまま話を聞いていた七尾だった。小春が鋭い視線を向けたことで、七尾はハッとしたが、気を取り直して続けた。

「信じられるのでしょうか。だって、先生とはその、対立している人でしょう？　本当に助けてくれるのでしょうか……」

「ああ、俺は助けてくれると思っているよ」

「それはどうして？　親友だからですか？」

いや、親友ではない。という言葉が口を突いて出そうになった。弟を死に向かわせた男なのだ。親友と呼べるはずもない。だが乃美を信じなければならない状況で、敢えて話すようなことでもない。

「姪浜を見捨てることと、見捨てないこと。どちらを選択した方が奴の利になるかを、しっかり考えてくれるからさ。ここで姪浜を見捨てても、何の利にもならない。だがここで動けば、姪浜を救ったことは奴の武功になるだろうし、筑西に介入する口実になる。それだけで、奴がどっちを選ぶかわかるだろ？」

七尾が「確かに……」と呟いて、身を引いた。利で考える乃美の行動に納得したようだ。

「それでは、そろそろ幕引きと行こうか。全員、喧嘩支度をしろ。この一回で、終わらせるぞ」


いつもの幟は立ってはいなかった。

外堂宿の木戸門へ続く街道筋に、〔護身料二十文也〕と記された幟が立てられ、路傍には通行料を徴収する浪人がいたはずである。それが、今日はいない。如何にも丑寅会の斜陽を表現しているように見えた。

それに外堂宿へ向かう人の姿も無かった。丑寅会と萩尾道場の抗争が知るところとなり、その決戦が近いと唐津街道を避ける者が多いのだという。

大楽は刀の下げ緒で袖を絞り、脚絆《きゃはん》もきつく巻いていた。そして頭には鉢金《はちがね》、手には篭手《こて》。これらの防具は丈円が決戦に備えて密かに集めていたもので、宮地岳での争いから身につけている。小春を含め他の五人も同じような姿だ。

「行くぞ」

大楽は短く言うと、木戸門へと駆け出した。

門前に浪人がいた。二人。まず一人がこちらに気付き「萩尾」と言って驚き、腰に手を回す。大楽はその男を抜き打ちで斬り捨てると、もう一人は小春が素早く背後に回り、脇差で喉を切り裂いていた。

そのまま、宿場に駆け込んだ。先頭は大梶で、七尾と平岡が続く。

人の往来は無く、家屋の戸は固く閉じられている。全くの無人。まるで、死んだ町である。これなら、関係ない町衆を巻き込まなくて済む。そう安堵した刹那、甲高い呼び笛が昼下がりの空に響き渡った。

町家の戸が弾け飛ぶ。両脇から飛び出してきたのは、抜刀した浪人たちだった。

真っ先に聞こえたのは、雄叫びだった。江戸で聞いたことがある。そして先頭の男たちの構えが、刀を右耳の辺りまで上げた八相であることで、大楽はそれが猿叫《えんきょう》であると気付いた。

「先頭は薩摩者だ。初太刀を外せよ」

大楽は叫び、真っ先に敵の中に斬り込んだ。

猿叫と共に振り下ろされる、斬撃。受けずに躱し、背後に回って背中を斬り下ろす。

平岡も初太刀を外し、小春は必死に飛び苦無《くない》を投げている。文六に至っては、ぎりぎりまで引き寄せ、すっと躱して抜き打ちで仕留める。抜刀が得意らしく、軽快な身のこなしで、薩摩者を翻弄している。

ぶつかり合うと、乱戦になった。そうなれば、薩摩者の示現流の恐ろしさも薄まる。猿叫どころではなく、凄惨な殺し合いと化す。

相手の数は二十はいるだろうか。いや、案外それ以上な気もする。向かってくる剣を弾き、胴を抜く。振り向いて、頭蓋に斬り下ろす。

相手が三十だとしても、一人で五人斬ればなんとかなる。平岡は薩摩者を狙って、既に五人は仕留めている。

大楽は向かってくる刀を払いつつ、周囲に気を配った。

大梶は吼えながら暴れまわり、七尾は敵の太刀筋を見極めつつ、一人ずつ冷静に対処している。文六は大楽に寄ってくる敵を牽制するように動き、小春は細身の刀を手に宿場内を駆け回っていた。

戦術は無かった。宿場に入れば、あとは斬り進むだけである。

「死ね」

大楽の頬を、突きが掠めた。

大楽は寸前で躱し、月山堯顕を振り上げようとした時、横から斬撃が伸びてきた。躱そうとしたが、避けきれなかった。軽く斬られたようだが、痛みは感じない。

「旦那、思ったより数が多いじゃないですかね」

平岡だった。返り血を浴びていて、傷もいくつか受けている。この男が躱しきれないほど、敵の抵抗は激しい。

「知らん。新しく雇ったんだろう」

「磐井の一味もいますよ。頭目の若竹がいましたから。もう斬り捨てましたが」

確かに浪人とも町人とも思えぬ、怪しげな者も含まれていた。だが、事ここに至っては、斬り進んでいくしかない。

大楽は篭手で相手の斬撃を受け止めると、相手を蹴倒して月山堯顕を突き刺した。丑寅会の数を半分にしたはずだったが、計算よりも多く感じる。それは新手の登場と、相手の勢いがそう感じさせるのだろう。浪士たちも死に物狂いだ。

修羅場《しゅらじょう》となった外堂宿に、銃声が轟いた。

一発。そして二発目で、大梶の巨体が揺れた。肩を撃ち抜かれたようだ。すかさず、文六が駆け寄り周りの敵を蹴散らす。射手に向かっては、平岡が動いていた。

「くそったれ」

怒りで、身体が更に熱くなった。血が沸くままに敵を斬る。前に進もうとしたら、背中を斬られた。振り返り、横薙ぎの一閃を放つ。掃部の姿を探した。どこだ？　どこにいる。許婓の名前を叫んだ。

そこで目に入ったのは、苦戦している小春の姿だった。

三人を相手に押し込まれていた。防戦一方で、反撃の糸口が見いだせないでいる。大楽は加勢に入りたかったが、目の前にいる槍を持った男が、突きを繰り出して前に進ませない。

その小春が、転がっていた骸で躓《つまず》いた。三人が殺到する。そこに七尾が、怒髪冠《どはつかんむり》を衝《つ》く勢いで飛び込んだ。今までの七尾とは思えぬ、感情に任せた激しい斬撃だった。更に敵が向かってくる。七尾が気勢を上げた。

「新手だ」

浪人が叫んだ。そして、「待て」「俺は敵じゃねぇよ」「裏切りだ」とも聞こえてきた。

大楽が声のする方を見ると、長脇差《ながドス》を手にしたやくざ者たちが、丑寅会に襲い掛かっていたのだ。これで形勢が一気に傾いた。やくざたちは、浪人と大楽たちの間に割って入ってくる。

「閻羅遮の旦那、ここはあっしらに任せてくだせい」

初めて見る顔だが、恐らく彼らは丑寅会に従わされていた申組と未組の連中だろう。

「萩尾」

名前を呼ばれた。振り向くと、息を切らした乾介が立っていた。自分を無視して戦いを始めたと気付き、急いで駆け戻ったのだろうか。

「旦那、ここは俺が。奴も内心では、それを望んでいます」

平岡が大楽を押しのけて前に出る。大楽は「頼む」とだけ言うと、屯所へと駆け出した。一度だけ振り向くと、平岡と乾介が正眼で構え合っていた。

屯所に至るまでに、僅かばかりの抵抗を受けた。許斐に侍っていた小姓たちだった。拙い太刀捌きで、斬り捨てるまでもない。全員の足を軽く斬って倒すと、屯所に辿り着いた。

「ご案内します」

屯所の門前で、浪人が待っていた。敵だとは思えなかった。殺気は全く感じなかったし、こちらを歓迎するような向きもある。

四十絡みの中年で、人の良さそうな顔に、大楽はハッとした。

「あんたが、丸田さんか？」

「左様。彦内さんの恩に報いる為、今まで丑寅会におりました。嫌な仕事にも手を染めましたが、それも今日までです」

大楽は丸田を労うように、その肩を軽く叩いた。

この屯所に入るのは二度目だった。広い境内を持つ古刹を改築したものである。

（再びここに来ることになろうとはな）

外道の巣だと思っていたが、だが屯所内は静寂に包まれていて、血だらけである我が身が不釣り合いだった。

大楽は丸田と共に、許斐の居室を目指した。

静か過ぎる。そこで浮かんだのは、逃亡の二文字だった。その可能性もあるが、ここまで丑寅会を潰せば再起は難しいだろう。

「ここです」

そう言って、丸田が最奥にある部屋の襖を開いた。

「来たな、萩尾」

そこに許斐が立っていた。

白装束に、猩々緋《しょうじょうひ》の鮮やかな陣羽織を羽織っている。見事な漢振《おとこぶ》りであるが、表情は虚無に満ちていた。

「勝負はついたぜ？　潔く腹を切れ」

「あんたを始末したら、腹を切るさ。どうせ、もう丑寅会は終わりだ」

「そうかい」

「或いは、あんたが俺を斬ってくれる。閻羅遮に屠《ほふ》られりゃ、あの世でも少しはいい顔が出来るってもんだ」

目が合う。許斐は思いの外、澄んだ眼をしていた。

怒りでも恨みでもない。何の迷いも、心残りもない。死を覚悟している者のみが持つ、それだった。

大楽が頷くと、二人は示し合わせたように庭に出た。

枯山水の庭園は、暫く手入れをしていなかったのか、荒れるがままになっていた。あの見事な紋様を描いていた砂敷は、踏み荒らされ見る影もない。

大楽は、許斐と向かい合って立った。

月山堯顕を低く構え、腰をやや落とした。両足で玉砂利を踏みしめる。許斐は正眼で、きれいな構えだった。

全身が痛かった。傷を受け血も流れ続けている。息も苦しい。ここまで戦い抜いて、やっと辿り着いたのだ。一方の許斐には、傷一つない。

（こんなの、不公平じゃねぇか）

とも思うが、言ったところでどうしようもない。日を改めるなど、出来はしないし、もう一度なんて御免被る。

対峙となっていた。時間を掛ければ、こちらが不利になる。細々と受けた傷から、血が流れ続けてもいるのだ。

許斐の剣。もはや、無の境地にあるように感じる。死を覚悟した者は強い。そのことを、大楽は経験として知っていた。

では、どうやって退けるか。それを考える余力は、もう残っていなかった。

頼れるのは、自分自身。本当は父だったのかもしれない、紹海に与えられた月山堯顕と秘奥・幻耀のみ。

大楽は、半歩前に出た。更に一歩。お互いの剣が届く距離。

光が見えた。迅《はや》い。月山堯顕は動かなかった。その光が顔を掠める。どう躱したのか、自分でもわからない。また光が伸びてくる。今度ははっきりと、刃が見えた。

月山堯顕が動いた。下段から向かってくる刃を撥ね上げ、気勢を上げて振り下ろす。

許斐の顔。やはり、澄んだ眼をしていた。悪党の分際で、なんて顔をしやがる。生ききった。思うままに生きてやったとでも、言いたいのか。

だが、ここで死ねるお前が羨ましいとも思える。俺は多くの死を招いたが故に、死に逃げることが出来ないのだ。

「あばよ」

許斐が揺れた。そして肩口から脇にかけ、許斐の身体が二つになり、そして倒れていく。

幻耀。叔父がまた、俺を救ってくれた。

大楽は、腰が抜けたように地面に座り込んだ。眉間から、血が噴き出している。血の量は多いが、傷そのものは深くはない。しかし傷痕は、いつまでも残るだろう。そして、この一件は心の傷として。

「萩尾殿、あなたの勝ちです」

丸田が庭に降り、静かに言った。大楽は首を振り、大の字に寝転んだ。

「俺じゃねぇ。彦内さんの勝ちだよ」

終章　兄弟たち

飯が旨い。

そう思えるのも、生きているからだ。死にぞこない、傷だらけになっても生きている。死んだ方が楽になると思う時もあるが、それでも飯が旨いと感じると、生きていることに感謝してしまう。

大楽は萩尾道場の自室で、久し振りに自分で拵えた飯をかき込んでいた。

「やっぱり違うなぁ」

大楽が言い、共に膳を並べる七尾が「まったくです」と同意した。

飯が旨いのは、自分の腕がいいからではない。外堂村の千から贈られた、米と青物が絶品なのだ。

丑寅会を倒す代わりに、旨い米や菜物を頂戴する。それが、今回の仕事《ヤマ》の報酬だった。

生きて戻った大楽の姿を見て、千は涙を流した。大楽は傷の手当もそこそこに、彦内の墓前で報告した。「あんたの勝利だよ」と。

また報告に付き従った丸田は、これからも彦内の恩に報いたいと外堂村で生きること選んだ。そして最大の功労者たる丈円は、残党の報復を恐れてか、どこかに姿を消した。

外堂宿での騒動から、半月が経っていた。

あれから福岡城代の要請を受けた斯摩藩兵が現れ、大喧嘩《でいり》の後始末に乗り出した。藩兵の指図役が乃美だと知ると、大楽は後の処理を任せて退散した。それ以降、福岡城からも、斯摩藩からも呼び出しは一切ない。外堂一帯も、他の破落戸《ごろつき》が侵攻することなく、今は斯摩藩の指導の下で立て直している最中だという。

大楽は、傷だらけだった。眉間にも傷を負ったし、また方々を縫うことになった。今回の件で、更につぎはぎだらけの身体となっている。

だが、誰も死ななかった。六人全員が、欠けることなく生還した。肩を撃ち抜かれた大梶だけは重傷を負ったが、命に別状はない。

だが亀井の見立てでは、肩の骨を砕かれていて、これまでのように剣を振るうのは難しいかもしれないとのことだった。「命があっただけでも十分ですよ」と大梶は言っていたが、大楽には申し訳なさしかない。

大梶をこれからどうするか。このまま門人として扱うのもいいが、亀井に頼んで萩尾家の家人として雇ってもらうのもいいと大楽は考えていた。大梶の人柄と経験は、必ず萩尾家で活きるし、市丸の傅役に相応しいとずっと考えていたのだ。

ともかく、丑寅会との一連の争いは終わり、文六と小春は乃美のもとへ帰った。

ただ、全てが終わったわけではない。

平岡と対峙した蜷川は、長い膠着の末に刃を交えたが、申組と未組が邪魔に入ったことで「また会おうぜ、兄弟」という捨て台詞と共に逃亡し、行方をくらませている。生きている以上、蜷川がまたいつ襲ってくるかわからない。

そして、丑寅会を指嗾した黒幕の始末も待っている。

——真の黒幕。その存在は大方予想がついている。だからこそ、気が重い。何故？という疑問も尽きないが、そこに外様大名が関わってきたことが、より事態を複雑にしている。

大楽は、いの一番で斬り込んできた薩摩武士団を思い出した。精強で勇猛な男たちだった。そして乱戦の中で、全員が死んでいた。

敵に薩摩者がいたこと、それも集団で参加していた事実を、大楽は乃美に伝えていた。すると乃美は「正直、その名前は聞きたくない」と深く追及する気を見せなかった。それでも乃美は調べるのだろうが、この問題が中央の政局をも巻き込んだ、根の深いものであると強く感じさせた。

「そういえば先生。昨日、伝三郎と義芸殿とで酒を飲んだのですよ」

七尾は箸を置いて、湯飲みに手を伸ばした。

七尾は誰とでも仲良くなる、得難い才能がある。伝三郎だけでなく、文六とも打ち解け、姪浜の町衆は勿論、萩尾家の家人衆にも可愛がられている。そうした懐に入る呼吸を、大梶から学んでいるのだろう。しかし、それが小春には通じないというのが、男女の機微の難しさだ。

「それでお屋敷に泊まったんですが、朔子さん、元気に働いていましたよ」

「そうかい。そりゃよかった」

乾介が逃亡したこと、未だ捕縛されていないことは、すでに伝えていた。朔子は「無事なら、いつかは迎えに来るかもしれません」と表情を明るくしたが、無理をしていることぐらいは、誰の目にも明らかだった。

その朔子にしてやれることは、今のところは何もない。今は義芸の屋敷で、静かに働かせてやる以外には。

「邪魔するぞ」

部屋の外に乃美が立っていた。七尾が湯飲みを置き、居住まいを正す。今回の一件で、多少は見直したと言っていた。

「やっと来たか」

大楽が言うと、乃美は無言で腰を下ろした。文六の姿はない。外で見張りに立っているのだろうか。

「お前はとことん命冥加《いのちみょうが》だな。忌々《いまいま》しいよ」

「何を言ってやがる。俺を死なせなかったのはお前じゃねぇか。申組と未組を裏切らせたのはお前だろ？　あれがなければ、今頃は三途《さんず》の川だった」

乃美はそれには何も答えず、「粗方のことはわかってきたぞ」と切り出した。

「奴が吐いたのか？」

乃美が頷く。今回の騒動の後、乃美は博多に潜伏していた名草の与市という男を捕縛していた。この男は乾介と組んでいた密偵で、江戸から派遣されていたらしい。

「今回の抗争の画《え》を描いたのは、益屋淡雲だ。そして、お前と仲が良かった早良屋宗逸だが、あれは益屋の手先ということで確定した。確か磯十郎というのが本名だ」

「俺はまんまと騙されていたわけか」

「相変わらず脇が甘い奴だ。お前を騙しおおせた早良屋は、店《たな》を空にして姿を消している。まぁ駒場屋などの協力者は捕らえたがな」

「平岡の話は本当だったわけか」

二日前、平岡が弥平治を道場の庭で斬っていた。大楽が松寿院のいる多休庵から戻ると、二人は抜き身を構えて対峙をしていたのだ。

弥平治は二振りの小太刀を低く構えていて、どう見ても素人とは言えない身のこなしだった。そして何度か馳せ合ったのちに、平岡の一閃が弥平治の胴を抜いた。

大楽は弥平治に駆け寄り、理由を訊いた。どうして、平岡と斬り合いになったのだと。

大体の察しはついたが、弥平治の口から聞きたかった。しかし、弥平治は返事の代わりに、こう言った。「あんたが嫌いだったよ」と。

平岡は弥平治が淡雲の刺客だったことを告げ、暫く留守にすると言って出ていった。この男なりに何かを探るつもりなのだと、大楽は止めなかった。

「外堂の方はどうなった？」

「それに関しては心配するな。外堂を含む一町二十四村の面倒を、暫くは斯摩が見ることになった。そして遠からず、正式に預地《あずけち》として見ることになるだろう。もちろん、俺の功績として記録される」

「結局、全てはお前の目論見通りか」

「お前が死ななかったこと以外はな」

乃美が冷笑し、腰を上げた。大楽は呼び止め、「外堂に道場をと乞われている」と言った。

「いいではないか。まだまだ平穏とは言い難い。あそこなら稼げるぞ」

「だが、門人が足りん。お前のところの文六をくれ。お前にゃ勿体ない男だ」

「断る」

乃美は即答した。

「文六は俺にとって、唯一信じられる人間だ。あやつはお前が好きなようだが、故に絶対譲らん。だが……」

乃美は、そこまで言って「入れ」と声を掛けた。

七尾が口をあんぐりさせていた。そこには、縞木綿《しまもめん》の地味な小袖を纏った小春が控えていたのだ。そして、両手をついて平伏する。

「下女として雇ってやれ。ここは男所帯だろ」

「おい、これはお前の間諜か？」

「当然だ。それに、本人が望んだことでもある」

乃美は小春を残して去り、面を上げた小春は無表情だった。

しかし七尾が喜色を浮かべているのを見て、小春は微笑んだ。それには大楽も驚いた。

本人が望んだというのも、嘘ではないのだろう。

しかし、笑えるのは今の内だ。いずれは、淡雲の魔手が伸びてくる。自分一人であればどうとでもなるが、今はそうではない。背中を預けられる、新たな兄弟たちがいる。

今度こそは、守り通さなければならない。

「江戸か……」

小春にしつこく話し掛ける七尾を眺めつつ、大楽は気だるそうに呟いた。

◆

◆

巣鴨慈寿荘《すがもじじゅそう》は、今日も雨だった。

薄暗い晩秋の午後。薩摩藩の使者が帰り、濡れるがままの庭園を淡雲は眺めていた。

薩摩藩との抜け荷の交渉は順調だった。薩摩が扱う荷の中に、阿芙蓉を混ぜることで淡雲は表に出ずに、その利権を握ることが出来る。重豪もこれが薩摩の財政が回復するきっかけになると、喜んでいる様子だという。

ただ一つ、不愉快な報告も入った。大楽の殺害に失敗したのだ。対抗馬として育てようとした丑寅会は壊滅し、今回の殺しの指図を任せた磯十郎は行方不明。そして、長年苦楽を共にした始末屋の弥平治は、斬られて死んだ。

それだけではない。重豪が密かに送り込んだ、刺客団も全滅。淡雲が手を伸ばしていた商人たちも、乃美によって厳しい取り調べを受けている。

「完敗だのう」

淡雲は声に出していた。それに返事をする者はいない。そしてひとしきり笑い、「まぁ、いいさな」と気を取り直した。

大楽が勝てたのは、筑前であったからだ。奴に地の利があった。

江戸はどうだろうか。少なくとも、こちらに地の利がある。ならば、あの男が江戸に来るように仕向ければいい。では、どうするか？

奴は自分のことには執着しない。どんなに挑発しても、大楽は動かない筈だ。だが、奴の友はどうだ？　兄弟たちは？　また奴から大切なものを奪えば、必ずや動くに違いない。

あの男との決戦は江戸。一歩でも足を踏み入れれば、地獄を見せてやる。

この益屋淡雲に従わない者は、どんな末路を辿るのか？　閻羅遮を贄《にえ》として、世間に見せつける必要がある。

淡雲は、思い立ち「誰か」と叫んだ。現れたのは、側近の一人。武士である。

「萩尾の首に賞金を懸けろ。まずは一万両からだ」

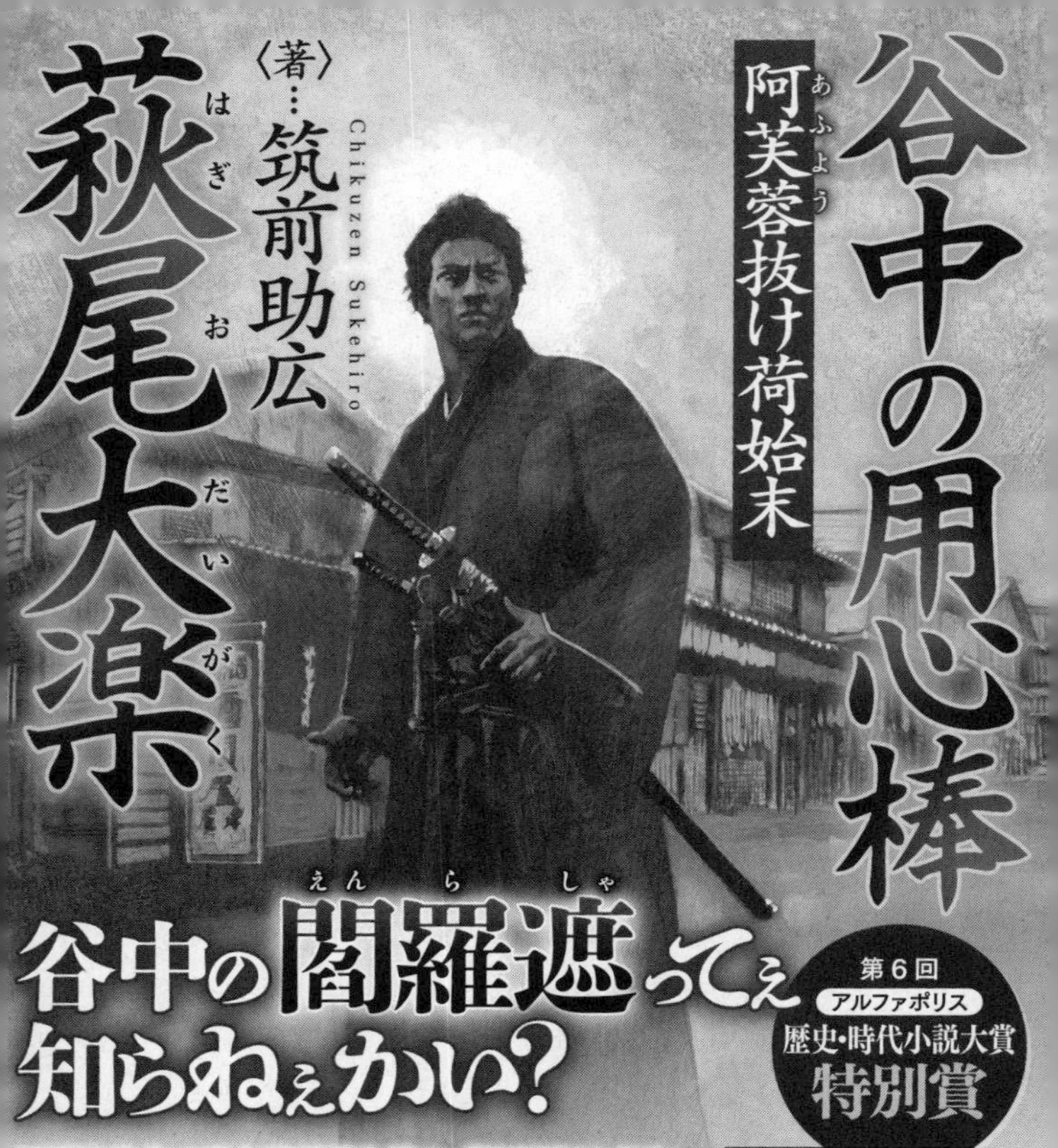

江戸は谷中で用心棒稼業を営み、「閻羅遮」と畏れられる男、萩尾大楽。家督を譲った弟が脱藩したことを報された彼は、裏の事情を探り始める。そこで見えてきたのは、御禁制品である阿芙蓉（アヘン）の密輸を巡り、江戸と九州の故郷に黒い繋がりがあること。大楽は弟を守るべく、強大な敵に立ち向かっていく――閻魔の行く手すら遮る男が、権謀術数渦巻く闇を往く！

◎定価：792円（10％税込み）　◎ISBN978-4-434-29524-9　◎Illustration：松山ゆう

隠居武士、空閑政頼のもとに旧友が老中の暗殺を依頼しにきた。最初は断ろうとした政頼だが、空閑家を継いだ義息子の陽一郎が老中の護衛に抜擢されたと聞き、考えが変わる。陽一郎に遺す金を手に入れるために暗殺を成功させ、かつ護衛の陽一郎に手柄を立たせる。そんな無理難題をやり遂げるための策を講じた政頼は、陽一郎に自身が受け継いだ秘技『無明』を伝授することに決める。政頼の真意は——

この作品に対する皆様のご意見・ご感想をお待ちしております。

おハガキ・お手紙は以下の宛先にお送りください。

【宛先】

〒150-6019 東京都渋谷区恵比寿 4-20-3 恵比寿ガーデンプレイスタワー 19F
（株）アルファポリス　書籍感想係

メールフォームでのご意見・ご感想は右のＱＲコードから、
あるいは以下のワードで検索をかけてください。

アルファポリス　書籍の感想　検索

ご感想はこちらから

アルファポリス文庫

谷《や》中《なか》の用心棒《ようじんぼう》 萩《はぎ》尾《お》大楽《だいがく》　外《げ》道《どう》宿《じゅく》決《けっ》斗《とう》始《し》末《まつ》

筑前助広（ちくぜんすけひろ）

2024年　4月　5日初版発行

編　集ー村上達哉・芦田尚
編集長ー太田鉄平
発行者ー梶本雄介
発行所ー株式会社アルファポリス
〒150-6019東京都渋谷区恵比寿4-20-3恵比寿ガーデンプレイスタワー19F
TEL 03-6277-1601（営業） 03-6277-1602（編集）
URL https://www.alphapolis.co.jp/
発売元ー株式会社星雲社（共同出版社・流通責任出版社）
〒112-0005東京都文京区水道1-3-30
TEL 03-3868-3275
装丁イラストー松山ゆう（https://yama-matsu.jimdofree.com/）
装丁デザインーAFTERGLOW
印刷ー中央精版印刷株式会社

価格はカバーに表示されてあります。

落丁乱丁の場合はアルファポリスまでご連絡ください。

送料は小社負担でお取り替えします。


ISBN978-4-434-33506-8 C0193